HEYNE <

D1924193

Lorraine Fouchet

Die Farben des Lebens

Roman

Aus dem Französischen
von Katrin Segerer

WILHELM HEYNE VERLAG
MÜNCHEN

Die Originalausgabe LES COLEURS DE LA VIE erschien erstmals 2017
bei Éditions Héloïse d'Ormesson, Paris.

FSC
www.fsc.org
MIX
Papier aus verantwortungsvollen Quellen
FSC® C014496

Verlagsgruppe Random House FSC®N001967

Taschenbuchausgabe 08/2020

Printed in Germany
Umschlaggestaltung: Nele Schütz Design, München, unter Verwendung
des Originalumschlags von Lübbeke Naumann Thoben, Köln
Covermotive: iStockphoto (levkr, DNY59)
Druck und Bindung: GGP Media GmbH, Pößneck
ISBN: 978-3-453-42342-8
www.heyne.de

Für euch in meiner Pro-Spalte,
die ihr mir das Leben an hellen Tagen heiterer
und an trüben tröstlicher macht.
Danke, dass es euch gibt.

Für Alberte, die irgendwann beschlossen hat,
niemals alt zu werden.

Für meine Großmutter aus Antibes
und meine Tante aus Saint-Germain-en-Laye,
die mit Würde, Eleganz und Humor
gealtert sind.

Für Tante Nic, in liebender Erinnerung.

Für meine Mutter, eine Grande Dame.

ÎLE DE GROIX

*H*eute ist ein schöner Tag, mein sechsundzwanzigster Geburtstag, den ich am Abend mit Clovis und der Katze feiern werde. Mein Haar ist karottenrot, und ich stamme aus der Bretagne, von der Île de Groix. Der Tag, an dem ich zur Welt kam, war so traurig wie ein Haus ohne Bücherregal. Es war der Todestag meiner Mutter. Meine Augen sind blassblau wie die in einem dicken Buch gepressten Blütenblätter einer Hortensie. Ich lebe hier auf diesem acht mal vier Kilometer großen Kieselstein, mein Freund Clovis und ich betreiben zusammen den Zeitungsladen der Insel.

Die Katze hat weder Schnurrhaare, noch miaut sie. Es ist der Spitzname meiner Großmutter mütterlicherseits, bei der ich aufgewachsen bin. Meinen Vater kenne ich nicht, der hat sich noch vor meiner Geburt aus dem Staub gemacht. Meine Eltern haben sich in der Schule kennengelernt, auf dem Internat in Lorient. Meine Mutter Lénaïg kam aus Groix, mein Vater von einer anderen Insel aus dem Morbihan, ich weiß nicht von welcher. Lénaïg hat lange die Augen vor der Wirklichkeit verschlossen. Als sie immer mehr zunahm, trug sie einfach weitere Klamotten. Ihre Mutter und ihre Freunde rieten ihr im Scherz, sich doch beim *tchumpôt* zurückzuhalten, dem inseltypischen Dessert, gegen das selbst der bretonische *kouign amann* die reinste Diätspeise ist. Trotzdem wurde sie mich nicht los. Nach acht Monaten im Warmen lichtete ich den Anker, und von da an ging alles den Bach runter. Ich habe mich während eines Unwetters auf den Weg in die Welt gemacht, das Rettungsboot konnte nicht auslaufen, und am Ende musste Lénaïg mit dem Hubschrauber transportiert werden. Den Schock hat sie nicht verkraftet. Es ist meine Schuld, dass sie tot ist. Die Katze holte mich nach der Beerdigung ihrer Tochter aus dem Krankenhaus von Lorient ab. Sie machte sich schreckliche Vorwürfe, dass sie nichts von Lénaïgs Schwangerschaft geahnt hatte. Wir gaben uns gegenseitig Kraft, und das tun wir noch heute. Die Katze hat erst in der Alten-, dann in der Palliativpflege gearbeitet. Mittlerweile ist sie vierundsiebzig und im Ruhestand. Der Weg vom Hafen zur Kirche hinauf bereitet ihr mehr Mühe als früher, und ohne Brille sieht sie nur noch verschwommen, aber sonst ist sie topfit. Sie erzählt mir seit jeher, ich sei E und T, einzigartig und toll. Das habe ich ihr zwar nie geglaubt, aber es ist schön zu hören.

Die Katze ist heute Morgen mit dem ersten Schiff zum Festland gefahren, um sich mit einer ehemaligen Kollegin zum Mittagessen zu treffen. Sie kommt am Abend zurück. Ich bin seit dem Aufstehen gereizt und habe Hummeln im Hintern. Außerdem ist meine Periode überfällig. Ich bin nicht meine Mutter, ich werde keine Schwangerschaftsverdrängung betreiben. Deshalb habe ich vor der Arbeit einen Test in der Apotheke gekauft. Ich habe ihn noch nicht ausgepackt.

Der Tag vergeht wie im Flug. Wenn nicht gerade Sommerferien sind, kennen wir alle unsere Kunden und nehmen uns gern Zeit für ein Schwätzchen.

Als die Sonne untergeht und wir den Laden zumachen, klingelt mein Handy. Es ist die Katze. Ihre Stimme klingt ganz anders als sonst. Sie teilt mir mit, dass sie gar nicht in Port-Louis ist, sondern in Basel. Mein Herz setzt aus, mein Körper zerbröselt. Ich weiß sofort, was das bedeutet. Sie mag keine Schokolade, fährt nicht Ski und hat auch kein Konto in der Schweiz. Mir weicht das Blut aus dem Gesicht, meine Knie geben nach. Sie versichert mir, dass sie mich sehr lieb hat, dass ich das Beste bin, was das Leben ihr geschenkt hat. Ich denke an den unausgepackten Schwangerschaftstest, beschwöre sie, es sich noch einmal zu überlegen, sage, dass ich sie abholen komme, dass ich das nächste Schiff und dann das Flugzeug nehme, um diesen Wahnsinn zu verhindern. Ich will das Baby als Argument benutzen, selbst wenn ich noch gar nicht weiß, ob ich wirklich schwanger bin, klappe schon den Mund auf, aber die Katze ist schneller. »Es ist meine Entscheidung, mein Schatz. Ich möchte weder dir zur Last fallen, noch aller Welt als Schatten meiner Selbst in Erinnerung bleiben. Da werfe ich lieber mit Stil das Handtuch. Irgendwann muss jeder die Leinen kappen. Ich liebe dich, meine kleine E und T. Ich werde immer bei dir sein.« Dann legt sie auf.

Ich schreie ins Handy, versuche vergeblich, sie zurückzurufen, zehnmal, zwanzigmal, dreißigmal. Sie geht nicht ran. Heute hätte ein schöner Tag werden sollen. Stattdessen ist es der schlimmste meines Lebens.

Ich stehe im Garten, den Blick aufs Meer gerichtet, und streichle meine Katze Gwenadu. Ihr Name ist bretonisch und bedeutet schwarz-weiß. Clovis steht schweigend neben mir. Die Liebe hat sich in Luft aufgelöst, die Zukunft ist ausgelöscht. Ich schließe mich in unserem blauen Badezimmer ein und hole den Schwangerschaftstest aus der Schachtel. Wenn ich es der Katze rechtzeitig erzählt hätte, hätte sie sich dann umentschieden? Und kann ich ohne sie leben? Jetzt bin ich Dreifachwaise. Lénaïg und die Katze sind wiedervereint. Mein Vater ist abgehauen. Und ich frage mich, wie ich eine gute Mutter werden soll, wo ich doch meine umgebracht habe.

ÎLE DE GROIX

Am nächsten Tag bei der Arbeit bin ich wie ein Roboter. Unsere Öffnungszeiten hängen von der Ankunft des Postschiffs ab. Sonst arrangiere ich die neuen Zeitungen und Zeitschriften immer nach Lust und Laune, in einem fröhlichen, kreativen Durcheinander. Jetzt ist mir alles egal.

Ich lüge die Kunden an. Ich könnte die Blicke, die mitleidigen Worte nicht ertragen. Also denke ich mir eine Geschichte aus. Meine Großmutter ist ertrunken. Das ist nicht weit hergeholt, schließlich haben Katzen nicht umsonst panische Angst vor dem Wasser. Sie ist zum Festland rübergefahren, um Freunde zu besuchen, und als sie an Land gehen wollte, wurde sie ohnmächtig. Zu der morgendlichen Stunde waren nur Liebespärchen und Frühaufsteher mit ihren Hunden am Strand. Ein Neufundländer hat sie entdeckt.

Die Flüsterpost funktioniert, und die Gerüchteküche kümmert sich um den Rest. Angeblich hat die Katze von weitem ausgesehen wie ein Riesenhaufen Algen, wie ein gestrandetes, triefnasses Fellknäuel.

Sie wird in Lorient eingeäschert, das war ihr letzter Wille. Anschließend bringe ich sie nach Groix zurück. Ich lasse eine Messe lesen. Die gesamte Insel kommt. Ich fühle mich taub, als wäre mein Kopf vom Rest des Körpers abgetrennt. Geistige Enthauptung. Ich balle die Fäuste, weine vor Trauer und Wut. Die Urne wird in unserem Familiengrab beigesetzt. Die Katze ruht bei ihren Eltern, ihrem Ehemann, meiner Mutter.

Wie konnte sie mir das nur antun? Noch dazu an meinem Geburtstag! Sie war nicht krank, hatte noch viele schöne Jahre vor sich. War das Band zwischen uns nicht stark genug, um sie zum Weitermachen zu bewegen? Ich wiederhole ihre letzten Worte wie ein Mantra: »Ich liebe dich.« Von wegen! »Meine kleine E und T.« Haha. »Ich werde immer bei dir sein.« Na klar.

Der Kummer überwältigt mich. Nur mein Zorn verhindert, dass ich völlig versinke. Wenn ich früher abends den Laden abgeschlossen habe, war die Stille vom Murmeln verborgener Wörter erfüllt. Die Zeitungen hüpften von der Auslage, die Bücher sprangen aus den Kartons, und die Seiten der Zeitschriften blätterten sich wie von Zauberhand um. Der Tod der Katze hat alle Poesie fortgespült, und trotz seiner unglaublichen Kraft und Schönheit bin ich stinksauer auf das Meer. Seinetwegen kam meine Mutter damals nicht rechtzeitig ins Krankenhaus, aber meiner Großmutter hat es geholfen, sich klammheimlich zu empfehlen.

Ich kann nicht mehr lesen, nicht mehr essen, nicht mehr schlafen. Ich flüchte mich in Clovis' Arme, doch sobald er mich streichelt, verkrampfe ich mich. Er drängt mich nicht. Wem so viel genommen wurde, der kann sich nicht hingeben.

Mitten in der Nacht steht er auf.

»Lass uns fliegen gehen.«

Ich lächle, zum ersten Mal, seit die Katze sich verdrückt hat. Mein Orpheus will seine Eurydike aus der Unterwelt holen, nur dass er sich nicht umschaut: Wir werden gemeinsam ins Reich der Lebenden zurückkehren. Unsere Liebe ist eine Tatsache. Sie brennt stark und schön und klar wie die Sonne.

Wir ziehen uns an, laufen Hand in Hand zum Auto und fahren zum Parcabout, einem Kletterpark im Bois du Grao, der für diese Saison schon geschlossen hat. Keine glücklich quiekenden Kinder, keine prahlerisch grölenden Jugendlichen, keine lachenden Erwachsenen, keine Musik, keine Perlen der Lebenslust, nur von Menschen und Vögeln verlassene Bäume, Netze und Nester.

*

Dort haben wir uns kennengelernt, und zwar in mehr als einer Hinsicht, am Tag der Eröffnung. Wir sind ungefähr gleich alt, stammen jedoch nicht vom selben Teil der Insel: Clovis kommt aus dem östlichen Primetur, ich aus dem westlichen Piwizi.

Als wir den Park erkundeten, stürzten sich meine Freunde sofort auf die Netze, schlüpften durch die Tunnel und zogen sich mit der Kraft ihrer Arme nach oben, taumelten mit plumpen Schritten durch die Baumkronen und probierten die Trampoline, Seilbrücken und Labyrinthe aus. Mich interessierten vor allem die Nid'île, nestartige, kugelförmige Gebilde von drei Metern Durchmesser, die in den kalifornischen Kiefern sanft vor sich hin schaukelten. Bald würden hier Touristen in luftigen Höhen nächtigen, direkt unter den Sternen. Während die anderen sich austobten, kletterte ich bis ins höchste der Nester, zehn Meter über dem Boden, machte es mir auf der Matratze darin bequem und betrachtete den Himmel, bis eine Stimme mich aufschreckte.

»Wir sollten langsam los, ich frier mir den Hintern ab.«

Clovis steckte den Kopf durch die Öffnung des Nests.

»Ich hab darauf gewartet, dass du gehst, aber allmählich werde ich zum Eisklotz.«

»Hast du mir etwa nachspioniert?«

»Nein. Ich hab dich erst nicht bemerkt. Und dann wollte ich dich nicht stören …«

»Ich bin eingeschlafen.«

Wir schauten nach unten. Es war keiner mehr da. Die Eröffnung war vorbei, der Parcabout hatte seine Tore wieder geschlossen. Die Nester waren eigentlich noch gar nicht für die Öffentlichkeit zugänglich. Es gab weder Laken noch Decken noch Kissen, nur die großen, runden Matratzen.

»Scheiße! Wir sitzen fest«, brummte Clovis.

Die Parkmitarbeiter hatten den Klettersteg, über den wir gekommen waren, für die Nacht hochgezogen, damit sich niemand in die Nester stahl. Sie hatten wohl nicht damit gerechnet, dass sich ein Junge und ein Mädchen schon häuslich eingerichtet hatten.

»Ich Idiot! Ich hätte dich wecken sollen.«

Ich fröstelte. Clovis schlüpfte aus seiner Jacke und hielt sie mir hin.

»Aber dann holst du dir den Tod«, protestierte ich, während ich begierig auf den Stoff schielte.

»Wenn wir nicht runterkönnen, kann der Tod auch nicht rauf. Wir sind unerreichbar«, gab er zurück.

Ich musste lachen. Meine Großmutter und Clovis' Eltern würden sich keine Sorgen machen. Schließlich war die Insel keine gefährliche Gegend, und wir übernachteten oft bei Freunden oder am Strand. Ich zog die Jacke an. Die Ärmel reichten bis über meine Hände.

»Ich springe«, verkündete Clovis.

»Tolle Idee. Dann brichst du dir das Bein, und ich kann keine Hilfe holen. Das bringt uns echt weiter.«

Clovis' Handy hatte keinen Akku mehr, weil er beim Warten Musik gehört hatte. Ich hatte meins gleich zu Hause vergessen.

»Also sind wir bis morgen früh hier oben gefangen.«

»Wie auf einem Schiff mitten im Meer.«

»Ohne was zu trinken oder zu essen. Und ohne Klo.«

Wir kletterten wieder ins Innere des Nests, um uns aufzuwärmen, legten uns nebeneinander auf die Matratze und blickten durch die durchsichtige Kuppel in den Himmel. Das Nest schwankte leicht, hin und her gewiegt vom Wind. Ich packte Clovis am Arm.

»Wir können aber nicht runterfallen, oder? Die Nester sind schon richtig befestigt?«

»Na klar«, antwortete Clovis, obwohl er keine Ahnung hatte.

»Woher weißt du das?«

»Von meinem Kumpel Pierre«, log er.

Pierre war der Sohn von Pat und Mimi, denen die Buchhandlung in Le Bourg gehörte, ein Typ, auf den man sich verlassen konnte. Er arbeitete für Cédric, genannt Schwarzer Hund, den Meister der Netze und Schöpfer dieses Parks. Das beruhigte mich. Als ich bemerkte, wie Clovis zitterte, bekam ich ein schlechtes Gewissen, weil ich seine Jacke in Beschlag nahm. Ich zog sie wieder aus, rutschte näher an ihn heran und breitete sie wie eine Decke über uns beide. Da sie nicht besonders groß war, musste ich mich ganz nah an ihn schmiegen. Um unsere Verlegenheit zu überspielen, unterhielten wir uns.

»Vögel schmiegen sich auch aneinander, wenn ihnen kalt ist.«

»Man kommt sich hier fast vor wie in einem Tipi.«

»Oder einem Iglu.«

»Oder einer Jurte.«

»Oder einer Gebärmutter.«

Ich unterbrach mich und wurde puterrot, als mir bewusst wurde, was ich da gerade gesagt hatte. Hunger und Durst waren uns ein wenig zu Kopf gestiegen. Die Leidenschaft überrumpelte uns völlig. Wir umarmten, umklammerten uns, verloren uns ineinander, liebten und wärmten uns. Mitten in der Nacht wurden wir von einem lauten Heulen geweckt. Ich geriet in Panik.

»Ein Wolf! Was machen wir denn jetzt?«

»Es gibt keine Wölfe im Bois du Grao. Auf der ganzen Insel nicht. Das ist mein Hund Cassiel. Er hat mich bestimmt überall gesucht.«

Dicht aneinandergedrängt schauten wir aus dem Nest, mit zerzausten Haaren und zerknitterten Klamotten, »lull und lall«, wie die Katze gesagt hätte. Ein Golden Retriever lief um den Fuß der Kiefer herum und bellte sich die Seele aus dem Leib.

»Ich bin hier, Cassiel!«, rief Clovis. »Mir geht's gut, ich kann nur nicht runterkommen. Schlaf ein bisschen. Warte auf mich. Platz! So ist es brav.«

Der Hund legte sich unter das Nest, den Kopf auf den Vorderpfoten.

Als Pierre am nächsten Morgen den Parcabout aufschloss, riefen wir ihn herbei, damit er uns befreite. Seit dieser Nacht sind Clovis und ich zusammen.

*

Clovis stellt den Wagen auf dem verlassenen Parkplatz ab. Dieses Mal haben wir warme Decken dabei, unsere Handys sind aufgeladen, und wir tragen mehrere Schichten Kleidung. Leider hat es geregnet. Die Netze sind durchnässt, die Nester hüllenlos, ihre Gerippe freigelegt wie bei gekenterten Schiffswracks oder versteinerten Urzeitvögeln. Heute Nacht wird der Zauber nicht wirken, unsere Körper werden einander nicht umschlingen.

»Du brauchst einfach Zeit«, sagt Clovis und zieht mich an sich. »Normalerweise beweint man die Toten, weil sie leben wollten oder sich aus Verzweiflung umgebracht haben. Deine Großmutter war weder krank noch depressiv, sie hat aus freien Stücken gehandelt. Sie hat sich ihr ganzes Leben lang um andere gekümmert. Und um dich. Sie hat dich für stark genug gehalten, ihre Entscheidung zu verkraften.«

Ich vergrabe das Gesicht im rauen Stoff seiner Jacke. »Sie hat sich geirrt!«

In den darauffolgenden Tagen arbeite ich wie gewohnt weiter. Mechanisch verkaufe ich Zeitungen und Zeitschriften und sortiere jeden Morgen mit Clovis die alte Ware aus, bevor wir mit dem ersten Schiff neue bekommen. Doch als eine Stammkundin an mich herantritt und mir tröstend versichert, es sei bestimmt schöner, im Meer zu sterben als in einem Krankenhausbett mit einem Schlauch im Arm, lasse ich den Stapel *Ouest-France-* und *Télégramme-*Ausgaben fallen und flüchte mich ins Hinterzimmer. Tränenblind stolpere ich über ein Buch und hebe es auf, dann plumpse ich benommen auf einen Stuhl. *Die Eroberer* von André Malraux. Ich klappe es an irgendeiner Stelle auf. »Ein Leben ist nichts wert, aber nichts ist so viel wert wie ein Leben.« Als ich diese Worte lese, weiß ich plötzlich, was ich tun werde. Ich bin jung, habe das Leben noch vor mir, aber ich brauche Gewissheit, muss es verstehen. Mit eigenen Augen sehen, was die Katze ausgeschlagen hat, aus Mut oder aus Feigheit, je nach Blickwinkel. Ich muss herausfinden, ob jeder Morgen eine freie Wahl oder vielmehr ein auferlegtes Schicksal ist. Und ob es sich lohnt, alt zu werden. Auf Groix sagt man »das schmeckt mir«, wenn man etwas mag. Der Katze hat die Zukunft nicht geschmeckt. Und mir schmeckt die Gegenwart nicht.

Meine Freundin Cathy weiß bestimmt Rat. Sie ist von der Insel weggezogen, um als Köchin auf den eleganten Segelyachten anzuheuern, die in den Häfen des Mittelmeers vor Anker liegen. Sie wollte zur Beisetzung der Katze kommen, aber ich habe es ihr ausgeredet. »Ich würde diesen schwarzen Tag am liebsten vergessen. Wenn du mir deine Freundschaft beweisen willst, bleib, wo du bist.« Cathy hat sich meiner Bitte gefügt. Jetzt huschen meine Daumen über das Handy. »SOS. Ich fühle mich wie ein Seeohr, das weichgeklopft wird. Ich muss ein paar Wochen weg von hier und irgendwo mit alten Menschen arbeiten. Hast du eine Idee?«

Cathy hat mich noch nie enttäuscht. Eine halbe Stunde später erreicht mich ihre Antwort.

»Die Mutter meines Brötchengebers lebt in einem exklusiven Seniorenheim in Antibes, Le Cercle. Eine ihrer Freundinnen, Madame de Kerjeant, sucht für einen Monat eine Gesellschafterin, ihre hat sich das Bein gebrochen. Ich habe eben mit ihrem Sohn telefoniert und ein Vorstellungsgespräch für dich vereinbart. Du kannst in meiner Wohnung in Juan-les-Pins übernachten, die benutze ich sowieso nur zwischen zwei Jobs. Ich gebe dem Portier Bescheid.«

Bingo! Le Cercle, das klingt eher nach einer kriminellen Vereinigung in einem James-Bond-Film als nach einem Seniorenheim. Die Dame trägt einen bretonischen Namen, da sind wir gleich auf vertrautem Boden.

Clovis wird mein Plan nicht gefallen, aber ich brauche eine Luftveränderung, Leute um mich herum, die keine Ahnung von meinem Verlust haben. Sonst ziehe ich mich in mein Schneckenhaus zurück und gehe vor Kummer ein. Ich werde verbittert, er wird unglücklich, wir trennen uns.

»Ich muss weg«, verkünde ich. »Meine Großmutter war die mutigste Frau, die ich kenne, und trotzdem hatte sie Angst vor etwas, das selbst die größten Feiglinge tapfer ertragen. Das will ich verstehen.«

»Wann kommst du zurück?«

»Sobald ich eine Antwort gefunden habe.«

Die Frage lässt mich einfach nicht los. Wenn ein Kind sich umbringt, ist das entsetzlich. Ein Jugendlicher? Schrecklich. Ein Erwachsener? Schlimm. Aber eine Frau von vierundsiebzig Jahren sollte doch so reif und weise sein, sich nicht den Tod herbeizusehnen.

»Dann geh, mein Herz«, sagt Clovis schlicht und breitet die Arme aus. Ich stürze mich hinein, flüchte mich in die Sicherheit dieses Körpers, dessen Windungen und Abgründe mir so vertraut sind. Irgendwann reiße ich mich los.

»Ich fahre morgen. Kommst du allein zurecht?«

»Die Hauptsaison ist ja vorbei. Ich werde auf dich warten. Ich laufe jeden Abend zum Hafen runter und halte Ausschau nach dem letzten Schiff. Eines Tages wirst du drinsitzen. Außerdem bin ich nicht allein, ich habe Cassiel und Gwenadu.«

Er nimmt ein indigoblaues Notizbuch mit Spiralbindung vom Verkaufsständer und reicht es mir.

»Mach zwei Spalten, Pro und Kontra. Ich wette, am Ende gewinnt das Leben.«

Ich verdiene seine Liebe nicht. Die Katze hat mich nicht genug geliebt, um zu bleiben, ebenso wenig wie mein Vater und Lénaïg. Ich bin wie diese Matrosen, mit denen niemand in See stechen will, weil sie Unwetter anziehen – vom Unglück verfolgt. Ich habe Clovis nicht die ganze Wahrheit erzählt. Dafür ist noch nicht der richtige Zeitpunkt.

Ich nehme das erste Schiff am nächsten Morgen. Ich kaufe nur eine einfache Fahrt, kein »Hin-und-heim«, wie die Alten sagen. Clovis begleitet mich nicht zum Hafen, er muss den Warenbestand kontrollieren. Man hört das Heulen des Nebelhorns auf der gesamten Insel. So weiß er, wann ich aufbreche, auch ohne auf die Uhr zu schauen. Zu dieser Jahreszeit verirren sich nur wenige Touristen nach Groix. Die Einheimischen mustern mich erstaunt, weil ich eigentlich bei meinen Zeitungen sein sollte.

»Brauchst ein bisschen Ablenkung, was, Liebes?«

So werden hier alle genannt, egal ob Mann oder Frau.

»Deine Omama fehlt dir bestimmt …«

»Kannst du nicht schlafen, Liebes? Ging mir damals auch so, als mein Mann gestorben ist.«

Apathisch lächle ich, danke allen für ihre Anteilnahme. Ich bin nicht länger E und T, sondern DDW – durch den Wind. Ich muss herausfinden, wer recht hat, die Katze oder diejenigen, die nicht die Segel streichen. Wenn man wissen will, ob die Fische glücklich sind, muss man ins Wasser springen und mit ihnen schwimmen.

ÉPERNAY

Vierunddreißig Jahre früher

Der Junge ist sechs Jahre alt. Es klingelt, und er stürmt zusammen mit seinen Kameraden aus dem Gebäude. Sein Ranzen schlägt ihm gegen den Rücken. Er schaut sich fröhlich nach seiner Maman um. Sie hat bestimmt ein Schokoladenbrötchen für ihn dabei wie jeden Tag, begrüßt ihn mit ihrem besonderen Lächeln und fragt ihn, wie es in der Schule war. Dann spazieren sie zu Fuß nach Hause und essen zu zweit zu Abend. Sein Papa kommt erst spät von der Arbeit. Er ist ein Geschäftsmann, er hat immer viel um die Ohren und keine Zeit zu spielen. Das war auch schon so, als sie noch in Afrika gelebt haben. Sie mussten ganz plötzlich weg, weil die Regierung gestürzt wurde. Sie haben alles zurückgelassen, alles verloren, ihr Haus, ihre Kleider, das Spielzeug, das Geld, sogar den roten Cockerspaniel Plemplem. Sie sind nach Épernay geflüchtet, wo seine Maman aufgewachsen ist.

Der Junge musste sich anpassen. Er hat neue Freunde gefunden, in der Schule aufgeholt, gelernt, Socken, Schuhe, lange Hosen und Pullover anzuziehen. Er träumt oft von Plemplem. Er hört ihn bellen, stürzt nach draußen, aber es ist jedes Mal ein anderer Hund. Gestern Abend hat sein Papa ihn genervt angebrüllt: »Schluss mit diesem Theater, die Aufständischen haben den blöden Köter längst abgemurkst. Das Kapitel ist durch, werd endlich erwachsen, benimm dich wie ein Mann!« Welches Kapitel? In welchem Buch?

»Papa sagt, dass die Aufständischen Plemplem abgemurkst haben. Was heißt das?«, fragte der Junge später seine Maman.

»Dass sie Späßchen mit ihm gemacht und mit ihm gespielt haben.«

Hoffentlich haben sie ihm auch Futter und frisches Wasser gegeben.

Seine Maman ist noch nicht da. Sonst ist sie immer pünktlich. Der Junge beobachtet die Straße und wartet. Die Zeit verprickelt nur langsam. Als sie in die Champagne gezogen sind, hat seine Maman ihm beigebracht, im Kopf kleine zerplatzende Kohlensäurebläschen zu zählen. Sein Magen knurrt. Jetzt hätte er Lust auf seinen Nachmittagssnack. Endlich entdeckt er sie.

»Meine Maman ist da!«, ruft er der Betreuungslehrerin zu und rennt los, bevor sie antworten kann.

Er läuft auf das blaue Kleid zu, das seine Maman sich heute gekauft haben muss. Dabei schließt er die Augen. Die Gefahr jagt ihm einen köstlichen Schauder über den Rücken. Mit ausgebreiteten Armen prallt er gegen etwas Weiches, erwartet, dass seine Maman der Form halber schimpft: »Du bist ja plemplem!« Genau wie sein Hund. Später werden sie bunte Gnocchi essen und einen Film mit Louis de Funès schauen, den der Junge gern nachmacht, indem er das Gesicht verzieht und »mein geliebtes Rehlein« ruft.

»Hast du sie noch alle? Pass gefälligst auf, wo du hinläufst!«

Er klappt die Augen auf. Das blaue Kleid hat nicht die

Stimme seiner Mutter. Es ist eine Fremde, die ihr nur ein bisschen ähnlich sieht. Verärgert schiebt sie ihn weg. Er rennt zurück zur Schule, aber die ist schon zu. Er sitzt hier draußen fest.

Er wohnt nicht weit entfernt und kennt den Weg, also beschließt er, allein nach Hause zu gehen. Er kommt an der Bäckerei vorbei. Schade, dass er kein Geld hat. Als er endlich da ist, hängt ihm der Magen fast in den Kniekehlen. Mamans Auto ist da, und das von Papa, was für diese Tageszeit ungewöhnlich ist. Alles ist still.

»Maman? Ich bin's!«

Seine Eltern hören ihn nicht. In letzter Zeit streiten sie oft. Gestern Nacht haben sie ganz laut geschrien. Papa ist eifersüchtig, weil Maman einen Freund hat. Der Junge versteht nicht, was daran schlimm sein soll. Er hat auch einen Freund, Arthur. Mit dem spielt er in der Pause. In Afrika war Yahia sein bester Freund. Zu zweit ist man stärker.

Er geht durch den Garten zur Hintertür, um seine Eltern zu überraschen. Er dreht den Knauf, drückt gegen das Holz. Die Tür ist nicht abgeschlossen, aber irgendwas blockiert sie von innen. Er drückt fester. Es riecht komisch.

»Maman? Papa?«

Er hat keine Angst, aber sein Bauch kribbelt, wie damals in Afrika, als die riesige Schlange im Wohnzimmer lag.

»Maman, ich bin's!«

Halten seine Eltern ein Nickerchen? Oder haben sie sich lieb?

Der Junge spannt die Muskeln an und drückt mit aller Kraft. Endlich gibt das Hindernis nach, die Tür geht auf. Als Allererstes bemerkt er den Fuß seiner Maman. Er ist nackt, wie in Afrika, wo sie im Haus nie Schuhe getragen hat. Mit dem roten Nagellack sehen ihre Zehen aus, als würden sie lächeln. Das »mein geliebtes Rehlein« bleibt ihm im Hals stecken, als er das Blut bemerkt, das sich um ihren Körper herum ausbreitet wie eine Frankreichkarte.

IM ZUG

Die Fahrt von der Bretagne in den Süden ist eine halbe Weltreise. Ich muss bis nach Paris hoch, bevor ich runterdarf. Das Rattern des Zugs wiegt mich in den Schlaf. Ich träume von der Katze, ein süßer, zärtlicher Traum. Es ist Herbst. Wir gehen Brombeeren pflücken, sammeln nach den Springfluten Treibholz und bauen daraus Skulpturen, picknicken am Strand von Poltas bei Kermarec. Ich bin mit einem Loch im Herzen aufgewachsen, weil meine Eltern nicht da waren. Die Katze war mir Mutter und Vater, sie hat mir erst das Fahrrad-, dann das Autofahren beigebracht, mir erklärt, wie man zur Frau wird und warum die Liebe einem den Kopf verdreht. Es gab nie einen Mann im Haus. Die Katze hat ihren Evan früh verloren – mein Großvater ist, wie so viele Hochseefischer, auf dem Meer verschollen. Meine Großmutter hat nicht wieder geheiratet, er war ihr Gegenstück gewesen, ihr Seelenverwandter. Sie lebte mit der Erinnerung an ihn. Evan war nicht weit weg, nur auf der anderen Seite. In diesem so realistisch wirkenden Traum ist die Katze plötzlich in meinem Alter und spaziert mit ihm auf das Trou de l'Enfer zu, den sogenannten Höllenschlund. Evan tritt an den Abgrund, beugt sich zum schäumenden Wasser tief unten und schaut seine Frau mit einem unwiderstehlichen Lächeln an.

»Wollen wir springen?«

»Nein!«, rufe ich panisch. »Hör nicht auf ihn, bleib bei mir!«

»Wachen Sie auf, Mademoiselle, der Schaffner kommt.«

Ich schrecke aus dem Schlaf. Meine Sitznachbarin, eine alte Dame mit schlumpfblau gefärbtem Haar, berührt mich am Arm. Die Katze löst sich in Luft auf, Evan zerrt sie mit sich in die Tiefe, ich bin allein mit dem Ergebnis des Schwangerschaftstests und Clovis' ohnmächtiger Liebe. Ich zeige dem Schaffner meine Fahrkarte, schließe wieder die Augen und flehe meine Großmutter an zurückzukommen.

»Wohin fahren Sie?«, fragt meine Nachbarin.

»Nach Antibes«, antworte ich, ohne die Augen zu öffnen.

»Ich auch. Würden Sie mir dann helfen, meinen Koffer von der Ablage zu heben? Für mich ist er zu schwer, und Kavaliere gibt es ja heutzutage kaum noch. Die Jungen starren bloß auf ihr Handy, die Älteren auf ihren Computer.«

Ich nicke mit geschlossenen Augen. Vergeblich.

»›Das Alter ist ein Schiffbruch‹, sagt Chateaubriand in seinen *Erinnerungen von jenseits des Grabes*«, fährt die Frau unbeirrt fort. »Sie sind jung, Sie wollen schlafen, für Sie tickt die Uhr noch nicht. Für mich schon. Ich habe Lust, mich zu unterhalten. Sie sitzen auf dem falschen Platz.«

Ich gebe mich geschlagen und klappe die Augen auf.

»Ich sehe nicht mehr gut genug, um zu lesen«, erklärt Madame Schlumpfhaar. »Ich langweile mich zu Tode, aber der Gevatter lässt auf sich warten. Jeden Abend hoffe ich, dass ich am nächsten Morgen nicht mehr aufwache.«

Ihre Worte stacheln meine Wut an. Ich reagiere so heftig, wie ich es gar nicht von mir kenne, und rufe: »Sie sollten sich freuen, dass Sie so viel mehr Zeit geschenkt bekommen als andere.«

»Werden Sie erst einmal achtundachtzig, dann sehen Sie, wie das ist.«

»Ich dachte, dann sehe ich nicht mehr gut genug«, erwidere ich unwirsch.

»Und hören werden Sie auch schlechter. Und Sie verlieren Ihre Freunde. Das ist das Schlimmste: mitzuerleben, wie Ihre Liebsten sich nach und nach verkrümeln oder Sie nicht mehr erkennen. Und die Kinder … die sollten nie vor ihren Eltern sterben.« Die alte Dame macht eine Pause. »Meine Enkeltochter hatte Krebs. Am Tag der Beerdigung hat meine Tochter mich ganz seltsam gemustert. Sie hat sich gefragt, warum ich noch da bin. Und ich kam mir schrecklich unverschämt vor.«

»Das tut mir sehr leid«, sage ich besänftigt. »Aber Sie müssen sich nicht dafür rechtfertigen, am Leben zu sein, das ist ein großes Glück.«

»Glück? Bei meinem krummen Rücken und den knotigen Fingern? Einer Tochter, die jedes Mal seufzt, wenn ich sie um Hilfe bitte, einer Schwiegertochter, die die Augen verdreht, wenn sie etwas wiederholen muss? Den frechen Blagen, die mich auf dem Bürgersteig mit ihren Rollern umfahren? Immer wenn ich eine Zugfahrkarte brauche, muss ich meinen Sohn belästigen, weil ich keine Ahnung von diesem Internet habe. Oder wenn das Kästchen für den Fernseher nicht funktioniert. Früher hat man auf einen Knopf gedrückt, um den Apparat einzuschalten, und um den Sender zu wechseln, ist man aufgestanden, ganz einfach. Heutzutage ist alles viel zu kompliziert.«

Meine Schläfrigkeit ist verschwunden.

»Aber es gibt doch noch die kleinen Freuden: eine Tasse Kaffee, ein Anruf, ein Sonnenaufgang …«, sage ich leise.

»Früher habe ich leidenschaftlich gern mit meinen Freundinnen am Telefon geschwatzt. Jetzt liegen sie alle auf dem Friedhof oder sind nicht mehr ganz richtig im Kopf. Vom Kaffee kriege ich Sodbrennen, von der Sonne Augenschmerzen, und Kreuzweh habe ich auch ständig. Manchmal träume ich, dass ich wieder jung bin, einen Tanzabend besuche, und zack! – wache ich auf und bin weiter in diesem Körper gefangen, der sein Verfallsdatum längst überschritten hat.«

Mein Körper ist jung und gesund, mit dem Koffer meiner Nachbarin komme ich problemlos zurecht. Niemand sieht, wie kaputt ich innendrin bin.

»Entschuldigen Sie mich kurz.«

Ich stehe auf, stolpere zur Toilette, schließe mich ein und beuge mich über mein Handy. Ich habe Empfang. Ich tippe drei Wörter in die Suchmaschine: Krankenschwester, britisch, Sterbehilfe. Der Artikel, wegen dem ich einen Riesenkrach mit der Katze hatte, erscheint auf dem Display. Ich blicke in das lächelnde Gesicht der britischen Krankenschwester – fünfundsiebzig Jahre alt und Mutter zweier Kinder –, die sich für einen ärztlich unterstützten Suizid in der Schweiz entschieden hat, wo so etwas legal ist. Der *Sunday Times* erklärte sie, dass das Altwerden eine traurige Angelegenheit sei und sie im Vollbesitz ihrer geistigen Kräfte sterben wolle. Sie möge weder ihrem Lebensgefährten noch ihren Kindern zur Last fallen. Sie habe ihr ganzes Leben lang alte Menschen gepflegt und weigere sich, so zu enden. Dem Widerstand ihrer Familie zum Trotz hat sie ihre eigene Beerdigung organisiert und alles in die Wege geleitet. An ihrem letzten Abend ist sie mit ihrem Lebensgefährten essen gegangen. Das war im Juli 2015 in Basel.

Seufzend kehre ich an meinen Platz zurück. Ich kann es immer noch nicht nachvollziehen. Der Kopf meiner Sitznachbarin ist zur Seite gerollt, ihre Arme wirken seltsam schlaff. Ihr Mund steht offen, ihre Augen sind geschlossen.

»Alles in Ordnung, Madame? Madame?«

Die Frau mit dem Schlumpfhaar reagiert nicht. Sie sieht nicht gut aus. Sah die Katze auch so aus, als sie in Basel das Medikament genommen hatte? Hatte sie Angst, war ihr kalt, tat ihr etwas weh? Woran hat sie gedacht, als die Dunkelheit alles verschlungen hat? An ihren Mann Evan? An ihre Tochter Lénaïg? An den Sonnenuntergang vor dem Port Saint-Nicolas? An die Möwenjungen in der Nähe des Phare de Pen-Men, die sich zum ersten Mal in die Lüfte erheben? An die Chansons von Reggiani oder Barbara, zu denen sie mich als Kind in den Schlaf gewiegt hat?

Panisch packe ich den immer noch warmen, weichen Arm der Dame und schüttle sie.

»Geht es Ihnen nicht gut? Antworten Sie mir, oder ich ziehe die Notbremse!«

Meine Sitznachbarin blinzelt verschmitzt, dann setzt sie sich kichernd auf.

»Ha, Sie sind darauf reingefallen. Ich bin eine gute Schauspielerin, was? Ich tue für mein Leben gern so, als würde ich den Löffel abgeben. Meine Kinder hassen es, aber mir macht es einen Mordsspaß. Na, sitzen Sie lieber neben einer Quasselstrippe oder neben einer Leiche? Seien Sie mir nicht böse, es war doch nur ein Scherz. Da fühle ich mich viel lebendiger. Und weniger einsam.«

Ich hole mein indigoblaues Notizbuch aus der Tasche und schreibe in die Pro-Spalte: träumen, dass man jung ist, schwatzen, so tun, als wäre man tot. Und in die Kontra-Spalte: Rücken und Finger, Kinder mit Rollern, Internet und Fernsehapparat, Koffer, Freunde, die sich verkrümeln.

ANTIBES

Der Himmel hat nicht die gleiche Farbe, die Gärten verströmen nicht den gleichen Duft, die Leute sprechen nicht im gleichen Tonfall wie auf Groix. Die Zikaden singen, und ich komme mir vor wie auf einem anderen Planeten. Selbst die Vögel haben den Akzent des Südens, ihr Tschilpen erzählt vom Lavendel. Das Meer ist ruhig und klar, und ich kann mich einfach nicht an das Fehlen der Gezeiten gewöhnen. Man badet zu jeder Stunde, die Schiffe sind kurz vertäut, kein Süßwasserangler hängt bei Ebbe schief am Anleger. Die Klischees gehören längst der Vergangenheit an: Holzpantinen und bretonische Haube zu Hause, Kopftuch und provenzalische Schürze hier. Heutzutage ziehen sich alle ähnlich an: Jeans und T-Shirt. Sprachmelodie, Atmosphäre, Bäume und Wellen allerdings sind anders. Tiefgang vs. Leichtigkeit. Kantilene vs. Kavatine. In fünf Minuten lerne ich dank Cathy Madame de Kerjeant kennen, die mir beweisen wird, dass die Katze unrecht hatte.

Ich hole tief Luft und betrete das Gebäude. Im Spiegel des Aufzugs begutachte ich mein Outfit: rote Bluse, rote Chucks, schwarze Jeans – das geht immer. In der Hoffnung, dass meine zukünftige Arbeitgeberin nicht taub ist, klingle ich an der Wohnungstür. Ein rothaariger Mann Anfang vierzig öffnet und bittet mich herein. Eine ältere Dame mit einem weißen, von roten Strähnen durchzogenen Dutt und dem eisigen Blick eines Schlittenhunds sitzt kerzengerade auf einem gelben Sofa und mustert mich. Ich nehme auf der Kante eines mit taubengrauer Seide bespannten Stuhls Platz, der so zart wirkt, als würde er gleich unter meinem Gewicht zusammenbrechen.

»Sie haben also die Anzeige meiner Mutter gelesen«, fängt der Mann an. »Haben Sie Ihre Zeugnisse dabei?«

Ich schüttle den Kopf.

»Ich weiß von meiner Freundin Cathy, dass Sie jemanden suchen. Sie arbeitet für den Sohn einer Frau, die auch hier wohnt.«

»Ach ja, die, die nur Rosa trägt. Erinnern Sie sich, Mutter? Wir haben die beiden getroffen, als ich Sie ins Eden-Roc ausgeführt habe.«

»Das war himmlisch, Côme«, schwärmt die alte Dame. »Und so amüsant. Du hast gedacht, der Bademeister wäre ein Unhold, der dich ertränken will.«

»Schön, dass ich Sie zum Lachen bringe, Mutter«, erwidert Côme unerschütterlich.

Ich habe noch nie jemanden kennengelernt, der seine Mutter »Mutter« nennt und sie siezt.

»Ich habe keine Zeugnisse. Sie brauchen jemanden für einen Monat, ich bin verfügbar.«

»Sie sind sehr jung«, bemerkt Côme. »Was machen Sie beruflich?«

»Ich führe den Zeitungsladen auf Groix, einer Insel im Morbihan. Stammen Sie auch aus der Bretagne?«

»Ursprünglich ja. Die Familie meiner Mutter. Aber die de Kerjeants leben schon seit drei Generationen hier im Süden. Nehmen Sie es mir nicht übel, aber ich würde jemanden mit mehr Erfahrung bevorzugen …«

»Sie kann der Liga beitreten«, unterbricht ihn die alte Dame plötzlich und richtet den Zeigefinger auf mich.

Ich hebe überrascht die Augenbrauen. Côme verzieht das Gesicht.

»Ist das Ihre natürliche Haarfarbe?«, fragt er unvermittelt.

Das verwirrt mich.

»Ja. Warum?«

»Ich heiße Gilonne«, sagt die alte Dame. »Das ist die weibliche Form von Gilles, ein sehr seltener Vorname. Seien Sie gewarnt, ich mag weder Frauen noch Kinder noch Tiere. Sie gefallen mir nur, weil Sie auch rothaarig sind wie ich.«

Sie streckt mir ihre mit einem großen Rubin geschmückte Hand entgegen. In der Ecke des Zimmers steht ein weißes Klavier, darauf ein goldener Bilderrahmen mit dem Foto einer atemberaubenden Rothaarigen. Sie sitzt auf dem Deck einer Yacht und lächelt, den Kopf an die Schulter eines attraktiven Manns in Blazer und Kapitänsmütze gelehnt. Die beiden wirken wie ein Hollywoodpärchen.

Dann zählt sie laut meine Vorzüge auf: »Sie sind hübsch, das ist wichtig. Nicht ordinär, das wäre inakzeptabel. Und rothaarig, das ist unabdingbar. Chantal, die Sie ersetzen sollen, hat geschummelt. Ihre Haare waren gefärbt. Sie sehen aus wie die Enkeltochter, die ich mir wünsche.«

Ich bemerke, wie ihr Sohn sich verkrampft. Er hatte bestimmt keine leichte Kindheit.

»Ich will Sie in meinem Team«, erklärt Gilonne und durchbohrt mich mit ihrem Huskyblick. »Verfolgen Sie diese TV-Show *The Voice*?«

»Ich habe keinen Fernseher.« Ob diese Antwort wohl auch inakzeptabel ist?

»Meine Haare haben meiner Familie das Leben gerettet«, sagt Gilonne.

Ich reiße die Augen auf.

»Meine Großeltern waren in der Résistance, damals während des Zweiten Weltkriegs«, schaltet Côme sich ein. »Sie haben die Kinder eines befreundeten jüdischen Paars versteckt, das deportiert worden war, einen Jungen und ein Mädchen. Ihr Gärtner hat sie verraten, und plötzlich stand die Gestapo bei ihnen am Cap d'Antibes vor der Tür. Mutter hat einen unfassbar kühlen Kopf bewahrt. Sie hat angefangen, Schubert-Lieder zu singen. Der Nazioffizier war ein Musikliebhaber. Er hat ihrer Darbietung gelauscht und ihr anvertraut, dass seine Tochter genauso rote Haare habe wie sie. Währenddessen konnten die Kinder an einen sicheren Ort gebracht werden, und niemand wurde verhaftet.«

»Wäre ich blond oder braunhaarig gewesen, wären wir heute nicht hier«, schließt Gilonne. »Seitdem sehe ich alles durch die orangerote Brille. Sie werden mich Madame nennen. Wie heißen Sie mit Vornamen?«

»Kim.«

»Sie haben Charme«, konstatiert Gilonne. »Verstehen Sie das nicht als Kompliment, ich habe wenig übrig für hübsche junge Frauen. Ich war eine Schönheit, die Männer lagen mir zu Füßen.«

Ich schaue sie stumm an. Diese Zeiten sind lange vorbei. Schmeichelei war noch nie meine Stärke.

»Heute ist mein Kopf weiß wie ein Klatschmohnfeld im Winter. Aber ich bleibe eine Rothaarige, solange ich lebe. Wir sind eine Elite, Kim. Unsere Haarfarbe rührt von einer Mutation auf dem Chromosom sechzehn her. Ramses II. war rothaarig, genau wie König David und Judas. Wir sind anfälliger für Allergien und Sonnenbrände, reagieren empfindlicher auf Narkosemittel, sind streitsüchtiger und leidenschaftlicher. Wir ernten mehr Spott in der Schule, müssen früh lernen, uns zu verteidigen, lieben heftiger, leben intensiver. Haben Sie Geschwister?«

Ich schüttle den Kopf. Nicht, dass ich wüsste, zumindest.

»Sind Ihre Eltern auch rothaarig?«

Ich halte den Atem an. Ich habe keinen blassen Schimmer, wie mein Vater aussieht, aber auf dem Nachttisch in meinem Kinderzimmer stand ein Foto von Lénaïg, und die hatte langes kastanienbraunes Haar. Ich bin das hässliche Entlein. In meiner Grundschulklasse war ich die einzige Rothaarige. Erst auf dem Internat habe ich andere kennengelernt, mich allerdings nie mit ihnen angefreundet, aus Angst, sie könnten meine Halbgeschwister sein, immerhin weiß ich weder Namen noch Adresse meines Vaters. Doch meine zerrütteten Familienverhältnisse gehen diese Frau nichts an. Also lüge ich.

»Meine Mutter.«

»Mein Bruder Bernard hat die Liga der glücklichen Rothaarigen gegründet«, sagt Gilonne. »Er war der Großmeister, ich bin der Großmarschall. Mein Sohn ist ein Ritter. Wir werden Sie als neues Mitglied vorschlagen, nicht wahr, Côme?«

Der Sohn nickt, mäßig begeistert.

»Dann ist es abgemacht. Die Details könnt ihr beide besprechen, ich bin müde. Sie fangen morgen früh um neun Uhr an.«

Damit steht Gilonne auf. Ihr Sohn bietet ihr den Arm an, sie hakt sich unter, und gemeinsam steuern die beiden auf das angrenzende Zimmer zu. Die alte Dame humpelt ein bisschen, stolpert über eine Ecke des Teppichs in ihren Chanel-Pantoffeln; die erkenne ich, weil ich immer Klatschmagazine lese, wenn im Laden nichts los ist.

Als der Sohn zurückkehrt, lässt er die Tür einen Spalt breit offen.

»Hören Sie gut zu. Mutter hat Angst im Dunkeln, also dürfen Sie ihre Tür nie ganz schließen. Wenn sie sich beim Fernsehen aufregt, wechseln Sie den Sender. Sobald in einem Film ein Swimmingpool vorkommt, machen Sie den Apparat aus.«

»Warum das?«

»Weil sie sonst nicht mehr zu bändigen ist.«

Er lächelt beruhigend.

»Sie sind nur einen Monat lang hier. Ich kenne sie schon seit vierzig Jahren. Ich weiß, wie sie tickt. Solange man sich an ihre Regeln hält, ist sie sehr umgänglich. Darf ich Ihnen einen Kaffee anbieten?«

Ich bitte um einen entkoffeinierten. Er schaltet die Maschine ein und holt zwei zarte Porzellantassen mit Blumenmuster aus dem Schrank.

»Mutter hat drei verschiedene Service, eins für jeden ihrer Ehemänner. Das geblümte ist das meines Vaters, des Botschafters. Das schwarz-weiße das des Auktionators. Das rote das des Schlossbesitzers. Sie wird Ihnen ihre Lebensgeschichte selbst erzählen, die ist ein wahrer Roman. Sie hat ihren Mädchennamen wieder angenommen. Ich heiße Solericci, wie mein Vater. Heute Morgen ist sie in guter Verfassung, aber manchmal hat sie schlechte Tage. Dann vermischt sie Vergangenheit und Gegenwart, erkennt Leute nicht, wirft Sachen durcheinander. Aber Sie wird sie auf jeden Fall erkennen. Als Rothaarige haben Sie sich in ihr Gedächtnis gebrannt.«

»Sie ist nicht mehr ganz richtig im Kopf? Ich dachte, sie braucht eine Gesellschafterin, keine Pflegerin.«

»Sie lebt in ihrer eigenen Welt. Sie ist bei Dr. Tallec in Behandlung, seine Praxis befindet sich direkt an der Straßenecke. Sie braucht jemanden, der ihr zuhört, der Zeit mit ihr verbringt. Sie hat einen kleinen Fiat 500. Da fällt mir ein, haben Sie einen Führerschein?«

Ich nicke. Ich muss ihm ja nicht auf die Nase binden, dass ich auf einer Insel wohne, auf der es keine einzige Ampel, sondern nur Stoppschilder gibt. Ich trinke einen Schluck Kaffee.

»Wenn sie irgendwohin möchte, fahren Sie sie ruhig, das tut ihr gut. Sie frühstückt hier oben, Kaffee, Brot, Butter und Olivenpaste. Mittags und abends isst sie unten im Restaurant. Sie bringen sie hin und holen sie wieder ab. Die Kleiderordnung ist sehr streng: Frauen müssen einen Blazer tragen, Männer eine Krawatte.«

Ein Dresscode im Altenheim, die Senioren auf Groix würden sich kaputtlachen.

»Ich wohne in Menton, ungefähr sechzig Kilometer von hier entfernt. Ich komme jeden Samstag. Wir essen gemeinsam zu Abend – Cracker und Sherry, das ist unser Ritual –, und ich miete ein Zimmer im Cercle für die Nacht. Sonntagnachmittag fahre ich zurück. Kurz gesagt, am Wochenende kümmere ich mich um sie. Nur bei der Körperpflege kann ich ihr nicht helfen, sie ist meine Mutter, verstehen Sie? Könnten Sie am Sonntagmorgen eine Stunde zusätzlich kommen? Natürlich gegen entsprechende Entlohnung.«

Ich werde hier deutlich mehr Geld verdienen als im Zeitungsladen, aber dafür muss ich Tag und Nacht einsatzbereit sein.

Umso besser, dann kann ich nicht so viel über die Katze nachgrübeln. Ich deute auf das weiße Klavier.

»Wer von Ihnen spielt?«

»Mutter.«

Die Katze hat mir erzählt, dass Lénaïg eine begnadete Gitarristin war. Das hat mir alle Instrumente von vornherein verleidet. Als sie mich verlassen hat, hat sie die Musik mitgenommen.

»Und Ihre Liga der Rothaarigen, was ist das genau? Ein Verein?«

»Eine Erfindung meines Onkels Bernard. Ich habe ihn nie kennengelernt, er ist gestorben, als er sechzehn war, am Cap d'Antibes. Ein anaphylaktischer Schock.«

»Ein was?«

»Eine allergische Reaktion auf Quallen, die tödlich geendet hat. Mutter und er waren die einzigen Rothaarigen in der Familie. Sie standen sich sehr nahe und haben sich zum Spaß diese Liga ausgedacht. Angeblich war Mutter vor seinem Tod fröhlich und lebenslustig. Ich kenne sie nur wehmütig und launisch.«

Côme schüttelt mir die Hand.

»Dann sind wir uns einig?«

Ich fange morgen früh um neun Uhr an. Er vertraut mir den Schlüssel für die Wohnung an, weil mein Haar die passende Farbe hat.

Mit der Katze habe ich früher oft stundenlang Quartett gespielt. Von den Roten habe ich jetzt also die Mutter, den Sohn und die Gesellschafterin. Bevor ich wieder nach draußen auf den Boulevard du Général-Vautrin trete, strecke ich mir im Aufzugspiegel die Zunge raus.

Gilonne de Kerjeant ist eine außergewöhnliche Frau – genau die Richtige, um mir die Frage zu beantworten, die mich nachts wachhält.

ANTIBES

Die Kaffeemaschine ist ein Jahr alt und orangefarben. Sie war ein Geschenk zum Muttertag und wurde ohne den verführerischen amerikanischen Schauspieler aus der Werbung verkauft. Am Ende ist sie in der Küche einer älteren Dame gelandet. Sie unterteilt die Kaffeetrinker in drei Kategorien: die Starken, die Mit-Zucker und die Entkoffeinierten. Die Starken sind hektisch, entschlossen und leiden unter Magenproblemen. Die Mit-Zucker sind oft grobmotorische Männer mit tiefer Stimme. Die Entkoffeinierten sind bedächtiger, langsamer, älter. Sie hinterlassen Flecken auf der Arbeitsplatte und haben Schwierigkeiten mit dem Hebel für die Kapselkammer. Die Frau, die die Maschine am Muttertag mit ihren verkrümmten Fingern ausgepackt hat, klagt oft: »Chantal, hilf mir, ich habe nicht genug Kraft.«

Die Maschine mag Chantal nicht. Sie ist rabiat und klaut Kaffee, schiebt sich zwei Kapseln in die Tasche und bereitet dann drei Tassen mit einer zu, was der alten Dame gar nicht auffällt.

Jeden Samstag kommt der Mann zu Besuch, der die Maschine verschenkt hat. Er bringt seiner Mutter neue Kapseln mit und wundert sich über die Geschwindigkeit, mit der sie sie verbraucht. Die alte Dame sagt: »Es ist verrückt, wie viel besser mir der Kaffee schmeckt, wenn du da bist, mein Schatz!« Chantal trinkt gar keinen Kaffee, sie klaut die Kapseln für ihren Mann. Manchmal spritzt die orangefarbene Maschine ihr ein paar heiße Tropfen auf die Hand, um ihr zu verstehen zu geben, dass sie ihr Spielchen durchschaut hat. Anders kann sie sich nicht ausdrücken.

Chantals Kündigung hat die Maschine sehr gefreut. Aber wer soll jetzt den Hebel für die alte Dame bedienen? Diese junge Frau, die zu den Entkoffeinierten gehört?

JUAN-LES-PINS

Am Abend kehre ich in Cathys Wohnung zurück. Die Grillen haben die Zikaden abgelöst. Clovis hat mir eine E-Mail geschickt. Das ist neu. Normalerweise schreiben wir uns SMS.

Die Mail enthält keinen Text, nur ein Bild im Anhang, das Cover eines bretonischen Einrichtungsmagazins, das einen Leuchtturm zeigt. Darauf hat Clovis ein Post-it geklebt. »Mir fehlen die Worte, um dich zurückzuholen, also müssen die Zeitschriften für mich sprechen. Ich schicke dir jeden Tag ein Cover, das meine Gefühle ausdrückt. Und ich warte jeden Abend auf das letzte Schiff. Nimm dir Zeit. Groix hat schon so manches Unwetter überstanden, die Insel ist unverwüstlich. Genau wie unsere Liebe.«

Unterschrieben hat er mit C und C. Clovis und Cassiel. Der König und der Erzengel.

ÉPERNAY

Vierunddreißig Jahre früher

Der Junge stolpert wieder hinaus auf die Straße, ganz starr vor Schreck. Eine Nachbarin, die gerade vom Markt zurückkehrt, erkennt ihn und bleibt stehen. Er ist zu jung, um alleine draußen zu spielen.

»Kann ich dir helfen?«, fragt sie.

»Maman hat ihren Schuh verloren«, sagt er so leise, dass sie ihn erst beim dritten Mal versteht.

»Na, dann komm mal mit. Wir suchen ihn zusammen.«

Sie nimmt ihn an die Hand. Er klammert sich an ihr fest, als hinge sein Leben davon ab. Zusammen gehen sie in Richtung Küche. Die Nachbarin ruft fröhlich: »Hallihallo! Raten Sie mal, was für einen hübschen jungen Mann ich draußen getroffen habe.« Der Junge dreht sich um, aber da ist niemand. Von wem redet sie? Sie treten durch die Tür. Seine Maman liegt immer noch auf dem Boden. Sie hat ihren Schuh nicht wieder angezogen. Die Nachbarin fängt an zu schreien, lässt seine Hand los, rennt davon. Er ist allein. Heute lassen ihn alle allein. Er fühlt sich geknickt, wie das Comicheft, auf das sein Papa sich versehentlich gesetzt hat.

Die Nachbarin hat ihren Korb fallen gelassen. Ein Apfel ist in die Blutlache gerollt. Der Junge kniet sich neben seine Maman. Die Fliesen sind kalt, sie wird sich verkühlen. Er holt ein Geschirrtuch und deckt sie damit zu. Es war ein Geschenk zum Muttertag, sie haben es in der Schule gemacht. Der Junge hat eine Sonne, Weinstöcke, eine Mutter mit ihrem Kind und ein großes grünes Auto im Hintergrund daraufgemalt. Sein Papa hat ihn gefragt, warum er nicht auf dem Bild sei. Der Junge hat geantwortet, dass er im Auto sitze und keine Zeit habe zu spielen.

Ein metallischer Geruch liegt in der Abendluft. Der Junge schließt die Augen und schnuppert, wiegt sich hin und her, fliegt zurück nach Afrika, wo alles ganz einfach war und er mit Yahia und dem Cockerspaniel Plemplem herumgetollt ist.

»Heilige Scheiße!«

Der Fluch reißt ihn aus seinem Traum. Man muss aufpassen, was man sagt, besonders vor einer Dame, predigt sein Papa immer. »Scheiße« ist ein verbotenes Wort. Früher hat man den Kindern dafür den Mund mit Seife ausgewaschen. Der Mann, der es gerufen hat, trägt eine Uniform. Seine eisernen Arme schließen sich um den Jungen und heben ihn hoch. Er windet sich, schlägt um sich, strampelt mit den Beinen, um sich zu befreien, doch der Besitzer der Arme ist groß und stark und stellt ihn erst draußen auf der Straße neben einem Auto mit blinkendem Blaulicht wieder ab. Der Junge steht steif da, die Arme an den Körper gepresst wie einer der Zinnsoldaten seines Opas. Ein Krankenwagen hält an, mehrere Männer in Weiß springen heraus und laufen in die Küche, um seine Maman gesund zu machen. Ein Mann ohne Uniform, aber mit Schnurrbart, beugt sich zu ihm herunter und fragt mit seltsamer Stimme: »Ist jemand im Haus? Ist er noch da? Hast du gesehen, wer das war?«

Der Junge schüttelt den Kopf. Der Mann riecht nach Knoblauch.

»Ich war in der Schule.«

»Wo ist dein Papa?«

Der Junge dreht sich zum grünen Auto in der Einfahrt. Das hat er kaum beachtet, als er nach Hause gekommen ist. Sein Papa sitzt auf der Fahrerseite, den Kopf auf das Lenkrad gelegt. Das von Maman gebügelte Hemd leuchtet strahlend weiß. Der Junge streckt die Hand aus. Sein Papa ist ein Geschäftsmann, man darf ihn nicht stören. Die Polizisten ziehen ihre Pistolen und rennen auf den Wagen zu.

ANTIBES

Um Punkt neun Uhr am nächsten Morgen betrete ich Gilonne de Kerjeants Wohnung und bereite das Frühstück vor, hole die Olivenpaste aus dem alten Kühlschrank, dessen Licht nicht mehr funktioniert. Auf Groix isst niemand Olivenpaste zum Frühstück. Nachdem ich noch zwei Scheiben Toast geröstet habe, klopfe ich an die Schlafzimmertür und stelle das Tablett auf ein mit Intarsien verziertes Tischlein. Gilonne setzt sich blinzelnd auf.

»Wer sind Sie?«

»Kim.«

»Ich kenne Sie nicht. Verlassen Sie sofort meine Wohnung, oder ich schreie. Wo ist Chantal? Wo ist Côme?«

Das fängt ja gut an.

»Chantal hat ein Gipsbein. Sie haben mich gestern eingestellt. Sie haben mir sogar angeboten, Mitglied in der Liga Ihres großen Bruders zu werden, erinnern Sie sich? Die Liga der zufriedenen Rothaarigen.«

Wie durch ein Wunder entspannt sich Gilonnes Gesicht. Ihr verwirrter Frühlingsblick wird herbstlich-triumphierend. Mit einem Lächeln verbessert sie mich: »Der *glücklichen* Rothaarigen. Ihre Haarfarbe gefällt mir. Und der Kaffee riecht köstlich. Was ist in diesem Gläschen? Ach, Olivenpaste. Eine hervorragende Idee!«

Gilonne hat eine hypermoderne Massagedusche. Als ich ihr beim Waschen helfe, drücke ich versehentlich den falschen Knopf, und das Wasser schießt in alle Richtungen und spritzt uns von oben bis unten nass. Ich wage es nicht, sie loszulassen, aus Angst, dass sie fällt und sich den Oberschenkelhals bricht. Beim Anziehen bewundere ich die Stoffe und Schnitte der edlen Kleidung. Gilonne ist gertenschlank. Die fließenden Stücke umspielen ihre Modelfigur perfekt. Sie begutachtet sich im großen Garderobenspiegel mit dem Goldrahmen, wirft sich eine Kusshand zu. Gestern Abend habe ich mich gefragt, womit wir uns den ganzen Vormittag über beschäftigen sollen, aber die Zeit vergeht wie im Flug. Gilonnes Rhythmus ist langsam. Als sie fertig ist und ich auf die Uhr schaue, ist es schon zwölf. Wir müssen nach unten.

Ich habe eine Checkliste: Gilonne braucht ein Halstuch gegen den Luftzug, ein Papiertaschentuch in der rechten Tasche ihres Blazers und die Wohnungsschlüssel in der linken. Im Aufzug lässt sie sich auf die kleine Bank unter dem Spiegel plumpsen.

Auf dem kurzen Weg zum Restaurant hakt sie sich bei mir ein. Ein älterer Herr in einem Nadelstreifendreiteiler kommt auf uns zu. Gilonne wird auf den Schlag zwanzig Jahre jünger, richtet sich auf und stößt mich glatt weg.

»Lieber Orazio, was für eine Freude!«

Der Mann fragt: »Ist das Ihre Enkeltochter? Die Frauen in Ihrer Familie sind alle bezaubernd.«

Ich warte darauf, dass Gilonne den Irrtum aufklärt, doch stattdessen nickt sie und stolziert an seinem Arm davon. Wer hier wen stützt, ist schwer zu sagen. Als die Tür zum Speisesaal hinter den beiden zugefallen ist, tritt eine junge Blondine mit Piercings hinter einer Säule hervor.

»Er ist ein verkalkter alter Knacker, aber baggert noch

wie 'ne Eins«, ruft sie im Singsang des Südens. »Er will nicht, dass ich ihn begleite, obwohl er allein nicht mal mehr in den Aufzug kommt. Sind Sie wirklich die Enkeltochter der Prinzessin?«

»Nein, ich vertrete Chantal. Ist sie eine echte Prinzessin?«

»Sie hält sich für was Besseres, behandelt alle von oben herab. Chantal hatte die Schnauze voll.«

»Und ein kaputtes Bein«, ergreife ich kalt für Gilonne Partei. Man spricht nicht schlecht über Leute, von denen man Geld nimmt, das ist nicht anständig.

»Die Prinzessin ist wie eine Spinne, die Sie in ihr Netz lockt und bei lebendigem Leib verschlingt. Wer hat ein kaputtes Bein?«

»Chantal.«

»Chantal? Woher haben Sie denn den Quatsch? Die hat die Biege gemacht! Die arbeitet jetzt im Hôtel du Cap, da verdient sie an einem Tag allein mit dem Trinkgeld mehr als hier in 'nem ganzen Monat.«

»Aber ich soll sie nur vertreten, bis sie wieder gesund ist.«

»Das war ein Trick, die haben Sie verarscht!«

Ich gehe in den Garten, um nachzudenken. Mutter und Sohn haben mich angelogen. Ich will Côme schon anrufen, tue es dann aber doch nicht. Ich bin nur für einen Monat hier. Côme war zu allem bereit, um eine vertrauenswürdige Hilfe für seine Mutter zu finden. Seine Unehrlichkeit ändert nichts für mich. So gesehen, war es eine Notlüge. Ich schicke Cathy eine SMS.

»Danke für den Job, erster Tag läuft gut. Bei dir alles klar?«

»Alles super. Wir legen heute ab, während der Überfahrt

bin ich nicht erreichbar. Vergiss nicht, auch mal durchzuatmen.«

Eine Stunde später kommen die Bewohner des Cercle wieder aus dem Speisesaal, manche ohne Hilfe, andere auf ein Gehwägelchen gestützt oder in einem Rollstuhl. Die Kleiderordnung wird anscheinend befolgt, alle sehen sehr elegant aus, auch wenn eine Dame sich Clownsaugenbrauen aufgemalt hat und einem Herrn noch Reste vom Rasierschaum an der Wange kleben. Ich halte Ausschau nach Gilonne. Sie sitzt aufrecht und würdevoll vor ihrem leeren Teller. Außer ihr ist niemand mehr da. Ich gehe zu ihr.

»Sind Sie fertig, Madame?«

»Wer sind Sie?«, fragt sie erstaunt. »Wo ist Chantal?«

»Ihr Sohn Côme hat mich geschickt, um sie abzuholen. Ich gehöre zur Liga der lustigen Rothaarigen.«

Gilonne bricht in perlendes Lachen aus, und wir steuern schwankend auf die Tür zu.

»Darf ich Sie etwas fragen? Sind Sie glücklich?«

»Aber ja«, antwortet sie, ohne zu zögern. »Das Leben ist ein Erdnussknabbern.«

»Ein was?«

»Das hat mein Bruder Bernard immer gesagt. Andere behaupten, das Leben sei kein Zuckerschlecken.«

Ich helfe Gilonne ins Bett für ihren Mittagsschlaf. In einer Zeitschrift habe ich mal gelesen, dass ein Mädchen an seinem allerersten Kuss gestorben ist. Der Junge war in ihrer Klasse, sie war bis über beide Ohren in ihn verliebt. Da sie allergisch gegen Erdnüsse war, achtete sie seit ihrer Kindheit peinlich genau darauf, was sie aß. Sie konnte nicht ahnen, dass ihr Schwarm gerade ein Erdnussbuttersandwich verspeist hatte. Dieser Todeskuss hat mich noch lange beschäftigt.

Anschließend habe ich bis fünf Uhr frei. Ich sitze draußen in einem kleinen Pinienhain und lausche dem Zirpen der Zikaden. Ihr Gesang ist für die Leute aus Antibes genauso selbstverständlich wie das Nebelhorn des Postschiffs für die auf Groix. Jedem seine Geräusche, jedem sein Meer, jedem seine Touristen. Die hiesigen verkleiden sich nicht als Angler, essen Eis statt Crêpe und haben gern festen Boden unter den Füßen, während der Heuschreckenschwarm, der bei uns im Sommer einfällt, eine Insel bevorzugt. Groix ist eine geologische Ausnahmeerscheinung, ein Stück Meeresgrund, das aus den Tiefen emporgeschossen ist wie ein Delfin. Die Katze hat die Theorie vertreten, dass es Gott schon allein deshalb geben müsse, weil nur er auf die Idee kommen könne, ein Tier zu erschaffen, das zwanzig Minuten unter Wasser bleiben kann, zum Atmen aber auftauchen muss. Anscheinend habe ich Delfinengene. Auch ich gehöre mitten ins Meer, doch seit meine Großmutter die Leinen gelöst, brauche ich das Festland. Ich war mir immer sicher, dass Clovis mein Hafen ist, dass die Katze noch viele friedliche Jahre bei uns verbringen würde, dass sich, wenn ich irgendwann Mutter werde, der Kreis schließt und der Ankou vertrieben wird – der Diener des Todes, der in der Bretagne die Seelen der Verstorbenen mit seinem klapprigen Karren holt. Was treibe ich hier? Ich habe mich für einen Monat verpflichtet, so lange muss ich aushalten.

Ich nehme mein indigoblaues Büchlein und ergänze unter Pro: Zikaden und Grillen, baden gehen, das Leben durch die orangerote Brille sehen, Erdnussknabbern. Und unter Kontra: Einsamkeit. Die wird mich heute Abend mit Sicherheit überfallen, denn ans Alleinsein bin ich nicht gewöhnt. Ich habe erst mit meiner Großmutter zusammengelebt, dann mit meinen Mitschülern auf dem Internat und später wieder mit meiner Großmutter und Clovis. Das war ein Vergnügen, keine Strafe. Wir haben das Beste in den anderen hervorgebracht, wie Medikamente, die miteinander besser wirken. In unserem Dreiergespann wuchs die Liebe stärker denn je.

ANTIBES

Am nächsten Morgen ist Gilonne de Kerjeant nicht gut aufgelegt. Sie will sich weder waschen noch anziehen. Irgendwann probiere ich es mit einer neuen Taktik.

»Ein Mitglied der Liga der eleganten Rothaarigen kann doch nicht im Schlafanzug zum Mittagessen erscheinen.«

Sie verbessert mich, fügt sich dann aber, und in null Komma nichts verwandelt sich die zerbrechliche und verwirrte alte Frau in eine hochnäsige und selbstsichere Dame. Wirklich verblüffend.

»Leisten Sie mir doch Gesellschaft, Kim«, schlägt sie in einem so mondänen Tonfall vor, als würde sie mich ins Le 50 einladen, das Edelrestaurant auf Groix.

Ich lehne verlegen ab.

»Gehen Sie ruhig mit Ihren Freunden, ich warte hier.«

»Ich bestehe darauf. Begleiten Sie mich, sonst bin ich tief gekränkt.«

Ihre Augen blitzen. Sie ist es nicht gewohnt, dass man ihr widerspricht.

»Wissen Sie, ich war früher Schauspielerin. Die Leute haben mir zugejubelt und sich in meiner Garderobe gedrängt, die vor Blumen fast überfloss.«

Sie wechselt die Persönlichkeiten mit Bravour, wird wieder zur zarten Greisin.

»Ich habe doch nur noch Côme, meinen Wochenendsohn. Den Rest der Zeit bin ich allein. Meine Bewunderer von damals sind längst tot. Mir sind nur Leute geblieben, die dafür bezahlt werden, dass sie mit mir reden, so wie Sie. Was für ein Absturz!«

Ich schweige benommen.

»Nehmen Sie meine Einladung an.« Sie durchbohrt mich mit ihrem Blick wie einen Schmetterling auf einer Korkplatte.

Ich schicke eine SMS an Côme, um ihn zu fragen, was ich tun soll. Er antwortet: »Sagen Sie Ja und bestellen Sie Champagner.«

Als ich zusammen mit Madame de Kerjeant den Speisesaal betrete, kommt der Oberkellner auf uns zu.

»Zwei Gläser Mercier Blanc de Noirs und das Tagesgericht, wie üblich?«

Sie nickt. Die Blondine mit den Piercings, die sich um Orazio kümmert, funkelt mich wütend an.

»Champagner ist ein wahres Lebenselixier«, erklärt Gilonne und lächelt mir über das Glas hinweg zu, in dem die Bläschen fröhlich prickeln. Aus ihrem Mund überrascht mich diese Aussage. Ich war überzeugt davon, dass sie sich über ihr Alter gar nicht so genau im Klaren ist.

»Wenn ich einmal greis bin und in den Himmel komme, werde ich unserem Herrn dafür danken, dass er die Trauben erschaffen hat. Und Eugène Mercier, dass er uns allen den Champagner geschenkt hat.«

Also glaubt sie doch, dass sie noch jung ist. Ich wusste es. Manche Bewohner des Cercle sind rüstig, lebenslustig und voll Tatendrang, obwohl sie nicht mehr die Jüngsten sind. Andere haben mit Alterswehwehchen zu kämpfen. Der Herr vom Tisch nebenan zum Beispiel in seinem hellen Leinenanzug mit dem seidenen Einstecktuch und den zweifarbigen Schuhen sieht aus, als wäre er einem Roman von F. Scott Fitzgerald entstiegen – ein *Großer Gatsby* mit pfeifendem Hörgerät. Eine Dame mit Diamantohrringen lässt Essen in die offene Kelly Bag auf ihren Knien fallen. Drei andere schimpfen viel zu laut über ihre undankbaren Kinder, ihre Freunde, die nach Belgien oder in die Schweiz gezogen sind, um Steuern zu sparen, die Mätresse des Monsieurs von unten, den Geliebten der Frau nebenan, die Enkel, die ihre Ferienhäuser besetzen, schön und gut, dass sie sie nutzen, aber das dürfe nicht zum Dauerzustand werden. Die nächste hat ihren Rock verkehrt herum an, man sieht das Etikett. Eine sechste mit schmalen Lippen flüstert fies hinter ihrem Rücken: »Jetzt geht es endgültig bergab mit ihr, bald wird wieder eine Wohnung frei.« Ein junger Mann teilt seinen Großeltern mit, dass er sich scheiden lässt. Jeder belauscht seine Nachbarn. Sie grüßen einander höflich, lächeln freundlich, belauern sich berechnend. Ein älteres Paar, das Gilonne »die Liebenden von Peynet« nennt, hält über den Tisch hinweg Händchen. Eine Mutter und ihr sechzigjähriger Sohn, der ebenfalls im Cercle wohnt, plaudern angeregt. Eine Familie feiert einen Geburtstag. Vier Kinder bestaunen andächtig einen mit Kerzen gespickten Kuchen.

»Alle zusammen, Zéphyrin, Bergamote, Pâquerette, Pimprenelle. Eins, zwei, drei, pusten!«

»Oma hat gespuckt!«, ruft der Junge.

»Haben Sie auch Enkelkinder?«, frage ich Gilonne.

»Für solche Schreihälse fehlt mir die Geduld. Und kleine Prinzessinnen mit Glitzerhaarspangen öden mich an. Ich hätte gern einen großen, gutaussehenden Enkelsohn, der mich zum Tanzen ausführt.«

Ich tausche unbemerkt unsere Gläser aus. Sie trinkt meinen Champagner auch noch.

»Ist Ihr Sohn verheiratet?«

Gilonne verzieht das Gesicht.

»Nein, Gott sei Dank nicht! Er war zwar mal in eine dämliche Kuh vernarrt, die mich gehasst hat, aber der hat er irgendwann den Laufpass gegeben. Zugegeben, ich habe ein bisschen nachgeholfen, Zwietracht zwischen den beiden gesät. Eine Mutter weiß, was für ihren Sohn richtig ist.«

Ich runzle die Stirn.

»Für Männer tickt die biologische Uhr langsamer«, fährt sie fort. »Vielleicht lernt Côme schon morgen eine zurückhaltende und folgsame junge Frau kennen, die uns eine ganze Schar Kinder schenkt.«

Das »uns« entgeht mir nicht. Cômes Zukünftige tut mir leid.

»Mein Sohn ist zwar älter als Sie, aber Sie würden hübsche Kinder zusammen bekommen«, sagt Gilonne unvermittelt. »Mit wunderschönen Haaren. Er erbt einmal mein Vermögen. Keine schlechte Partie.«

Ich unterbreche sie.

»Ich bin vergeben. Mein Freund heißt Clovis, wir lieben uns sehr.«

»Aus welchem Hause stammt er?«

Ich zögere.

»Äh, aus einem weißen, glaube ich.«

Sie prustet los, hält sich die Hand vor den Mund.

»Sie sind lustig, Kim. Ich wollte wissen, aus welcher Art von Familie er kommt.«

Ich habe mich schon über die seltsame Frage gewundert.

»Aus einer alten Groixer Familie. Seine beiden Großväter waren Fischer, sein Vater ist Lehrer. Er hat ihm alle guten Fischreviere übertragen, das ist ein gewaltiger Vertrauensbeweis«, antworte ich stolz.

Gilonne mustert mich belustigt.

»Eine Tochter wie Sie hätte mir gefallen. Nach Côme hatte ich eine Fehlgeburt. Zwei kleine Mädchen. Manchmal träume ich, sie wären gesund zur Welt gekommen und würden sich jetzt um mich kümmern.«

Die Gambas sind köstlich. Gilonne zwitschert ihr zweites Glas Champagner. Gedämpfte klassische Musik dringt aus den Lautsprechern.

»Würden Sie irgendwann Klavier für mich spielen?«, frage ich.

»Ich spiele nicht. Ich habe mal gesungen. Côme hatte eine große Zukunft als Konzertpianist vor sich, aber dann hat er es aufgegeben.«

Ich hätte schwören können, dass Côme gesagt hat, seine Mutter sei die Pianistin. Vielleicht kann sie wegen des Rheumas nicht mehr spielen.

»Früher konnte ich ohne Mozart am Morgen, Chopin am Mittag und Bach am Abend nicht leben. Das war genau getaktet«, fügt sie hinzu.

Auf Groix wiegen mich der Gesang des Meers, die Schreie der Möwen, der Wind in der Heide und das Nebelhorn der Fähre in den Schlaf. Der schmallippigen Hexe entgeht keine Silbe unseres Gesprächs. Die Liebenden von Peynet teilen sich einen Nachtisch. Das nette Mutter-Sohn-Gespann lächelt mich an. Die Dame mit dem auf links gedrehten Rock trägt einen schwarzen und einen blauen Schuh. Eine hübsche blonde Frau in einem pastellfarbenen Blazer betrachtet träumerisch ihren vollen Teller.

»Colette, Sie haben Ihr Essen ja nicht einmal angerührt!«, schilt ein Mann mit militärischem Kurzhaarschnitt.

»Ich habe keinen Hunger, Admiral.«

»Wären Sie einer meiner Schiffsjungen, würde ich Sie in die Kombüse sperren lassen«, knurrt er in einem Ton, der keine Widerrede duldet.

Eine Dame, die von Kopf bis Fuß in Rosa gekleidet ist – wahrscheinlich die Mutter von Cathys Arbeitgeber –, isst schweigend, während die dunkelhäutige Schönheit mit den eingeflochtenen bunten Perlen im Haar ihr gegenüber Löcher in die Luft starrt. Ein alter, mürrisch dreinblickender Mann im Rollstuhl schaut durch die zierliche Braunhaarige mit den langen Wimpern neben ihm hindurch. Die beiden jungen Frauen essen nichts, sie sitzen einfach nur da, als würden sie zur Deko gehören. Abgesehen von den herumtollenden Kindern und ihrer Mutter bin ich der einzige junge Mensch mit einem Teller. Als der Griesgram schließlich fertig ist und die zierliche Braunhaarige aufsteht, um ihn zum Ausgang zu schieben, flüstert sie mir zu: »Sie hat dich zum Essen eingeladen? Wow, das ist eine Premiere! Fernand, mein Chef, tut vor seinen Freunden immer, als würde ich gar nicht existieren. Ich bin wie ein Geist: Ich esse nicht, ich schlafe nicht, und dass ich auf die Toilette gehe, ist völlig undenkbar. Aber wenn er mal muss, sieht er mich auf einmal klar und deutlich. Hast du die Prinzessin verhext?«

Wer verhext hier wen? Madame de Kerjeant ist völlig anders als die Katze und all die Frauen auf Groix, unter denen ich aufgewachsen bin. Sie ist eine Perserkatze. Meine Großmutter war eine Siamkatze. Ich bin eher eine Maine Coon, eine Wildkatzenkreuzung. Katzen haben neun Leben. Hatte meine Großmutter schon acht verbraucht?

»Ist Ihnen aufgefallen, dass wir die einzigen Rothaarigen hier sind?«, fragt Gilonne. »Meine Mutter hatte strohblondes, mein Vater rabenschwarzes Haar. Damals hat man Kindern noch nicht erklärt, wie sie entstehen. Man hat ihnen einfach erzählt, dass Mädchen in Rosenblüten und Jungen in Kohlköpfen wachsen. Mein Bruder Bernard hat mir eingeredet, wir würden von einem Rotkohlfeld stammen. Daraufhin habe ich keinen Rotkohl mehr angerührt.«

Sie lacht.

»Er hatte immer die verrücktesten Ideen. Einmal während der Messe, als der Priester ›selig die Toten, die im Herrn sterben‹ sagte, rief er laut: ›Selig die Roten!‹ Wir saßen in der ersten Reihe, auf der Bank mit dem Kupferschild, in das unser Name graviert war. Die gesamte Kirche hat es gehört. Zu Hause hat Vater seinen Ledergürtel aus der Hose gezogen und ihm eine Tracht Prügel verabreicht. Als Bernard ganz blass um die Nase zurückkam, hat er stolz verkündet: ›Vater ist nur neidisch, weil er nicht unsere Macht hat. Er wird nie ein Ritter der Liga der glücklichen Rothaarigen sein, nie das Rote Vlies beschützen. Da hilft ihm auch sein Grafentitel nicht. Egal wie inständig er mich anfleht, er wird nie zu uns gehören.‹ ›Kann ich denn zu euch gehören?‹, bettelte ich, atemlos vor Aufregung. ›Knie nieder.‹ Völlig gebannt sank ich zu Boden. Er brach einen Olivenzweig ab und berührte damit theatralisch meine Schultern und meinen Kopf. ›Ich ernenne dich zum Ritter der Liga. Gelobe, allen Rittern diesseits und jenseits der Meere beizustehen. Brichst du deinen Eid, sollen deine Haare schlohweiß und du für immer verbannt werden. Wirst du selbst angegriffen, so hebe die Arme in die Luft und rufe: ›Helft mir, ihr Rothaarigen der Erde!‹ Und sie werden dir zu Hilfe eilen.‹ Mein Bruder hatte eine blühende Phantasie.«

»Eine sehr romantische Idee«, sage ich.

»Mein Sohn hat den Eid schon abgelegt. Jetzt sind Sie dran.«

»Hier? Am Tisch?«

»Das ist doch einerlei. Was kümmern uns die anderen?«

Aus Angst, dass unsere Nachbarn mich hören, flüstere

ich schnell: »Ich gelobe, allen Rittern diesseits und jenseits der Meere beizustehen.«

»Und wenn Sie Ihren Eid brechen ...«

»Wenn ich meinen Eid breche, sollen meine Haare schlohweiß werden.«

»Und wenn Sie angegriffen werden ...«

»Hebe ich die Arme und rufe: ›Selig die Roten!‹« Jetzt werfe ich alles durcheinander.

»Vergessen Sie diesen Eid nie, Kim. Ich habe meine heilige Pflicht nur ein einziges Mal vernachlässigt und bin für den Rest meines Lebens bestraft worden. Schauen Sie sich meine Haare an. Ich bin müde. Gehen wir.«

Ich schiebe meinen Stuhl zurück und helfe ihr beim Aufstehen.

Als ich mit Gilonne aus dem Aufzug steige, höre ich ein Geräusch und entdecke eine kleine Schildpattkatze neben der Säule, die mich mit ihren goldenen Augen fixiert. Ich streichle sie, sie reibt sich an meinem Bein.

»Was treibst du denn hier? Wo wohnst du?«

Auf Gilonnes Etage gibt es mehrere Wohnungen. Eine Tür geht auf, und ein Kopf mit einem blauen Turban taucht auf.

»Pissaladière! Komm wieder rein!«, ruft die Frau, der der Kopf gehört.

Die Katze schaut sie an, schnaubt in ihre Schnurrhaare und rührt sich keinen Millimeter. Die Frau seufzt.

»Ich bin krank, Mademoiselle. Der Kampf war hart, ich habe verloren, der Krebs hat gewonnen. Ich bin Ärztin, beziehungsweise ich war es, bevor ich in den Ruhestand gegangen bin. Alle hier nennen mich Frau Doktor. Ich habe die Chemo abgebrochen, um die Zeit, die mir noch bleibt, zu genießen. Meine Tochter hat mir Pissaladière geschenkt, damit ich jemanden habe, der mir Gesellschaft leistet. Wir beide sind ein Herz und eine Seele, aber sie weiß, dass ich bald sterbe, Katzen spüren so was. Deswegen sucht sie sich ein neues Frauchen. Ich mache ihr Angst. Ihnen etwa auch?«

Die Frau tritt auf den Flur. Sie wirkt zerbrechlich. Ihr blasses Gesicht ist fein geschnitten, ihr Blick offen, ihr Äußeres gepflegt. Sie trägt eine Spitzenbluse, einen langen Faltenrock und eine Perlenkette. Verlegen stammle ich: »Nein, nein, natürlich nicht.«

»Eigentlich ist Pissaladière ein Wildfang. Sie hat Sie wohl auserwählt. Sie sind doch nicht allergisch gegen Katzen, oder? Würden Sie ihr das Leben retten? Meine Tochter will sie nicht. Sie hat sie mir einfach gekauft, als wäre sie eine Topfpflanze. Ihre Besuche werden immer seltener, ich bin ihr lästig, das merke ich. So eine Verantwortung wird sie sich nicht aufhalsen, ich kenne sie. Sobald der Leichenwagen um die Ecke gebogen ist, setzt sie Pissaladière aus, und die Arme wird überfahren und endet wie eine *socca*. Oder sie bezahlt einen Tierarzt, damit er sie einschläfert.«

»Das würde sie doch nicht tun«, sage ich empört.

»Sie hasst Tiere. Ich war Allgemeinärztin, ich kann Menschen ganz gut einschätzen, glauben Sie mir. Wer weder Tiere noch Édith Piaf noch Bergamotes mag, führt ein trauriges Leben.«

»Bergamotes?«

»Das sind Bonbons, eine Spezialität aus Nancy, wo ich geboren bin. Meine Tochter ist ein schrecklicher Sauertopf. Von Tieren bekommt sie Ausschlag, von Musik Migräne, von Süßigkeiten Sodbrennen. Wir sind einander so fremd wie Tag und Nacht. Sie hat mir das Leben vermiest. Und die Angst um Pissaladière vermiest mir jetzt noch den Tod.«

»Ich habe schon eine Katze, zu Hause in der Bretagne. Ich arbeite nur übergangsweise für Madame de Kerjeant, ich bin quasi auf der Durchreise …«

»Das habe ich auch zu dem Kollegen aus der Onkologie gesagt, als ich die Diagnose erhalten habe. Wir sind nur auf der Durchreise, irgendwann muss jeder die Leinen kappen.«

Ich zucke zusammen. Genau dieselben Worte hat die Katze bei unserem letzten Telefongespräch benutzt.

»Wollen Sie noch mal in Ruhe darüber nachdenken? Wir müssen alle sterben, ich bin nur ein bisschen früher dran. Wenn ein besorgter Patient mich gefragt hat: ›Muss ich sterben, Frau Doktor?‹, habe ich geantwortet: ›Ja, genau wie ich, aber nicht heute, denn ich werde Sie behandeln und wieder gesund machen.‹ Der Tod ist unausweichlich und dauert nur einen kurzen Augenblick, während das Leben manchmal endlos scheint.«

»Und von Ihrer Familie kann sich wirklich niemand um die Katze kümmern?«

»Eigentlich habe ich Hunderte Kinder bekommen, wenn man bedenkt, wie viele Patienten aus meinen vierzig Berufsjahren später Familien gegründet haben. Aber geblieben ist mir bloß die eine Tochter. Ich habe schon versucht, Pissaladière wieder zu verkaufen oder sogar zu verschenken, niemand wollte sie.«

Gilonne wird allmählich sauer. Sie hasst es, nicht im Mittelpunkt zu stehen. Sie lässt meinen Arm los und will in ihre Wohnung verschwinden, aber die Tür ist abgeschlossen.

»Chantal, helfen Sie mir!«

»Ich heiße Kim, Madame.«

Ich schließe ihr auf.

»Überlegen Sie es sich, ich bitte Sie«, drängt die Frau Doktor. »Sie finden mich hier, bis ich mit den Füßen voran rausgetragen werde. Gucken Sie nicht so schockiert, Mediziner haben einen speziellen Sinn für Humor. Lassen Sie sich von meinem Gerede nicht abschrecken. Adoptieren Sie meine Katze.«

»Es tut mir leid«, sage ich.

Wir betreten die Wohnung. Gilonne spürt meine Missbilligung offenbar, denn sie schaut mich mit einem betrübten Hundeblick an.

»Ich denke jeden Tag an meine ungeborenen Zwillinge und an meinen Bruder Bernard. Ich lebe Seite an Seite mit ihnen, auch wenn sie unsichtbar sind«, sagt sie.

Mein Ärger verwandelt sich in Mitgefühl. Madame de Kerjeants Weggefährten sind drei Geister.

»Voran, mein traurig Trüpplein! Wohlauf, verlor'ne Kinder!«, ruft sie plötzlich fröhlich aus.

Ich starre sie verständnislos an.

»So hat mein Vater uns immer hereingerufen, wenn wir am Cap d'Antibes im Garten gespielt haben. Erst Jahre später habe ich herausgefunden, dass es ein Vers von Verlaine ist.«

ANTIBES

Er hat weder einen Vor- noch einen Nachnamen. Wer tauft schon einen Kühlschrank? Er ist beige, vanillecremefarben, mit eleganten, abgerundeten Ecken. Er begleitet Gilonne seit ihrer ersten Hochzeit. Er hat die feinen Abendgesellschaften miterlebt, die schicken Cocktailpartys der High Society und ihre drei Ehemänner – den Botschafter, der sie zur Witwe gemacht hat, den Auktionator, von dem sie sich hat scheiden lassen, und den Schlossbesitzer, der ins Kloster gegangen ist. Er hat ihre Heißhungerattacken ertragen, als sie mit Côme schwanger war, und ihre Magersuchtanfälle nach der Geburt des Babys bezeugt.

Der Kühlschrank ist ein Psychologe. Er bestimmt den Charakter eines Menschen anhand der Zeit, die er oder sie braucht, um seine Tür zu öffnen, sich für ein Getränk oder etwas zu essen zu entscheiden und ihn wieder zu schließen. Ungeduldig, gefräßig, knauserig, naschhaft, sorglos, zielstrebig, unentschlossen, enthusiastisch, großzügig? Er weiß es, er durchschaut jeden und irrt sich nie. Ihn führt keiner hinters Licht – auch wenn seins schon seit Ewigkeiten nicht mehr funktioniert.

Gilonne verzeiht er alles, wie ein Hund, der völlig vernarrt in sein Frauchen ist. Zwischen ihnen besteht eine besondere Verbindung, ein unzertrennbares Band. Für sie nimmt er das Eis an seinen Scharnieren in Kauf, die vergessene halbe Zitrone, die allmählich vergammelt, den stinkenden Käse. Er hat es ihr nicht einmal nachgetragen, als sie seine Tür die ganze Nacht über offen gelassen hat, und das will etwas heißen.

Seit kurzem hat er eine neue Freundin. Sie hat ihn gereinigt, sein Aussehen gelobt und seine kaputte Birne ausgewechselt. Seitdem fühlt er sich wie neugeboren, frisch, schneidig, kühn. Bis Gilonne ihn öffnet und schreit: »Wer hat das Licht repariert? Chantal?«

Die neue Freundin des Kühlschranks kommt herbeigelaufen.

»Kim, Madame. Ich wollte Ihnen eine Freude machen. Es war gar nicht so leicht, das richtige Modell zu finden.«

»Dieses kalte Licht ist schlecht für meinen Teint. Schalten Sie es aus! Die Glühbirnen an den Spiegeln der Theatergarderoben waren genauso. Hart, grausam und erbarmungslos, wie das Publikum manchmal.«

So wird der Kühlschrank wieder in Dunkelheit getaucht, aber er nimmt es Gilonne nicht übel. Einer alten Freundin lässt man viel durchgehen. Er würde alles geben, um sie zu beschützen, sogar seinen Metallgriff oder sein Stromkabel. Gilonnes aktuelles Umfeld bereitet ihm Sorge. Ihr Sohn hat sich verändert. Der Kühlschrank hat den Unterschied sofort bemerkt, den fremden Druck der Finger, das neue Naturell, das Zögern beim Öffnen, die Sanftheit beim Schließen. Eine solche Verwandlung ist nicht normal. Der Kühlschrank hat keine Augen, kann keine Gesichter sehen. Trotzdem sagt ihm sein Instinkt, dass da etwas faul ist. Ihn fröstelt, als hätte er ein Eisfach.

ANTIBES

Die Wohnung wirkt beruhigend: blauer Teppichboden, weiße Wände, Familienerbstücke – gewisser Familien, nicht der meinen. Gilonne ist an diesem Samstagmorgen gut gelaunt.

»Habe ich Ihnen schon einmal erzählt, dass ich früher Theaterschauspielerin war? Ich war die Melissa in der französischen Adaption von *Love Letters*, ein triumphaler Erfolg!«

Die Sonne scheint. Ich mache mit Gilonne einen kleinen Spaziergang, bevor Côme kommt. Ein blaues Motorrad steht auf dem Bürgersteig. Keine Ahnung, was sie plötzlich reitet, eigentlich hat sie mehr als genug Platz, doch als wir daran vorbeigehen, stößt sie es mit aller Kraft um und applaudiert sich dann selbst. Ich habe Mühe, das Motorrad wieder aufzustellen. Der Tank ist eingedellt. Zum Glück ist der Besitzer nirgendwo zu sehen.

»Diese Maschinen sind gefährlich und ohrenbetäubend laut«, bemerkt Gilonne. »Da höre ich lieber die Zikaden. Wussten Sie, dass nur die Männchen singen?«

Die Straße ist leer. Ich beschleunige den Schritt, bis wir zurück im Cercle sind. Als ich Côme später davon erzähle, misst er der Sache keine Bedeutung bei.

Ich lasse bewundernd die Finger über den mit Intarsien verzierten Sekretär wandern, den Gilonne *bonheur-du-jour* nennt, Glück des Tages. Wenn man zu seinem Glück nur ein Möbelstück bräuchte, wüssten das sicher mehr Leute.

Während meine Arbeitgeberin mit ihrem Sohn unten im Restaurant zu Mittag isst, beziehe ich das Bett frisch, schüttle die Kissen auf und setze ihren Teddybären Paddington daneben. Gilonne trägt die Nase hoch wie eine Königin und ist wie besessen davon, Eindruck zu schinden, zu betören, ihren Rang zu wahren. Doch die Fassade bröckelt. Ihre Welt unterteilt sich in Männer, die ihr zu Füßen liegen, und Frauen, die ihre Rivalinnen sind. Das war früher wahrscheinlich wirklich so. Ich finde Gnade vor ihren Augen, weil sie mich braucht. Ihr ganzes Leben lang dachten alle, sie hätten sich verhört, wenn sie ihren Vornamen nannte. Sie ist nicht irgendwer, sie heißt nicht irgendwie. Sie wollte ihren Sohn Bernard taufen, nach ihrem großen Bruder. Der Botschafter war dagegen, also hat sie sich stattdessen mit Côme begnügt. Der Name ist zwar selten, aber nicht einmalig. Ich kenne noch einen Côme, den Enkel des Antiquitätenhändlers-Schrägstrich-Friseurs auf Groix.

Bei der Rückkehr von unserem Spaziergang habe ich einen Blick auf die Menükarte vor dem Speisesaal geworfen. Als Vorspeise können die Bewohner des Cercle heute zwischen Lauchsalat und Garnelen an Avocado wählen. Als Hauptgericht gibt es Lammkotelett oder Seezunge Müllerinart, als Dessert Obstsalat oder Mousse au Chocolat. Jetzt habe ich mindestens eine Stunde lang meine Ruhe. Ich lasse mich auf das gelbe Sofa fallen und betrachte mein Lieblingsfoto von Clovis auf dem Sperrbildschirm meines Handys. Ich habe es an einem Winterabend aufgenommen. Er ist klitschnass, trotz der Regenjacke, weil mitten während eines Wolkenbruchs der Reifen seines Fahrrads geplatzt ist. Er hat den Kopf in den Nacken gelegt und lacht aus vollem Hals. Das durchweichte blonde Haar klebt ihm an der Stirn. Da kann Ryan Gosling einpacken.

Heute Morgen hat er mir das Cover einer Tauchzeitschrift geschickt, auf dem ein tropischer Strand abgebildet ist. Auf ein grünes Post-it hat er geschrieben: »Es bringt nichts, die Beine einer Krabbe mit Gewalt gerade zu biegen. Man muss mit dem arbeiten, was man hat.«

Véro, die Blondine mit den Piercings, zeigt mir die kalte Schulter, seit ich mit Gilonne zu Mittag gegessen habe. Ursprünglich wollte sie Chantals Stelle, aber Gilonne hat sie abgelehnt, wegen ihrer Haarfarbe. Das fand Véro natürlich ungerecht.

»Das ist rassistisch, so was sollte gesetzlich verboten werden. Dass sie dich nicht will, Mambo, hätte ich ja noch verstanden, aber an mir ist doch nichts verkehrt, verdammte Scheiße!«

Mambo brach in schallendes Gelächter aus. Ihre Eltern stammen aus Kamerun, sie selbst ist in Frankreich geboren. Seit einem Jahr arbeitet sie für Rose, die Mutter von Cathys Yachtbesitzer. Jess schiebt Fernand umher, den griesgrämigen ehemaligen Orchesterdirigenten, der ständig an einer Lakritzstange kaut. Lola kümmert sich um Colette, die hübsche blonde Dame, die wie ein Spatz isst. Sidonie, die Schmallippige mit dem Seeteufelgesicht, lästert gern über die Bewohner, die auf Hilfe angewiesen sind, ist sich jedoch nicht zu schade, die jungen Frauen umsonst einzuspannen, sobald sie ein Wehwehchen hat. Jeder im Cercle weiß, dass sie Colette um ihre Anmut und Gilonne um ihren Stil beneidet. Ihre Kinder und Enkelkinder sind sehr höflich und warten respektvoll, aber ungeduldig darauf, dass sie den Löffel abgibt, um das Erbe zu kassieren. Sie hat ihnen nur beigebracht herumzustolzieren, nicht, zu lieben. Vorneherum schenkt sie Colette und Gilonne immer ein kriecherisches Lächeln; als die beiden hierhergezogen sind, hat sie sich allzu gern mit ihnen gezeigt, um ihr Image aufzupolieren. Doch sobald sie ihr den Rücken zukehren, beschwert sie sich bei der Heimleitung, dass Colette hungert und Gilonne nicht mehr alle Tassen im Schrank hat. Wenn Côme das wüsste …

Mambo hat mir erzählt, dass heute früh plötzlich die Polizei vor der Tür stand und eine Frau aus Flügel A zurückbrachte, die barfuß und im Nachthemd durch den Pinienhain geirrt war. So weit ist Gilonne zwar noch nicht, aber gestern Abend vor dem Zubettgehen hat sie von sich selbst in der dritten Person gesprochen, als wäre sie ein Bärenjunges: »Der kleine Bär friert.« »Der kleine Bär will seinen Schlafanzug nicht anziehen.« »Der kleine Bär ist müde.« »Der kleine Bär möchte Honig.« Ich habe mitgespielt und ihr das Honigglas geholt. Sie hat einen Löffel voll genascht, und ihre Miene hat sich aufgehellt. Kurz darauf war sie wieder die vornehme, hochmütige alte Dame, die von allen bewundert werden will.

Das Farbfoto auf dem Nachttisch zeigt sie als gefeierte Schauspielerin mit feuerrotem Haar in einem dazu passenden langen Kleid auf den Stufen des Palais du Festival in Cannes. Als Côme zur Welt kam, lebte sie in der Hauptstadt, in Passy, und der Botschafter überhäufte sie mit Geschenken – Kaviar, Parfums, Tüchern. Sie hat mir ihre Sammlung von blauen Petrossian-Döschen, orangefarbenen Hermès-Schachteln und mit Bienen und ihren Initialen verzierten Guerlain-Flakons vorgeführt.

Ein Telefon klingelt. Es gibt drei verschiedene: den Festnetzapparat, das Handy und den hausinternen Anschluss, und jedes klingt anders. Gilonne beantwortet keins mehr, sondern ignoriert sie einfach. Ans Telefon zu gehen, ist also Teil meines Jobs.

»Bei Gilonne de Kerjeant?«

»Gilonne?«, fragt die Stimme einer älteren Frau mit einem leichten ausländischen Akzent.

»Madame isst gerade zu Mittag. Mein Name ist Kim.«

Ich fühle mich wie die viktorianische Kammerzofe in einem Kinofilm. Vor einer Woche habe ich noch auf Groix Zeitungen einsortiert. Das Ganze kommt mir beinahe wie ein Spiel vor.

»Guten Tag, Mademoiselle, hier spricht Vivi, eine alte Freundin von Gilonne. Ich lebe in den USA, bin aber gerade für ein paar Tage in Frankreich. Der Brief, den ich ihr nach Nizza geschickt habe, kam zurück. Ist sie umgezogen?«

»Ja. Sie wohnt jetzt in Antibes.«

»Doch wohl nicht am Cap? Da, wo ihr Bruder …«

Sie beendet den Satz nicht.

»Madame ist vor einem halben Jahr in eine Seniorenresidenz gezogen«, sage ich.

»Und hat sie sich schon mit allen angelegt?«

»Nicht, dass ich wüsste«, erwidere ich so neutral wie möglich.

»Also, entweder sind Sie unglaublich loyal, oder ich habe mich verwählt. Schließlich kenne ich das alte Biest!«

»Madame ruft Sie zurück. Sie ist mit ihrem Sohn im Speisesaal.«

Schweigen am anderen Ende der Leitung. Dann: »Was?«

Ich wiederhole höflich: »Sie ist mit ihrem Sohn im Speisesaal.«

»Mit Côme?«

»Ja. In etwa einer Stunde sind sie wieder da.«

»Das würde mich wundern, Mademoiselle«, bemerkt Vivi heiser.

Diese Frau ist wirklich seltsam. Vielleicht ist sie auch nicht mehr ganz richtig im Kopf.

»Warum das?«

Was dann kommt, haut mich um. Vivi lässt eine Bombe platzen.

»Außerdaobngibtsauchnenspeisesaal«, sagt sie in einem Atemzug.

»Wie bitte?«

»Außer. Da. Oben. Gibt. Es. Auch. Einen. Speisesaal«, wiederholt sie langsam und überdeutlich. »Sonst wüsste ich nicht, wie Gilonne mit Côme zu Mittag essen kann. Er ist vor zwei Jahren in Nizza ertrunken.«

»Was?!«

»Man hat ihn eines Morgens auf dem Grund des Swimmingpools gefunden. Bis sie ihn herausgeholt hatten, war es schon zu spät. Gilonne war dabei, es hat sie völlig zerstört. Genau wie Irène, seine Verlobte. Die beiden wollten heiraten. Ich war Cômes Taufpatin, Mademoiselle. Ich war bei seiner Beerdigung. Wenn sich irgendwer für ihn ausgibt, ist er ein Betrüger!«

Ein Bild schießt mir durch den Kopf. Cômes Leiche, bleich und aufgedunsen, gegen die immer wieder ein Poolreinigungsroboter fährt. Ich schüttle mich, um es zu vertreiben. Momentaufnahmen blitzen vor meinen Augen auf. Gilonne und Côme, wie sie die feuerroten Köpfe zusammenstecken. Côme, wie er für seine Mutter einen Scheck unterschreibt. Wie er von seinem Vater, dem Botschafter, erzählt. Wie er leblos im Wasser treibt, Arme und Beine ausgebreitet, wie eine makabere Seerose. Mir fällt der merkwürdige Ratschlag wieder ein, den er mir am Tag meiner Ankunft gegeben hat: »Sobald in einem Film ein Swimmingpool vorkommt, machen Sie den Fernseher aus.«

»Sie müssen sich irren, Madame«, sage ich entschieden.

»Mein Patensohn liegt auf dem Friedhof in Nizza begraben. Ich habe um ihn getrauert, bin extra aus New York eingeflogen, um Gilonne davon abzuhalten, sich aus dem Fenster zu stürzen oder in Whisky zu ertränken. Ich habe sie in ein Sanatorium einweisen lassen, wo absolutes Besuchsverbot herrschte. Ich habe sie vor Kummer schluchzen, schreien, schwanken sehen. Ich habe miterlebt, wie sie mit Medikamenten zugedröhnt wurde, damit sie sich nichts antat. Nach einer Weile ist sie wieder auf die Beine gekommen, hat akzeptiert, dass sie ohne Côme weiterleben muss. Sie wurde entlassen, gebrochen, aber ruhig. Ich bin nach New York zurückgekehrt. Wir haben per E-Mail Kontakt gehalten. Seit einem halben Jahr habe ich nichts mehr von ihr gehört.«

Ich schweige wie gelähmt. Die Frau ist verrückt!

»Ich wurde von Madame de Kerjeant und ihrem Sohn eingestellt.«

»Der Mann ist ein Hochstapler! Sie dürfen nicht zulassen, dass er Gilonne schadet, sie nach Strich und Faden ausnimmt. Ich begreife nicht, warum sie das mitmacht. Ist sie senil?«

»Nein.« Sie spielt zwar manchmal ein Bärenjunges, aber sie wirkt nicht dement auf mich.

»Mein Patensohn ist groß, schlank, hat rote Locken und blaue Augen«, präzisiert Vivi.

»Genau so sieht Côme aus.«

Sie lacht hysterisch auf.

»Diese Geschichte wird immer abstruser. Jemand muss Gilonne beschützen! Ich rufe die Polizei.«

Ich zögere. Diese Vivi ist nicht mehr ganz dicht, sie wird ihre Freundin nur aufregen. Ich muss Licht in die Sache bringen. Ich schreibe mir ihre Nummer vom Display ab.

»Ich melde mich bei Ihnen«, sage ich und lege mit wummerndem Herzen auf. Anschließend schalte ich das Handy aus, damit Vivi nicht noch einmal anrufen kann. Es klingelt sowieso fast nie, also wird Gilonne es gar nicht merken. Côme ruft auf dem Festnetztelefon an. Mutter und Sohn sind bestimmt bald zurück.

ANTIBES

Gilonne und Côme sitzen einander im Restaurant des Cercle gegenüber, am großen Fenster, das auf den Garten hinausgeht. Er lächelt sie an. Ihre Zerbrechlichkeit rührt ihn. Manchmal ist sie ein Fels, dann wieder ein Marshmallow.

»Dieses Grün steht Ihnen gut, Mutter.« Er deutet auf ihren neuen Blazer.

»Den hast du mir geschenkt«, sagt sie kokett. »Ein elegantes Erscheinungsbild ist das A und O.«

Sie lacht. Es ist ein Spiel. Er ist ihr edler Ritter, ihr Kavalier. In Wahrheit schenkt Côme Gilonne ihre Kleider natürlich nicht, er bezahlt sie mit ihrer Kreditkarte, aber er sucht sie aus, kauft sie, bringt sie ihr zum Anprobieren. Gilonne liest kaum noch, schaut keine Filme mehr, verfolgt die Nachrichten nicht. Außer dem Champagner und ihrem Stil ist ihr nichts geblieben. Seit Kim da ist, diese liebenswürdige, einfühlsame, taktvolle junge Frau, schläft Côme ruhiger. Er ist ihr zu großem Dank verpflichtet, er hatte sich allmählich ziemlich überfordert gefühlt. Sie ist erst ein paar Tage da, gehört aber schon fast zur Familie. Gilonne hat sie adoptiert.

»Darf ich Ihnen noch ein Dessert bringen?«, fragt der Kellner mit dem Irokesenschnitt.

»Nein danke«, antwortet Gilonne und schenkt ihm das strahlende Lächeln eines Mädchens, das gerade zum Tanzen aufgefordert wurde. Die Kellnerin, die ihnen das Brot gebracht hat, hat sie kaum eines Blickes gewürdigt.

Eine korpulente Frau schiebt sich an ihrem Tisch vorbei. Gilonne bläst die Wangen auf und streckt ihr die Zunge raus, bevor sie sich wieder in eine höfliche und vornehme Dame verwandelt. Das Ganze passiert so schnell, dass Côme sich schon fragt, ob er es sich nur eingebildet hat.

»Hast du das Nilpferd gesehen?«, flüstert sie.

Côme zuckt zusammen und wechselt das Thema.

»Nehmen Sie doch eine Mousse au Chocolat, Mutter. Wir können sie uns teilen.«

»Wenn du willst, mein Schatz.«

»Guten Appetit«, wünscht eine weibliche Stimme.

Orazios Tochter Léonie kommt mit ihrem Vater am Arm ins Restaurant. Sie ist das Ruder dieses großen alten Kahns. Der Italiener war früher Architekt und wohnt seit dem Tod seiner Frau im Cercle. Jetzt stützt er sich ganz auf Léonie, nachdem er sie ihre gesamte Kindheit über vernachlässigt und ihr stets ihre Brüder vorgezogen hat, die mittlerweile im Ausland leben und sich keinen Pfifferling um ihn scheren. Orazio küsst Gilonne die Hand. Sie nimmt seine Ehrerbietung huldvoll entgegen. Côme steht auf, um Léonie zu begrüßen. Seine Mutter zerrt ihn am Ärmel und flüstert: »Du sollst *mich* anschauen, nicht sie!« Er lacht, Léonie wird rot. Orazio bekommt von alldem nichts mit – sein grauer Star wird bald operiert.

Der Kellner mit dem Iro bringt die Mousse au Chocolat und zwei kleine Löffel. Gilonne schiebt das Glas verärgert von sich. Côme taucht den Löffel in das Dessert. Seine Mutter tut es ihm nach.

»Das habe ich seit Jahren nicht mehr gegessen«, sagt sie genießerisch.

Côme erinnert sie nicht daran, dass sie sich jeden Samstag eine Mousse au Chocolat teilen.

»Was halten Sie von Kim, Mutter?«, fragt er stattdessen. Es wundert ihn, dass die junge Bretonin bisher von Gilonnes krankhafter Eifersucht verschont geblieben ist.

»Sie ist zerbrochen, wie wir«, erwidert Gilonne langsam. Côme sieht sie halb verblüfft, halb bewundernd an. »Wir werden sie reparieren.«

ANTIBES

Die Tür wird aufgeschlossen. Gilonne trippelt an Cômes Arm bis in die Mitte des Wohnzimmers und hält dann an, wie ein Hund, der brav darauf wartet, dass man ihn von der Leine lässt.

»Ihre Freundin Vivi hat angerufen«, sage ich. »Möchten Sie sie zurückrufen?«

»Ich mache jetzt mein Mittagsschläfchen. Ich bin müde, und das Telefon geht mir auf die Nerven«, verkündet sie.

Das bringt mich nicht weiter. Ich wende mich an Côme.

»Kennen Sie Vivi?«

»Ja«, sagt er ganz selbstverständlich. »Sie ist meine Taufpatin. Aber ich habe sie schon eine Weile nicht gesehen, wir haben uns aus den Augen verloren.«

Ich bohre nicht nach, sondern gehe Gilonne beim Herausnehmen ihres Hörgeräts zur Hand. Côme hat mir erzählt, dass das Einstellen gar nicht so leicht war. Bei der Hörgeräteakustikerin, einer jungen Frau, also einer Rivalin, hat Gilonne alles verstanden, bei ihrem männlichen Kollegen dann plötzlich gar nichts mehr, damit sie noch einmal wiederkommen konnte. Ich helfe ihr ins Bett und decke sie zu.

»*Happy beauty sleep*, Mutter«, wünscht Côme ihr zärtlich.

Er wirkt kein bisschen ertrunken.

Die zierliche alte Dame schnarcht wie ein Walross. Ich kehre mit Côme ins Wohnzimmer zurück. Die Masken fallen, die Schultern straffen sich. Wir werden wieder jung, obwohl er natürlich ein paar Jährchen älter ist als ich. Gilonne schläft, wir müssen sie nicht länger beschützen, nicht länger lauter sprechen, damit sie uns versteht, darauf achten, dass wir sie nicht aufregen, Hindernisse aus dem Weg räumen, Stolperfallen vorausahnen.

»Ich weiß nicht, was ich ohne Sie machen würde«, seufzt er und zieht das Sakko aus. »Hier drin ist es wie in einer Sauna!«

»Die Heizkörper sind voll aufgedreht. Ihrer Mutter ist dauernd kalt«, antworte ich. »Ist Ihre Taufpatin immer so neben der Spur?«

»Sie ist ein echtes Original.«

»Sie hat sich nach Ihnen erkundigt. Und mir von Ihrem Anwesen in Nizza erzählt, dem schönen Swimmingpool.«

»Mutter hat es verkauft, es hat viel zu viel Arbeit gemacht. Kaffee?«

Ich nicke. »Ja, entkoffeiniert, bitte.«

Er bereitet zwei Tassen zu und flucht, als ihm kochend heiße Tropfen auf die Hand spritzen. Keine Ahnung, wie er das hinkriegt, mir passiert das nie.

»Ihre Taufpatin hat mich gefragt, ob Ihre Mutter sich schon mit allen im Cercle angelegt hat.«

»Vivi und meine Mutter haben ständig gestritten, miteinander gewetteifert. Sie standen beide meinem Onkel Bernard sehr nahe. Und sie haben ihn überlebt.«

Diese Schuldgefühle kenne ich seit meiner Kindheit. Warum Lénaïg und nicht ich? *Sie* sollte hier sein, das Leben genießen, Gitarre spielen. Um *sie* sollte ich mich kümmern, nicht um eine Fremde. Und ich sollte meinen Kaffee mit Clovis trinken, nicht mit diesem seltsamen Côme, der seine Mutter siezt. Hat er keine Freundin, mit der er das Wochenende verbringen möchte? Das Bild seiner Leiche auf dem Grund eines blauen Swimmingpools lässt mich nicht los.

»Warum soll ich den Fernseher ausschalten, wenn in einem Film ein Pool vorkommt?«

»Mutter hat Angst vor dem Wasser.«

»Werden Sie Ihre Taufpatin zurückrufen?«

Er schüttelt den Kopf.

»Vivi ist hysterisch und eine krankhafte Lügnerin. Je weniger ich mit ihr zu tun habe, desto besser.«

Ich verrate ihm nicht, wie viel Unsinn Vivi tatsächlich verzapft hat. Ihre Familienangelegenheiten gehen mich nichts an. Außerdem bin ich nur für einen Monat hier. Côme liebt seine Mutter. Er sorgt sich um sie.

»Ihre Mutter hat mir von Ihrer Freundin Irène erzählt.«

Sein Gesicht verzerrt sich.

»Reden wir lieber über etwas anderes.«

So komme ich nicht weiter.

»Waren Sie schon mal auf dem Friedhof in Nizza?«

Er schaut mich erstaunt an.

»Natürlich. Am Grab meiner Großeltern und meines Onkels Bernard. Dort ruhen viele berühmte Persönlichkeiten: Léon Gambetta, Gaston Leroux, René Goscinny.«

Ruhen die Toten wirklich im Jenseits, im wahrsten Sinne des Wortes? Strecken Lénaïg und die Katze alle viere von sich? Schläft Gilonnes Sohn bis in die Ewigkeit neben dem Schöpfer von Asterix und dem kleinen Nick, die mich in meiner Kindheit so verzaubert haben?

»Mutter meint, Sie sind zerbrochen und wir müssten Sie reparieren. Sie sind nicht wie die anderen Frauen, die hier arbeiten. Hat Ihnen jemand wehgetan? Haben Sie Liebeskummer?«

Fast hätte ich geantwortet, er solle sich um seinen eigenen Kram kümmern, aber dafür klingt seine Stimme zu sanft.

»Ich lebe mit einem schweigsamen Mann zusammen, einem Groixer. Er ist meine Insel, mein Fels in der Brandung. Meine Großmutter ist vor kurzem gestorben, sie war meine einzige Familie. Ich habe ein wenig Abstand gebraucht.«

»Das verstehe ich. Ich habe nur noch meine Mutter. Jeder Tag ist kostbar. Meine Liebe zu ihr ist so heftig wie ein Autounfall.«

Eine eigenartige Formulierung.

»Leben Sie allein?«

»Es gab mal eine Frau, die ich wie verrückt geliebt habe. Es war eine unerwiderte Liebe. Irgendwann bin ich aus diesem Käfig ausgebrochen, das hat mich gerettet.«

Er erhebt sich. Diese Irène muss ihn sehr verletzt haben.

»Ihre Taufpatin glaubt, Sie seien tot«, sage ich unverblümt.

Er packt mich am Unterarm. Ich ziehe eine Grimasse.

»Au! Sie tun mir weh.«

»Jetzt haben Sie den Beweis, dass ich noch am Leben bin«, erwidert er mit einem traurigen Lächeln.

Der Schmerz lässt nach. Morgen früh habe ich bestimmt einen blauen Fleck.

»Möchten Sie uns heute Abend bei unserem englischen Dinner Gesellschaft leisten? Natürlich nur, wenn Sie nicht ausgehen wollen. Es gibt ein paar ganz schöne Clubs in Juan.«

Ich öffne den Mund, um dankend abzulehnen, höre mich jedoch antworten: »Sehr gern.«

Ich werde also den Samstagabend mit meiner Arbeitgeberin und ihrem Sohn verbringen, der womöglich ein Serienkiller ist und reiche alte Frauen ausnimmt. Meine Liebe zur Katze ist nicht wie ein Autounfall, eher wie ein Schiffbruch. Meine Liebe zu Clovis ist kein Käfig, sie macht mich so frei wie die Möwen, die über Locqueltas kreisen.

Als ich gerade die Treppe hinuntersteigen will, geht die Tür der Frau Doktor auf.

»Ich habe auf Sie gewartet«, sagt sie lächelnd. »Machen Sie die Hand auf.«

Sie fischt in ihrer Tasche und drückt mir ein paar goldene Bonbons in die Finger.

»Bergamotes bringen Glück und lassen einen das Leben durch die rosarote Brille sehen, wie in *La vie en rose* von Édith Piaf. Probieren Sie sie. Und denken Sie über Pissaladière nach.«

Damit schließt sie die Tür wieder.

Ich brenne darauf, Clovis alles zu erzählen, aber er ist noch im Laden. Auf dem Nachhauseweg checke ich meine E-Mails. Er hat mir ein Foto vom Cover eines Reitmagazins geschickt, mit einem gelben Post-it darauf: »Immer langsam mit den jungen Pferden.«

ÉPERNAY

Vierunddreißig Jahre früher

Sie erzählen dem Jungen, dass sein Papa etwas sehr, sehr Böses getan hat. Und dass sie ihm Handschellen angelegt haben, um ihn zu bestrafen. Als die Nachbarin seine Großeltern erwähnt, fragen sie den Jungen, ob die auch in der Champagne wohnen würden. Er verneint. Seine Großeltern wohnen in der Nähe von Paris. Sein Opa hat dort ein Bistrot, Les Amis de Georges. Er kümmert sich um die durstigen Gäste, Oma um die hungrigen.

Der Mann mit dem Schnurrbart hat die Pistole seines Papas, die der Junge nicht anfassen darf und deren Munition ganz oben im Schrank liegt, wo er nicht rankommt, in einen durchsichtigen Plastikbeutel gesteckt. Die Männer in Weiß, die seine Maman gesund machen, sind immer noch in der Küche. Er muss in das Polizeiauto steigen. Dann fahren sie ihn zu einem Haus, in dem auch andere Kinder sind, so etwas wie eine Schule, nur mit einem Schlafsaal. Zum Abendessen gibt es Schinkennudeln und Erdbeerjoghurt. Er bekommt einen viel zu großen Schlafanzug mit Schäfchen darauf geliehen, obwohl er sagt, dass er keinen braucht, weil seine Maman ihn bald abholt. Sie erklären ihm, seine Großeltern seien auf dem Weg, aber das ist gelogen. Er weiß genau, dass weder Weihnachten noch Sankt Vinzenz noch der 14. Juli ist. Nur an den drei Tagen hat Opas Bistrot geschlossen. Also setzt er sich auf die Bettkante und wartet.

Am nächsten Tag geht er nicht in die Schule. Eine Frau in einem weißen Kittel kommt und gibt ihm Papier und Buntstifte. Er malt das Geschirrtuchbild, aber damit sein Papa nicht wieder böse ist, lässt er ihn nicht im Auto sitzen, sondern danebenstehen, mit einer Leine in der Hand und einem Hund zu seinen Füßen.

»Ist das dein Hund?«, fragt die Frau.

»Ja, das ist Plemplem, der wird abgemurkst.«

»Warum das denn?« Die Frau guckt ganz komisch.

»Weil es lustig ist.«

Die Frau runzelt die Stirn und verschwindet.

Opa und Oma kommen am Nachmittag. Der Junge fährt mit ihnen weg. Er sitzt auf der Rückbank und tut so, als würde er schlafen. Sie schalten das Radio ein. Erst läuft Musik, dann die Nachrichten. »Drama in Épernay. Eine dreißigjährige Frau wurde gestern mit einer Schusswaffe verletzt. Ihr Zustand ist kritisch, aber stabil.«

»Stabil. Das heißt, es geht ihr besser«, flüstert Oma.

»Aber auch kritisch. Also ist sie nicht übern Berg«, flüstert Opa zurück.

»Unser Junge war früher sanft wie ein Lamm. Dass er in Afrika alles verloren hat, mit eingezogenem Schwanz abhauen und sich auch noch die Frau klauen lassen musste – das hat ihn verrückt gemacht. Das ganze Schlamassel ist ihre Schuld!«

»Die Psychologin hält den Kleinen für labil und gewalttätig«, sagt Opa. »Er sollte behandelt werden. Aber mit dem Bistrot und allem … Wir haben schließlich noch was anderes zu tun.«

»Er kann mir in der Küche helfen, dann ist er beschäftigt. Sie hat ihn sowieso zu sehr verhätschelt.«

»Zum Glück gibt's in Frankreich die Todesstrafe nicht mehr.«

»Ihr gesamtes Leben ist im Eimer. Und unseres gleich mit!«

Der Junge denkt zurück an den Tag am See in Afrika, als sein Papa ihm das Angeln beigebracht hat und sie die gefangenen Fische in einen Eimer mit Wasser geworfen haben. Plemplem hat wie verrückt gebellt, Maman hat Bananensandwiches ausgepackt, und Papa und er haben ein tolles Lied zusammen gesungen: *Es war einmal ein kleiner Mann, Pirouette, Erdnusskette …*

ANTIBES

Ich fahre an den Strand. Das Meer ist so warm wie Badewasser. Ich lasse einen aufdringlichen Typen abblitzen, esse ein köstliches *pan bagnat* und lackiere mir die Zehennägel neu. Seit ich sechzehn bin, benutze ich immer rosafarbenen Nagellack, aber heute Nachmittag nehme ich hellblauen, den ich in einem Laden in Juan gekauft habe. Ich erkenne meine Füße nicht wieder. Ich erkenne mich nicht wieder. Hoffentlich gefällt Clovis die Farbe. Schon lustig, dass Gilonne mich reparieren will. Vielleicht hat sie in ihrer Seele genau das richtige Werkzeug dafür.

Wie vereinbart, kehre ich am frühen Abend in den Boulevard du Général-Vautrin zurück.

Cômes tiefe Stimme dringt durch die Wohnungstür. »Sie haben eine Drehung vergessen, Mutter. Konzentrieren Sie sich. Achtung ...«

Ich halte inne. Was treiben sie da? Ich höre rhythmische Musik aus einem anderen Jahrzehnt. Ich will sie nicht stören, aber es ist Zeit. Ich klingle. Die Musik ist zu laut, also benutze ich meinen Schlüssel. Côme hat das gelbe Sofa aus dem Weg geräumt und tanzt mit seiner Mutter in der Mitte des Wohnzimmers. Ich räuspere mich, um mich bemerkbar zu machen.

»Kim! Kennen Sie den Madison?«, ruft Côme.

»Den was?«

»Das ist ein Tanz aus den Sechzigern. Kommt zum Beispiel in *West Side Story* vor, haben Sie den gesehen?«

Ich schüttle den Kopf.

»Es ist wirklich einfach. Man stellt sich in einer Reihe auf, egal zu wievielt. Schauen Sie!«

Erst geht es nach links, dann nach rechts, dann macht man eine Vierteldrehung. Das Ganze wirkt ziemlich selbsterklärend, trotzdem vertue ich mich natürlich, was die beiden sehr belustigt.

»Ich habe *Green Onions* auf Repeat gestellt. Mutter und ich tanzen jeden Samstag.«

»Mein Mann hat sich bewegt wie ein junger Gott. Wenn wir Walzer getanzt haben, waren alle Augen auf uns gerichtet!«, ruft Gilonne leicht außer Atem und lächelt selig.

Ich frage mich, welchen der drei sie meint. Wir tanzen noch eine Weile weiter, bevor Côme einen Teller Gurkensandwiches holt und uns Sherry einschenkt.

»Selig die Roten!« Gilonne hebt ihr Glas. »Ich war dreimal verheiratet, hatte drei Hochzeitsfeiern, zwei Messen – ich war ja Witwe –, dreimal Flitterwochen. Ich habe mich drei verschiedenen Männern angepasst und hatte gar keine Zeit, mich zu langweilen.«

Côme runzelt die Stirn, sagt jedoch nichts. Ich nutze die Gelegenheit, um meinen Sherry unauffällig in den Ficus zu kippen. Später schreibe ich in mein indigoblaues Notizbuch: sich die Zehennägel lackieren, Madison tanzen.

ANTIBES

Am Sonntagabend geht Côme mit Léonie ein Eis essen und fährt anschließend zurück nach Menton. Ich bringe Gilonne zum Essen hinunter. Kaum betritt sie den Speisesaal, richtet sie sich hochmütig auf wie eine frisch gegossene Blume.

Als ich wieder in ihrer Wohnung bin, schalte ich den Computer ein. Eine Visitenkarte mit ihrer Mailadresse und ihrem Passwort klebt am Bildschirmrand. Ich logge mich ein. Gilonne hat Hunderte ungelesene Nachrichten, anscheinend hat sie ihren Posteingang seit Ewigkeiten nicht gecheckt. Plötzlich hält der Aufzug in unserem Stockwerk. Das Quietschen der Tür lässt mich zusammenzucken. Aber es ist nur die Frau Doktor. Mit angehaltenem Atem und trockenem Hals scrolle ich durch die E-Mails. Werbung, Newsletter, Spam, Privatnachrichten. Ich gehe immer weiter zurück. Vivi hat behauptet, ihr Patensohn sei vor zwei Jahren gestorben. Gilonne lebt seit sechs Monaten im Cercle. Ich muss an meinen Ordner damals in der Abschlussklasse auf dem Lycée in Lorient denken. Auf den hatte ich ein Zitat von Sacha Guitry geschrieben: »Jemandem beim Schlafen zuzuschauen, ist wie einen Brief zu lesen, der nicht für einen bestimmt ist.« Ich bin gerade dabei, etwas noch viel Schlimmeres zu tun. Ich wühle in Madame de Kerjeants virtueller Schmutzwäsche.

Im Verlauf der alten E-Mails lerne ich eine ganz andere Gilonne kennen – eine Gilonne, die Bridgeturniere gewinnt und sich bei ihren Freundinnen über ihren Sohn und seine neusten Schandtaten auslässt. »Côme interessiert sich nur für sich selbst, ich bin mutterseelenallein.« »Mein Sohn ist ein undankbarer Mistkerl.« »Wenn ich bloß daran denke, was ich alles für diesen Dummkopf getan habe!« Sie zieht über seine Verlobte Irène her, lässt kein gutes Haar an ihr, spuckt Gift und Galle. »Cômes heißgeliebte Irène ist nur hinter seinem Geld her.« »Irène ist nicht gut für Côme, ich werde alles in meiner Macht Stehende tun, um die beiden auseinanderzubringen.« »Ich habe den Bengel bestimmt nicht all die Jahre durchgefüttert, damit dieses ausgefeimte Frauenzimmer ihn mir wegnimmt!« »Ausgefeimt« muss ich nicht nachschlagen, die Bedeutung ist ziemlich klar.

Gilonnes Freundinnen versuchen sie zu beschwichtigen – alle bis auf eine gewisse Fanny, die noch Öl ins Feuer gießt: »Wie kann Ihr Sohn nur so grausam sein, nach allem, was Sie ihm ermöglicht haben?« »Dieser treulose Taugenichts verdient Ihre Liebe nicht.« »Drehen Sie ihm den Geldhahn zu, dann sieht er mal, was es heißt, sich seinen Lebensunterhalt sauer zu verdienen.« »Lassen Sie seine Freundin feuern!«

Ich lese auch Cômes Nachrichten. Er schreibt regelmäßig, höflich, aber distanziert. Doch schließlich kommt es zum Bruch. »Ich liebe Irène, Mutter. Sie haben mir ein Ultimatum gestellt. Ich wähle Irène. Ohne sie kann ich nicht leben. Sie hätten sich einen anderen Sohn gewünscht, ich mir eine andere Mutter, also sind wir quitt. Sollten Sie Ihre Meinung ändern, werden Irène und ich Sie mit offenen Armen empfangen, aber meine Entscheidung ist endgültig.«

Bei Gilonnes Antwort überläuft es mich, die ich Lénaïg so schrecklich vermisse, eiskalt. »Ich kann dich nicht aus meinem Leben streichen, ohne mich selbst zu zerstören. Ich brauche dich wie die Luft zum Atmen. Als mein wunderbarer Bruder Bernard gehen musste, hat er das Licht und unser Lachen mitgenommen. Ich wollte seine Liga fortführen, aber du warst der Aufgabe nie gewachsen. Dein Vater ist tot, hat sich einfach davongemacht. Mein zweiter Ehemann schläft mit hirnlosen Püppchen, der dritte betet für die Menschheit. Es ist deine Pflicht, mich zu lieben, du kannst dich nicht davor drücken. Dein Glück ist mir scheißegal, was du für diese Irène empfindest, schert mich nicht, ich gehe vor. Zum Teufel, ich bin deine Mutter! Ich habe Angst davor, alt zu werden, mein Schatz, hässlich und einsam das Zeitliche zu segnen. Die Blicke der Männer waren immer mein Rettungsanker. Du stehst mir zu. Komm gefälligst zu mir zurück! Ich habe dich nicht großgezogen, damit du dich aus dem Staub machst. Wenn du dich für Irène entscheidest, habe ich keinen Sohn mehr. Dann bist du für mich gestorben.«

Jetzt verstehe ich endlich, was Vivi sagen wollte. Ich bin halb bestürzt, halb erleichtert. Das Ganze ist nur ein absurdes Missverständnis. Côme ist nicht wirklich tot, seine Mutter hat mit ihm gebrochen. Für *sie* ist er gestorben, für den Rest der Welt nicht.

Was ist danach passiert? Hat Côme sich seiner Mutter zuliebe doch von Irène getrennt? Er lebt noch, schließlich kümmert er sich um Gilonne und hat mich eingestellt. Warum hat Vivi diese haarsträubende Geschichte mit dem Swimmingpool erfunden? Ist jemand anderes ertrunken? Kurz nach dem Bruch zwischen Mutter und Sohn schrieb Fanny, die Schlange: »Wenn Sie nur die armen kleinen Mädchen nicht verloren hätten … Die beiden hätten Sie sicher nicht so schnöde verlassen wie Ihr Sohn.« Was für ein Miststück!

Die Gilonne von heute, die sich für ein Bärenjunges hält, ist kein egozentrisches Biest mehr, das seinem Sohn sein Glück verbietet. Sie ist hilfsbedürftig, zerbrechlich, kindlich, rührend. Heute lieben Mutter und Sohn sich, darauf würde ich meinen Rotschopf verwetten. Aber es schmerzt Côme noch immer, wenn jemand Irène erwähnt. Ich muss herausfinden, wie sie mit Nachnamen heißt, was aus ihr geworden ist. Und dabei kann mir nur eine Person helfen.

Ich wähle Vivis Nummer. Sie hebt sofort ab.

»Hallo, hier spricht Kim. Madame de Kerjeant ist beim Abendessen, sie weiß nicht, dass ich Sie anrufe.«

»Ist ... Côme bei ihr?«

Es fällt ihr nicht leicht, seinen Namen auszusprechen.

»Der ist nach Hause gefahren, er kommt nächstes Wochenende wieder. Er und Madame de Kerjeant hatten sich also zerstritten? Das hat sich mittlerweile geklärt, sie haben sich wieder versöhnt.«

Vivi lacht traurig auf.

»Er ist ertrunken, Mademoiselle, auf dem Grund des Swimmingpools, eingeklemmt unter seinem Motorrad.« Mir fällt Gilonnes seltsamer Gesichtsausdruck ein, als sie das kleine blaue Motorrad umgestoßen hat.

»Die Selbstsucht seiner Mutter hat ihn getötet«, fährt Vivi heftig fort. »Gilonnes Bruder Bernard war nicht nur ein Sandkastenfreund, wir haben einander geliebt. Am Tag seiner Beerdigung habe ich ihm versprochen, auf sie aufzupassen. Sie war meine Trauzeugin. Kurz bevor wir die Kirche betreten haben, hat sie mir zugeflüstert, sie lasse mich Charles heiraten, weil sie ihn sowieso nicht wolle, aber sie müsste nur mit dem Finger schnippen, und er würde ihr gehören. Können Sie sich vorstellen, wie ich mich beim Weg zum Altar gefühlt habe?«

»Und trotzdem sind Sie Freundinnen geblieben?«

»Ich habe Bernard verehrt. Deshalb habe ich Wort gehalten, bis zu Cômes Tod. Der hat mich von meinem Versprechen entbunden.«

Vivi erzählt mir von Gilonnes strahlender Schönheit und ihrem krankhaften Bedürfnis nach Bewunderung. Sie ertrug es nicht, dass der Botschafter für ihren gemeinsamen Sohn genauso viel Zuneigung empfand wie für sie. Oder dass der kleine Junge seinem Vater so nahestand. Überzeugt davon, eine vorbildliche Mutter zu sein, stellte sie eine sorgfältig ausgewählte englische Nanny nach der anderen ein, damit ihr Sohn zweisprachig aufwuchs. Und setzte die Frau wieder vor die Tür, sobald Côme sie liebgewann. Sie war eifersüchtig auf seine Schulfreunde, deshalb durfte Côme nie jemanden zu sich einladen oder auf Geburtstagsfeiern oder andere Feste gehen. Sie wollte ihn für sich allein, sagte oft zu ihm: »Dein Vater mag keine Kinder, je weniger er von dir sieht, desto besser.« Doch Côme spürte, dass sein Vater ihn liebte. Er brachte ihm Gedichte bei, *Der Fremde* von Baudelaire, *Wenn* von Kipling, *Freiheit* von Éluard. Genau diese Momente der Nähe unterbrach Gilonne meist mit der Frage, ob sie sie schön fänden. Bei einem Familientreffen verkündete der kleine Côme einmal, ohne sich etwas Böses dabei zu denken, seine Mutter erinnere ihn an die böse Königin in *Schneewittchen*. »Spieglein, Spieglein an der Wand, wer ist die Schönste im ganzen Land?« Gilonne bekam einen hysterischen Anfall, und der mittlerweile abgestumpfte Botschafter ließ sie in ihre Chanel-Handtasche atmen, bis sie sich beruhigte. Aber sie hatte erreicht, was sie wollte: Sie stand im Mittelpunkt, alles drehte sich um sie.

»Sie war nicht von Grund auf boshaft«, lenkt Vivi ein.

»Sie hat Côme geliebt. Aber die Vorstellung, dass er sich für eine andere interessieren könnte, hat sie verrückt gemacht. Sie hat seine Lehrerinnen gehasst, sie vor ihm verspottet, seine Spielkameraden schlechtgeredet. Sie konnte wahnsinnig lustig und intelligent sein. Jeder lud sie gern ein, sie verlieh einem Tagesausflug Pfiff und einer Abendveranstaltung Würze. Sie hätte einfach nie Kinder kriegen dürfen.«

»Sie hat durch eine Fehlgeburt zwei kleine Mädchen verloren, nicht?«, frage ich.

Vivi schweigt so lange, dass ich schon glaube, die Verbindung sei unterbrochen.

»Hallo?«

»Ich bin noch da … Gilonne war tatsächlich ein zweites Mal schwanger. Mit Zwillingen. Aber die Ärzte und ihr Ehemann waren sich einig, dass sie dafür psychisch zu labil sei. Die Schwangerschaft wurde abgebrochen.«

»Sie meinen, absichtlich?«

»Nach Cômes Geburt war sie völlig außer Rand und Band. Sie schlug den Kopf gegen die Wand, schrie, sie wolle die Erste, die Schönste bleiben. Deshalb brachte der Botschafter sie schweren Herzens in ein Land, wo ein medizinisch indizierter Abbruch legal war.«

»Und ihre Meinung dazu hat ihn nicht interessiert?«

»Es war zu ihrem Besten.«

Ich schlucke schwer, als ich an das kleine Leben denke, das in meinem Bauch heranwächst. Gilonne hat ihre Zwillinge nicht verloren, man hat sie ihr genommen, um ihre geistige Gesundheit zu schützen, so wie die Katze sich selbst das Leben genommen hat, um sich vor dem Altwerden zu schützen. Gilonne muss irgendwie geahnt, gespürt haben, was passiert ist. Sie hat sich in die Verleugnung geflüchtet, um weiterleben zu können. Aber sie hat ihre Mädchen nicht vergessen. Wer ist das Opfer in dieser Geschichte? Côme? Gilonne? Der Botschafter? Die kleinen Mädchen, die nie das Licht der Welt erblicken durften?

»Côme war genauso labil wie seine Mutter«, fährt Vivi seufzend fort. »Die Polizei hat die Ermittlungen eingestellt, weil alles auf einen Unfall hindeutete, aber ich bin nach wie vor davon überzeugt, dass mein Patensohn sich umgebracht hat.«

»Umgebracht?«, wiederhole ich verdattert.

»Er war sportlich, ein hervorragender Schwimmer. Er hat sich so an sein Motorrad geklammert, dass es auf ihn fallen musste.«

Ich kaue auf meiner Unterlippe. Sie redet Schwachsinn. Niemand hat sich umgebracht. Côme kommt nächsten Samstag wieder. Vivi ist übergeschnappt. Ich muss diese Sache endgültig aufklären.

»Wissen Sie, wie Irène mit Nachnamen heißt?«

Vivi fängt an zu trällern: »*The concert was over in Carnegie Hall …*«

Jetzt dreht sie völlig durch.

»Irènes Nachnamen, bitte!«

»*Oh, Mr. Paganini, please play my rhapsody.*«

»Verstehen Sie meine Frage nicht?«

»Doch, doch. Haben Sie nie von Ella Fitzgerald gehört? Irène heißt Paganini. Ich habe sie nach Cômes Beerdigung einmal getroffen, bevor ich zurück nach New York geflogen bin. Ich hoffe sehr, sie hat einen Mann mit einer weniger hysterischen Mutter gefunden und neu angefangen.«

»Erinnern Sie sich an ihre Adresse?«

»Nicht genau. Sie hat an der Côte d'Azur gewohnt, aber nicht in Nizza. Kontaktieren Sie sie, sie wird Ihnen bestätigen, was ich gesagt habe. Entlarven Sie den Hochstapler, der sich für meinen Patensohn ausgibt. Helfen Sie Gilonne, ich bitte Sie. Stellen Sie sich vor, sie wäre Ihre Großmutter! Sie sind die Einzige, die sie retten kann.«

Sie ahnt nicht, was für einen Gewittersturm ihre Worte in meinem Kopf auslösen. In mein indigoblaues Notizbuch schreibe ich unter Kontra: Selbstmord.

IN DER NÄHE VON PARIS, LES AMIS DE GEORGES

Zweiunddreißig Jahre früher

Der Junge ist acht Jahre alt. Nachdem er nun schon zum zweiten Mal aus seiner gewohnten Umgebung gerissen wurde, gewöhnt er sich allmählich an den neuen Alltag ohne seine Eltern. Das Leben in der Vorstadt verprickelt langsamer als in der Champagne. Oma hat mit ihm bei Prisunic Kleider und Schulsachen gekauft. Opa hat ihn in der Schule angemeldet, die nur ein paar Meter die Straße hinunter liegt. Er hat auch einen neuen besten Freund gefunden. Quentin ist nicht so toll wie Yahia und Plemplem in Afrika oder Arthur in Épernay, aber trotzdem ganz okay. Einmal fragt er den Jungen, warum er bei seinen Großeltern lebt. Er antwortet: »Meine Eltern sind nach Afrika zurückgefahren, um meinen Hund zu holen.«

Zu Beginn des nächsten Schuljahrs gibt der Lehrer allen Schülern einen Zettel, auf dem nach dem Beruf ihrer Eltern gefragt wird. Der Junge schreibt: Opa Georges hat ein Bistrot. Er schläft über dem Bistrot, im früheren Zimmer seines Papas, dessen Wände mit alten Postern von Sängern und Sportlern bedeckt sind. Er ist der Meister der *tartines* am Morgen und der Schinken- und Salamibaguettes am Mittag. Er schneidet das Brot und verteilt die Butter schneller als Oma. Er ist größer geworden, breiter. Sein Papa wird immer noch bestraft, er schickt ihm Briefe, schreibt, dass er ihn liebt und dass ihm alles leidtut. Der Junge erzählt ihm vom Bistrot, den Gästen, die an der Theke essen, und der Katze, die Opa Dreierwette getauft hat. Seine Maman schreibt, dass ihr alles leidtut und sie ihn liebt, der Junge schreibt zurück, dass sie ihm fehlt. Sie wird einmal operiert, zweimal, muss zur Reha, verspricht, dass sie bald wieder zusammen sind, aber das wird ständig verschoben.

Einmal nach der Schule wartet eine Frau im Bistrot auf den Jungen. Sie bietet ihm an, mit ihm seinen Papa im Gefängnis zu besuchen. Der Junge lehnt ab, weil er Angst hat, dann auch eingesperrt zu werden. Sein Papa ist so enttäuscht, dass er ihm ein paar Monate lang nicht mehr schreibt.

Ein anderes Mal hört der Junge zufällig ein Gespräch zwischen seinen Großeltern mit an. Oma sagt: »Wenn sie ihn uns wegnehmen will, können wir nichts dagegen tun. Dann sehen wir ihn nie wieder, und er vergisst uns einfach. Sie baut sich mit diesem Mistkerl, wegen dem unser Sohn im Knast sitzt, ein neues Leben auf.«

Am liebsten würde der Junge zu ihr rennen, sich in ihre Arme werfen, ihr versichern, wie sehr er das Amis de Georges liebt, die lustigen, beschwipsten Stammgäste, die frisch belegten Baguettes, das große Brotmesser und die Kaffeemaschine, die keucht und Dampf spuckt. Er will ihr danken, dass sie für ihn da war, als er niemanden mehr hatte, als die Liebesgeschichten der Erwachsenen ihn ausradiert hatten. Aber die Worte wollen nicht heraus. Also buttert er weiter *tartines*, um ihr seine Gefühle zu zeigen, durchbohrt sie mit seinem Lächeln, erschüttert sie mit seinen Albträumen. Und hält Ausschau nach grünen Autos, für den Fall, dass sein Papa aus dem Gefängnis flieht und ihn holen kommt.

JUAN-LES-PINS

Die Strandpächter holen die Liegestuhlpolster rein und klappen die Sonnenschirme zu. Der Wind hat aufgefrischt. Er schreckt die Badegäste ab und bringt die Zikaden zum Schweigen, die nur bei Temperaturen über zweiundzwanzig Grad singen. Die Leute neben mir diskutieren über die Wettervorhersage, ob der Mistral drei, sechs oder neun Tage wehen wird. Diese Zahlen sind hier wichtig, genau wie auf Groix. Wenn jemand ertrinkt, gibt das Meer ihn neun Tage später zurück. Mir geht Côme nicht aus dem Sinn. Der echte Côme, Gilonnes Sohn, Vivis Patenkind, Irènes Verlobter. Ist er der Mann, den ich kenne? Oder ist er in einem Swimmingpool in Nizza ertrunken? Mir ist, als würde ich die Spur eines Freunds von früher verfolgen, weil er als Einziger die Antwort auf die Frage weiß, die mich so weit von meiner Insel weggeführt hat.

Ich suche im Netz nach Irène Paganini. Es gibt zwei an der Côte d'Azur. Beiden hinterlasse ich die gleiche Nachricht auf dem Anrufbeantworter: »Guten Tag, ich würde gern mit Ihnen über Côme Solericci sprechen«, plus meine Handynummer.

Ich checke meine E-Mails. Clovis hat mir das Cover eines Magazins für Metalldetektion geschickt, auf dem ein Mann einen Strand absucht. Auf einem roten Post-it steht: »Ich habe meinen Schatz schon gefunden.« Was haben wir damals gelacht, als wir dieses Hobby und seine leidenschaftlichen Anhänger entdeckt haben. Ich brenne darauf, ihm zu erzählen, wie meine Nachforschungen voranschreiten, aber ich warte lieber, bis er den Laden geschlossen hat, sonst werden wir alle zwei Minuten unterbrochen.

Ich gehe schwimmen. Während die Touristen das Meer eisig finden, ist es für mich belebend. Danach rufe ich Clovis an. Ich freue mich schon auf einen langen Plausch, doch ich höre ihm an, dass er in Eile ist.

»Ist es gerade schlecht?«

»Cyril holt mich gleich ab, ich muss ihm bei was helfen. Ich bin erst nach dem Abendessen wieder da, dann rufe ich dich zurück.«

Enttäuscht lege ich auf. Eine Stunde später klingelt mein Handy. Ich hebe sofort ab. Ich kann es kaum erwarten, mich jemandem anzuvertrauen.

»Hallo noch mal, mein Lieber!«

»Hier spricht Irène Paganini, Sie haben mir eine Nachricht hinterlassen.«

»Bitte entschuldigen Sie, ich hatte mit jemand anderem gerechnet.«

»Das habe ich mir fast gedacht«, sagt die Frau schroff.

»Ich heiße Kim, ich arbeite für Gilonne de Kerjeant.«

»Ach?«

Ihre Stimme wird plötzlich eisig. Ich halte das Handy von meinem schockgefrosteten Ohr weg.

»Sie weiß nicht, dass ich Sie angerufen habe. Sie waren mit ihrem Sohn verlobt, nicht?«

»Wir wollten heiraten«, bestätigt der Eisberg, der die *Titanic* versenkt hat.

Wie frage ich sie am besten, ob der Mann, den sie geliebt hat, am Leben ist oder tot?

»Ich rufe aus Antibes an«, sage ich.

»Wohnt die alte Gorgo dort?«

Das fängt ja gut an.

»Sie haben allen Grund, sauer auf sie zu sein«, bemerke ich aufs Geratewohl.

»Wollen Sie mir die frohe Botschaft von Ihrem Tod verkünden? Wenn nicht, habe ich was Besseres zu tun.«

»Ich muss Sie treffen, es ist wichtig. Wo wohnen Sie?«

»In Golfe-Juan. Eigentlich wollte ich weg aus dem Süden, aber ich konnte ihn nicht verlassen.«

Also lebt er noch. Er ist der Mann, der mich eingestellt hat. Puh! Ich atme aus. Vivi ist bloß eine Spinnerin.

»Bis Menton ist es trotzdem ein Stück, oder?«, frage ich, um sicherzugehen.

»Warum bis Menton? Er liegt auf dem Friedhof in Nizza. Ich hatte nicht die Kraft, woanders hinzuziehen. Die Gorgo hat ihn umgebracht.«

»Was?«

»Sie hat ihn weder vergiftet noch erstochen, sondern ihm schlicht die Lust am Leben geraubt. Und mir durch seinen Tod die meine. Eigentlich hatte sie sich längst aus unserem Leben verabschiedet. Wir waren so glücklich! Aber Côme wollte ihr eine letzte Chance geben und sie überzeugen, doch bei unserer Hochzeit dabei zu sein. Also sind wir zehn Tage vorher noch einmal zu ihr gefahren. Das hätten wir niemals tun sollen. Wissen Sie, was es heißt, jemanden aus tiefster Seele zu hassen? Ich träume jede Nacht davon, sie zu erwürgen, bis mir die Finger schmerzen. Ich ersticke sie mit ihrem Kopfkissen. Ertränke sie. Sehe, wie ihre Augen hervorquellen, wie sie Wasser schluckt, wie ihre letzten Atembläschen an der Oberfläche zerplatzen. Ich injiziere spritzenweise Luft in ihren Infusionsschlauch.«

Irènes Stimme hat sich verändert. Sie grollt und bebt.

Ich hasse meinen Vater. Ich nehme es Lénaïg übel, dass sie sich davongemacht hat, bevor ich sie lieben konnte. Ich bin wütend auf die Katze, weil sie entschieden hat zu sterben. Aber ich wünsche niemandem den Tod. Selbst wenn ich mir manchmal vorstelle, wie die Leser bestimmter Schundblätter, die wir gezwungenermaßen verkaufen, über den Fußabtreter stolpern und auf die Schnauze fallen.

»Sie hat mich verabscheut, weil ich keine roten Haare habe und ihr ihren Sohn stehlen wollte«, fährt Irène heftig fort. »Weil er mit mir glücklich war und sich endlich ihrem Einfluss entzogen hat. Weil er das Klavierspielen aufgegeben und stattdessen das Leben genossen hat. Sie hat sich immer ausgemalt, mit ihrem berühmten Wunderkind um die ganze Welt zu reisen. Aber er hatte weder genug Begabung für eine solche Karriere noch Lust darauf. Eine enttäuschte Frau wird leicht zur Verbrecherin. Die Polizei geht von einem Unfall aus. Ich bin mir sicher, dass er sternhagelvoll war. Sie hat ihn ins Wasser geschubst, oder er ist gefallen, und sie hat das Motorrad auf ihn gestoßen. Am Abend zuvor ist er nach einem grässlichen Streit aus dem Haus gestürmt und hat die Tür hinter sich zugeschlagen. Ich habe mich in seinem früheren Zimmer eingeschlossen. Das war das letzte Mal, dass ich ihn lebend gesehen habe …«

Ein eiskalter Schauder überläuft mich. Wenn Gilonnes Sohn ertrunken ist, wer ist dann der Mann, mit dem ich Madison getanzt habe?

Dumpf redet Irène weiter. »Ich weiß nicht, was in jener Nacht genau passiert ist, aber sie hat ihn auf dem Gewissen, sie gehört ins Gefängnis! Danach hat die boshafte alte Schlange mich noch monatelang terrorisiert.«

»Terrorisiert?«

»Sie hat mich nicht nachts wachgeklingelt oder am Telefon beschimpft, nein, viel schlimmer. Sie hat mir Grußkarten geschickt, zu Weihnachten, Ostern, meinem Geburtstag, in hübschen bunten Umschlägen.«

Das klingt nicht gerade nach Folter.

»Karten mit quälenden Texten. ›Ein freudloses Weihnachtsfest, das ich Ihretwegen ohne meinen Sohn verbringen muss.‹ ›Traurige Ostern ohne Côme, dank Ihnen.‹ ›Allen Hass zum Valentinstag. Côme hat Sie geliebt, Sie sind schuld, dass er tot ist.‹ ›Herzlichen Pechwunsch zum Geburtstag. Sie zu lieben, heißt zu sterben.‹«

»Das ist ja furchtbar!«

»Und krank. Aber ich konnte keine Anzeige erstatten, weil die Nachrichten keine Drohungen waren, nur grausam. Die letzte, ›Schönen ersten Nicht-Hochzeitstag‹, kam genau ein Jahr nach der geplanten Hochzeit.«

Ihre Stimme bricht.

»Ich habe versucht, Kontakt mit ihr aufzunehmen. Sie hat meine Briefe zurückgesendet, jedes Mal einfach aufgelegt. Irgendwann haben ihre Quälereien aufgehört. Ich hatte schon gehofft, sie sei gestorben. Tja, Pech gehabt.«

Mir kommt ein makaberer Gedanke. Was, wenn Côme seinen Tod feige vorgetäuscht hat, um seine aufdringliche Verlobte loszuwerden? Das würde alles erklären.

»Haben Sie ihn gesehen? Ähm, im Pool?«

»Ich wollte hineinspringen, um ihn zu befreien, aber der Butler Jules hat mich daran gehindert. Er hat auch die Polizei verständigt. Die Beamten haben uns verboten, ihn aus dem Wasser zu holen, bevor die Spurensicherung da ist. Ich wurde befragt, dann haben sie ihn endlich hochgetaucht. Er hat gelächelt. Als würde er schlafen. Ich habe in meinem Leben schon viele Tote gesehen, aber Côme war beinahe überirdisch schön mit seinen nassen Haaren, wie ein Engel.«

»Warum haben Sie schon viele Tote gesehen?«, frage ich verwirrt.

»Weil ich … Was ist los? Ich telefoniere, ich bin gleich da.«

Sie hält das Telefon vom Mund weg und spricht ganz sanft, ehe sie sich wieder an mich wendet.

»Ich bin Krankenschwester in der Orthopädie. Gilonne kam auf meine Station, als sie sich den Oberschenkelhals gebrochen hatte. Im ersten Monat nach einer solchen Verletzung liegt die Sterberate für Frauen bei sechzehn Prozent, für Männer bei zwölf. Côme hatte kein Glück, seine Mutter hat es überstanden.«

So eine Aussage wäre von jedem krass, aber von einer Krankenschwester? Unglaublich.

Anscheinend liest Irène meine Gedanken. »Ich liebe meinen Beruf und meine Patienten«, beteuert sie. »Aber ich schwöre Ihnen, diese Frau ist der Teufel. Côme hat sich damals schon im Voraus bei uns für ihr Verhalten entschuldigt. Ich habe ihn beruhigt, schließlich haben wir ständig mit schwierigen alten Menschen zu tun. Aber es war wirklich die Hölle. Als sie herausgefunden hat, dass Côme mit mir ausgeht, wurde es noch schlimmer. Ich habe ihr den Hintern abgewischt, sie nackt, verletzlich, wehrlos gesehen. Das hat sie mir nicht verziehen. Am Abend vor Cômes Tod hat sie gedroht, dass sie ihn enterben würde, wenn er mich heirate, aber das war ihm herzlich egal. Sie hat getobt, dass sie sich aus dem Fenster stürzen würde und er allein sei schuld daran. Sie hat ihm an den Kopf geworfen, dass er adoptiert ist. Der Botschafter habe sie so vergöttert, dass er sie nicht teilen wollte, nicht einmal mit einem Baby, geschweige denn riskieren, dass ihr perfekter Körper von einer Schwangerschaft zerstört wird.«

»Nein …«

»Doch! Ich habe es mit eigenen Ohren gehört. Sie hat sogar hinzugefügt, dass sie ein rothaariges Kind verlangt habe und dafür richtig tief in die Tasche hatte greifen müssen. Côme ist zurückgezuckt, als hätte sie ihn geschlagen. Ich war wie erstarrt. Sie hat gesagt, dass alle außer ihm Bescheid wüssten. Dass sie ihn nur aus Mitleid aufgenommen habe, er sei das Kind einer anderen, ein Findelkind aus der Mülltonne. Und dass sie es bereue, ihn gerettet zu haben. Ich habe nach Cômes Hand gegriffen. Er war kreidebleich, aber er hat gelächelt. Und ihr gedankt. Es war total surreal.«

»Ihr gedankt? Warum?«

»Er hat ihr erklärt, er sei erleichtert, dass sie nicht seine Mutter ist. Jetzt würde er endlich verstehen, warum sie ihn nicht liebe. Das habe ihn befreit.«

»Das hat ihr bestimmt nicht gefallen.«

»Sie hat einen Schwächeanfall vorgetäuscht, ist theatralisch wie eine Hollywooddiva auf ihrem Rokokosessel zusammengebrochen. Côme war das schon gewohnt, ihre hysterischen Attacken hatten in seiner Kindheit den Takt angegeben. Sie wurde in die Klinik eingeliefert, dort umhegt und umpflegt, kehrte zurück und drehte wieder durch. Sie war weder alkohol- noch drogenabhängig, hat nicht einmal geraucht. Ihre Sucht war die unstillbare Gier nach Liebe.«

»Hat der Botschafter sie denn nicht geliebt?«

»Sie hat sich selbst nicht geliebt.«

Irène seufzt.

»Côme wollte ein letztes Mal versuchen, sie dazu zu bewegen, zu unserer Hochzeit zu kommen. Meine Eltern sind einfache Leute, fleißig, warmherzig. Sie haben ihn wie einen Sohn behandelt. Die Gorgo hatten wir seit einem halben Jahr nicht mehr gesehen. Wir sind mit dem Motorrad nach Nizza gefahren. Côme hatte sich die blaue

Yamaha gerade erst gekauft. Einen Kilometer vor dem Anwesen haben wir angehalten. Er hat eine Zigarette geraucht und gefragt: ›Sollen wir es sein lassen?‹ Und ich Idiotin habe geantwortet: ›Jetzt sind wir schon hier, ziehen wir es durch.‹ Wenn ich gewusst hätte …«

Ich umklammere mein Handy.

»Als sie ihn anschrie, sein Vater würde sich im Grab umdrehen, wenn er mich heirate, ist Côme ausgerastet. Er hat zurückgebrüllt: ›Die Liebe soll einen stärken, Mutter, nicht töten! Vater hat mir auf der Intensivstation die Wahrheit verraten. Ich hatte gerade mein Abitur in der Tasche. Er wollte die Scheidung einreichen, ausziehen und mich mitnehmen. Sie sind auf ihn losgegangen, haben ihn angegriffen. Er hat sich nicht verteidigt. Eine riesige Faust hat seinen Brustkorb gepackt und ihn zerknüllt wie ein Stück Papier. Ihretwegen hat er den Infarkt bekommen. Ihretwegen hat sein Herz aufgegeben. Ich mag vielleicht nicht sein Sohn sein, aber er war mir immer ein Vater. Er war für mich da, Sie nicht!‹«

Der Botschafter ist an einem Streit mit seiner Frau gestorben? Wie schrecklich!

»Wie hat sie reagiert?«

»Sie ist in schallendes Gelächter ausgebrochen und hat gerufen: ›Was für eine blühende Phantasie du hast, mein Schatz, du solltest Romane schreiben, statt die Partituren anderer zu malträtieren!‹ Ihr Unterbewusstsein hatte den Streit mit ihrem Mann vollkommen ausgelöscht. Côme hatte sie nie daran erinnert, aus Angst, dass der Schock sie umbringen würde. Aber diese Hexe ist unzerstörbar. Ihn hat es erwischt, den Jungen, Starken.«

Ich stelle mir die beiden vor, Mutter und Sohn, wie sie einander wie zwei wilde Tiere aufgerichtet und brüllend gegenüberstehen, in einem Kampf auf Leben und Tod.

»Anschließend hat sie eine Schublade geöffnet, einen Stapel Fotos herausgeholt und ihn auf den Tisch geworfen«, fährt Irène fort. »Sie hatte einen Detektiv angeheuert, um mir nachzuspionieren. Ich war schon einmal verheiratet gewesen, mit achtzehn, eine Jugendsünde, wir haben uns nach ein paar Monaten scheiden lassen. Côme wusste natürlich Bescheid. Aber ich hatte ihm verschwiegen, dass Paul vor kurzem wieder in mein Leben getreten war. Mein Exmann war damals völlig am Ende, hat Drogen genommen und in seinem Auto gelebt. Ich habe ihm Geld geliehen, damit er auf die Beine kommt. Mein eigenes Geld, das ich mir im Krankenhaus sauer verdient hatte. Eigentlich gab es keinerlei Grund, Côme die Sache zu verheimlichen, ich wollte nur nicht, dass irgendwas unsere Liebe trübt. Dieser elende Schnüffler hat nichts Kompromittierendes vor die Linse bekommen, aber alles so abgelichtet, dass die Fotos zumindest Fragen aufwarfen. Ich habe Paul zur Begrüßung auf die Wange geküsst, wie man es eben tut, wenn man mal zusammen war. Und ich habe ihm das Geld ganz offen überreicht. ›Deine Zukünftige betrügt dich!‹, hat Gilonne geschrien. Côme hat sich fragend zu mir umgedreht. Und ich, ich Idiotin, ich dumme Kuh, bin rot geworden, weil ich ihm vorgelogen hatte, dass ich mit einer Kollegin essen gehe. Diesen Moment werde ich den Rest meines Lebens bereuen. Er ist aus dem Zimmer gestürmt, hat die Tür hinter sich zugeknallt und ist auf seinem verfluchten Motorrad davongebraust. Ich habe die ganze Nacht versucht, ihn zu erreichen, habe tausendmal auf seinem Handy angerufen. Irgendwann bin ich eingeschlafen und erst von Jules' Schreien wieder wach geworden. Der Butler hat ihn aufwachsen sehen …«

Sie beschreibt das Geschehen so lebendig, als würde es sich vor meinen Augen abspielen.

»Jules ist vor allen anderen aufgestanden. Er hat im Anrichteraum einen Kaffee getrunken und dann seine Runde durchs Haus gemacht. In der Nacht hatte es geregnet, was alle Spuren verwischt und die Ermittlungen erschwert hat. Als er sich vorbeugte, um eine Luftmatratze aus dem Pool zu holen, bemerkte er einen seltsamen Umriss unter Wasser. Cômes blaue Yamaha. Sein Körper war darunter eingeklemmt. Der Mistral wühlte das Wasser auf. Cômes Arme und Beine schaukelten in den Wellen. Die Gerichtsmediziner fanden bei der Autopsie Wasser in seiner Lunge und Alkohol in seinem Blut, aber keine illegalen Substanzen. Am Ende schlossen sie auf einen Unfall unter Alkoholeinfluss. Allerdings hätte Côme sich nie ans Steuer gesetzt, wenn er sich nicht fahrtüchtig gefühlt hätte. Sein bester Freund ist nach einem feuchtfröhlichen Abend im Rollstuhl gelandet.«

»Hm«, mache ich unüberlegt.

Wer ist dann bloß der Mann, der sich um Gilonne de Kerjeant kümmert?

»Weshalb haben Sie mich angerufen?«, fragt Irène. »Gibt es eine neue Spur?«

Hastig suche ich nach einer unverfänglichen Antwort. Wenn ich ihr erzähle, dass ein Mann sich für ihren verstorbenen Verlobten ausgibt, kommt sie sofort nach Antibes gestürmt und trampelt hier herum wie ein Elefant im Porzellanladen.

»Ja, was willst du denn? Ich bin fast fertig«, sagt Irène wieder mit sanfter Stimme und hält die Hand vor den Hörer. Und an mich gewandt: »Ich muss Schluss machen, Mademoiselle. Wird der Fall neu aufgerollt?«

»Ich wollte nur wissen, was damals passiert ist«, antworte ich. Das ist nicht gelogen.

»Côme hatte von Geburt an einen Klotz am Bein – seine grässliche Mutter. Das hat ihn schließlich das Leben gekostet. Retten Sie sich, so schnell Sie können. Oder schubsen Sie sie die Treppe runter. Glauben Sie mir, keiner würde ihr eine Träne nachweinen. Geben Sie mir Bescheid, wenn Sie tot ist, dann köpfe ich eine Flasche Champagner. Sie haben ja meine Nummer.«

Damit legt sie auf.

Und ich verstehe die Welt nicht mehr. »Die Liebe zu meiner Mutter ist so heftig wie ein Autounfall«, hat der Mann gesagt, der mich eingestellt hat. Die unerwiderte Liebe, von der er mir erzählt hat, war offensichtlich nicht Irène. Ich rufe noch einmal Clovis an, erreiche aber nur den Anrufbeantworter. Und ich sehe wieder Gilonne vor mir, wie sie das kleine blaue Motorrad auf dem Bürgersteig umstößt.

ÎLE DE GROIX

Clovis hat ein Grundstück oberhalb des Hafens geerbt, dort, wo die Ärzte, Apotheker und Kieferchirurgen ihre Villen haben. Die Groixer nennen den Ort liebevoll »das Krankenkassenloch«. Wer Leben rettet, jeden Tag mit Leid und Tod in Berührung kommt, braucht etwas Schönes zum Ausgleich. Allerdings kann Clovis dort nichts bauen, weil er nicht genug Geld hat. Das bescheidene Sümmchen, das seine Großeltern ihm hinterlassen haben, reicht nicht aus. Er hat das zukünftige Haus für Kim und sich schon geplant: Ihr Schlafzimmer geht aufs Meer hinaus, das Kinderzimmer auf den Garten. Die offene Küche ist mit dem Wohnzimmer verbunden, das mit einem großen Holzofen und in die Wände eingelassenen Lautsprechern ausgestattet ist. Deko- und Architekturzeitschriften bringen einen auf teure Gedanken.

Alle Groixer, die Kim nach dem Tod ihrer Großmutter gesehen haben, hatten Verständnis für ihr Bedürfnis nach einer Luftveränderung. Und sie haben Clovis zum Essen eingeladen – Solidarität ist hier nicht bloß ein leeres Wort –, aber er hat abgelehnt. Nicht, weil er lieber allein wäre, sondern weil er Angst hat, sich zu verplappern, die Wahrheit über den Tod der Katze auszuplaudern. Das würde Kim ihm nie verzeihen.

Wie jeden Abend wartet er auf das letzte Schiff, beobachtet die Hafenarbeiter beim Entladen, sieht die Menschen und Autos aus der Fähre strömen. Dann geht er mit Cassiel auf dem Küstenwanderweg spazieren, bevor er auf seinen Roller steigt und zu seinem Grundstück fährt, wo Pierre und Cyril schon mit einem kühlen Sixpack unter den Kiefern sitzen. Sie betrachten die Lichter des Hafens unter ihnen und die Segler, die auf den Decks ihrer Yachten zu Abend essen.

»Bist du dir sicher?«, fragt Pierre.

»Hast du es dir auch wirklich gut überlegt?«, ergänzt Cyril.

»Schaut euch mal die Mädels da unten an«, meint Clovis.

Vier Frauen mit langem blondem Haar in Hotpants und Tops, groß wie Models, klettern aus einem Zodiac. Sie könnten ohne weiteres in einem Werbespot für kalifornischen Kaugummi oder finnischen Wodka mitspielen. Die drei Männer genießen den Anblick. Pierre und Cyril sind Clovis' engste Freunde. Pierre, der Seemann mit dem kahlgeschorenen Kopf und den samtschwarzen Augen, Bassist der Heavy-Metal-Band *Les Zot* und Träger der schönsten Tattoos der Insel, ist vergeben. Cyril, das Computergenie mit der Leidenschaft fürs Kitesurfen und den durchdringenden meerblauen Augen, ist Single.

»Nicht, dass du es hinterher bereust«, sagt Pierre.

Clovis schüttelt den Kopf.

»Wir müssen uns ranhalten, sie kommt bald zurück.«

»Okay. Zwei Wochen brauchen wir aber mindestens.«

»So lange ist sie auf jeden Fall noch weg.«

Vorausgesetzt, sie kommt überhaupt zurück. Kim hat ihm zwar mehrfach versichert, dass ihre Beziehung nicht auf dem Prüfstand stehe, aber an der Côte d'Azur trifft sie bestimmt Hunderte reiche, braungebrannte Süßholzraspler, die ihr einen Pastis nach dem anderen ausgeben. Ohnmächtig knirscht Clovis mit den Zähnen. Er kann nur hierbleiben, treu die Stellung halten, jeden Abend im Hafen auf sie warten. Und sie überraschen. Für mehr fehlt ihm das Geld, außer er gewinnt im Lotto. Was nicht passieren wird, weil er gar nicht spielt. Dafür sieht er zu viele seiner Kunden immer wieder bangen und verlieren, und er leidet mit ihnen.

LES AMIS DE GEORGES

Dreißig Jahre früher

Der Junge ist zehn Jahre alt. Er kommt von der Schule nach Hause, wirft seinen Ranzen in die Ecke und wäscht sich die Hände, bevor er die Baguettes für den Abend vorbereitet. Oma besteht darauf, auch wenn er schwört, dass sie sauber sind, weil die Federfuchser vom Gesundheitsamt bloß nach einem Haar in der Suppe suchen. Er nimmt das große Messer mit den spitzen Zacken, das er niemals anfassen dürfte, wenn seine Maman hier wäre. Aber er hat seine Maman seit vier Jahren nicht gesehen. Er erinnert sich an ihr Gesicht, aber nicht an ihre Stimme. Seinen Papa hat er genauso lange nicht gesehen, der ist immer noch im Gefängnis. Opa wirkt heute ziemlich alt. Er steht nicht hinter der Theke, sondern sitzt in der Küche, was sonst nie passiert.

»Ist Oma krank?«, fragt der Junge beunruhigt. »Hat sie einen Herzinfarkt?«

»Schlimmer.«

»Muss sie ins Gefängnis? Hat sie jemanden mit dem Brotmesser erstochen, wie Papa?«

Opa schüttelt den Kopf.

»Der hat niemanden erstochen, sondern angeschossen. Oma ist traurig, weil deine Maman gleich kommt und dich abholt. Du verlässt uns.«

Hin und her gerissen zwischen der Freude, seine Maman wiederzusehen, und der Trauer darüber, seine Großeltern zu verlieren, ist der Junge wie erstarrt. Opa schließt daraus, dass er und Oma ihm piepegal sind. Der Junge hört Oma oben schluchzen. Am liebsten würde er hochgehen und sie in den Arm nehmen, aber das wagt er nicht. Hoffentlich sagt sie ihm noch Lebwohl. Opa hängt ein Schild an die Tür: »Aus familiären Gründen geschlossen.« Die Kaffeemaschine schweigt. Die leeren Stühle sehen düster aus. Die Tische sind hässlich. Die Theke trauert. Liebe und Schmerz überrollen den Jungen, zerren an ihm, schleudern ihn herum, schütteln ihn durch, bis er am Ende keuchend, aber am Leben, aus der Flutwelle auftaucht.

»Warum bleibt Maman nicht einfach mit uns hier?«, schlägt er heiser vor.

»Weil wir die Eltern deines Vaters sind. Er hat sie verletzt, seinetwegen hätte sie fast den Löffel abgegeben.«

Der Junge begreift nicht, von welchem Löffel Opa redet. Einem von denen, mit denen die rauchenden und trinkenden und lachenden Gäste ihren Espresso umrühren? Wie hat seine Maman den überhaupt bekommen? War sie nachts da, während er geschlafen hat?

»Dein Papa hat ihr in den Bauch geschossen. Er wollte sich hinterher umbringen, aber er hat es nicht getan, um dich nicht zum Waisen zu machen.«

Obwohl der Junge nun schon seit vier Jahren hier lebt, schneidet Opa dieses Thema zum ersten Mal an.

»Er hat mir geschrieben, dass es ihm leidtut«, sagt der Junge ganz leise, um die Bilder aus seinem Kopf zu vertreiben.

»Dass er sie nicht getötet hat, ja.«

»Nein!«, protestiert der Junge entsetzt.

»Sie hat ihn verraten«, stößt Opa wütend aus. »Sein Vertrauen missbraucht. Sie hat ihn mit seinem besten Freund betrogen. Er ist ihr gefolgt, hat sie beobachtet. Dann hat er gewartet, bis sie zurück nach Hause gekommen ist, hat sie angefleht, es zu beenden. Aber sie hat geantwortet, sie würde sie beide lieben.«

Der Junge versteht das alles nicht. Er will, dass dieses Gespräch endlich aufhört, dass sie sich um die Baguettes für die Gäste kümmern, um die kleinen Espressotassen und die großen Rotweingläser, um die Vorbereitungen für das Schulfest.

»Maman ist jetzt gesund«, sagt er. »Papa hat seine Strafe gekriegt. Wir werden wieder eine Familie, so wie früher.«

»Ha, niemals«, schleudert Opa ihm ins Gesicht. »Das Kapitel ist durch, benimm dich wie ein Mann!«

Dieselben Worte hat auch der Papa des Jungen benutzt, als sie Plemplem in Afrika zurücklassen mussten.

Er geht nach oben in sein Zimmer, reißt die Poster ab, die sein Vater an die Wand geklebt hat, zerfetzt in seiner Wut die Tapete. Dann postiert er sich am Fenster und wartet auf ein grünes Auto. Eine Stunde später hält ein graues vor dem Bistrot.

Opa öffnet die Tür. Der Junge rennt die Treppe hinunter. Seine Maman ist da und starrt ihn an. Sie hat sich verändert. Ihre Augen und ihr Haar haben noch dieselbe Farbe, aber ihre Züge sind verzerrt, die Wangen eingefallen, die Haut ist blass, der Rücken ein wenig gebeugt, der Körper dicker. Ihr Lächeln gleicht einer Grimasse. Sie singt nicht, tanzt nicht, breitet nicht die Arme aus. Stattdessen verzieht sie den Mund und sagt: »Du bist groß geworden. Und du siehst aus wie dein Vater.«

Er sieht aus wie der, der sie verletzt hat. Das bremst die Wiedersehensfreude. Ihre Blicke prallen aneinander wie früher ihre Körper, bevor seine Maman sich abwendet und in die Arme eines anderen Mannes flüchtet, der neben ihr steht – der Dieb. Der Junge wäre nie darauf gekommen, dass der Liebhaber seiner Mutter Papas Freund Onkel Ange sein könnte, der sich um die Zähne von Pferden kümmert, ihm eine elektrische Eisenbahn geschenkt hat und einen hübschen Bart trägt, weswegen Maman ihm den Spitznamen Pirat gegeben hat.

Ein Pirat ist ein Schurke, der die Schiffe anderer plündert. Ange hat die Familie des Jungen geplündert. Die Frachträume sind leer, die gesamte Ladung an Liebe und Sicherheit ist verschwunden. In einem verzweifelten Versuch, die Zeit zurückzudrehen, ruft der Junge: »Mein geliebtes Rehlein!«

Er hofft, dass Maman über seine berühmte Louis-de-Funès-Imitation lacht, aber sie versteht es gar nicht, hat es vergessen, die Vergangenheit ausgelöscht. »Was redest du da? Welches Rehlein?«

Er schüttelt stumm den Kopf. Er wird noch lange stumm bleiben, ohne dass es jemandem auffällt. Er fragt nicht, warum das Auto grau ist. Er schlägt ein neues Kapitel auf. Er wird sich bemühen, sich wie ein Mann zu benehmen.

ANTIBES

Clovis ist gestern Abend erst spät nach Hause gekommen. Ich habe schon geschlafen, als er angerufen hat. Heute Morgen bin ich nur schnell in meine Klamotten gesprungen und im Laufschritt los zur Arbeit. Ich hatte gerade noch Zeit für eine kurze SMS: »Hab den Wecker nicht gehört, muss mich beeilen.«

Die Strandpächter holen die Polster für die Liegen heraus, harken den Sand, öffnen die Umkleidekabinen und Sonnenschirme. So etwas gibt es auf Groix nicht. Bei uns setzen sich die Badegäste einfach auf ihre Handtücher, bevor sie sich kopfüber ins Meer stürzen. Ich komme an einem Kiosk vorbei und denke an Clovis, der allein die alten Zeitungen aus- und die neuen einsortieren muss. In der Auslage sehe ich eine Zeitschrift, deren Cover mir gefällt, und schieße mit meinem Handy ein Foto. Sofort steht ein unfreundlicher Typ neben mir.

»Wenn Sie sie haben wollen, dann kaufen Sie sie gefälligst. Keine Fotos!«

»Bitte entschuldigen Sie. Wir sind Kollegen, ich habe einen Zeitungsladen in der Bretagne. Ich wollte bloß …«

»Ist mir scheißegal. Keine Fotos!«

Ich stecke mein Handy ein und widerstehe dem Drang, dem Kerl die Meinung zu geigen. So ein blöder Betonkopf! Ein Cabrio hält an der roten Ampel. Im Radio singt Christophe Maé: *Il est où, le bonheur, il est où?* Ja, wo ist es, das Glück, sag mir wo! Ich begegne einer alten Frau. Sie schiebt ein Fahrrad mit einem Korb am Lenker, aus dem Blumen und eine Basilikumpflanze ragen. Die Katze war nie hier, hat nie das Zirpen der Zikaden gehört, den Duft der Pinien gerochen. Sie hat sich um so viele kleine Freuden gebracht.

Gilonne begrüßt mich mit einem theatralischen: »Wie reizend, dass Sie mich besuchen, Kim!«, statt Chantals Abwesenheit zu beklagen. Der Tag hat schon komisch angefangen, so ganz ohne Clovis' Stimme, und ich schaffe es einfach nicht, mich zu konzentrieren. Ich quetsche Feuchtigkeitscreme auf Gilonnes Zahnbürste, lasse das Wasser durch die orangefarbene Kaffeemaschine laufen, ohne eine Kapsel einzulegen. Ich habe meine Insel verlassen, um herauszufinden, ob sich das Leben und das Altwerden lohnen, aber mittlerweile geht es um etwas anderes. Ich will die Wahrheit über die beiden Cômes erfahren, Nummer eins und Nummer zwei, Madame de Kerjeants Sohn und den Rotschopf, der sich für ihn ausgibt. Doch bevor ich Letzteren enttarne, muss ich wissen, ob Ersterer ein guter Mensch oder ein undankbarer Mistkerl war, Opfer oder Täter. Denn wenn ich den falschen Côme davonjage, dann hat die vom Sturm des Lebens gebeutelte Gilonne niemanden mehr, der sich um sie kümmert.

Ich frage mich, ob sie ihren Sohn wirklich in den Pool gestoßen hat. Ich habe den seltsamen Eindruck, Côme eins schon lange zu kennen, ihm gegenüber in der Pflicht zu stehen.

In Gilonnes Wohnung gibt es mehrere Fotos von ihr als strahlende Schönheit in goldenen Rahmen, aber nur ein einziges mit ihrem kleinen Sohn, der dem Mann, der mich eingestellt hat, ähnelt wie ein roter Apfel dem anderen. Ich unterdrücke den sadistischen Impuls, mit ihr über Swimmingpools zu reden. In meinem Drang, Wahrheit und Lüge zu entwirren, laufe ich Gefahr, sie zu quälen.

»Es ist sehr nett von Ihnen, dass Sie mich nach unten begleiten«, sagt sie mit ihrer melodischen Stimme, als wir auf den Speisesaal zutrippeln.

»Das mache ich doch gern«, erwidere ich, ohne sie daran zu erinnern, dass sie mich dafür bezahlt.

Während sie zu Mittag isst, hole ich ihre Bankunterlagen heraus und blättere die Kontoauszüge durch. Eine monatliche Überweisung begleicht Kost und Logis ihres früheren Butlers Jules Battagli in einem Altenheim in Villefranche-sur-Mer. Ich notiere mir die Adresse. Die Kontrollabschnitte der Schecks nehme ich besonders genau unter die Lupe. Alles tadellos – sie hat keinen an Côme zwei ausgestellt. Er fälscht ihre Unterschrift, um ihre Rechnungen zu bezahlen, ihre Versicherungen, das Essen im Restaurant, die Miete für die Wohnung, den Arzt, die Pediküre, den Frisör, Zeitungsabos und mein Gehalt, füllt sich aber nicht die eigenen Taschen. Das Ganze ist sowieso eine Sackgasse, schließlich heißt er nicht Côme Solericci. Der echte Côme Solericci ist tot, seine Bankkonten sind aufgelöst. Côme zwei hat seine Identität der Leiterin des Cercle, den anderen Bewohnern und Gilonne gegenüber angenommen, doch da hört die Täuschung auch schon auf. Gilonne kann ihm natürlich Bargeld geben oder Geschenke machen, aber er kann weder Schecks einlösen noch später ihr Vermögen erben. Und Gilonne ist zwar nicht mehr taufrisch im Kopf, allerdings noch nicht völlig senil. Worauf spekuliert er also? Was motiviert diesen Hochstapler, seine Samstagabende in einer – zugegebenermaßen sehr schicken – Seniorenresidenz zu verbringen? Wo ist er, der Haken, sag mir wo.

Um achtzehn Uhr hat die blonde Colette anlässlich ihres Geburtstags zu einem Gläschen eingeladen, wie man es hier nennt. Lola hat mir von ihrem Leben erzählt. Sie hat früh ihren Mann verloren und ist als Auslandskorrespondentin durch die Welt getingelt, bevor sie ihre Zelte im Cercle aufschlug, inmitten dieser Frauen, von denen fast keine je arbeiten musste. Sie hat sich noch nie richtig ernährt, mit Vorspeise, Hauptgericht, Käseplatte, Dessert und viel frischem Obst und Gemüse, wie vom Onkel Doktor empfohlen. Tagsüber knabberte sie nur Cracker und Müsliriegel, abends gab es Seeigelpastete oder Fischterrine mit einem guten alten Whisky. Gekochtes Essen ist ihr zuwider. Je mehr man sie zum Essen drängt, desto heftiger verweigert sie sich. Aber sie geht gern hinunter ins Restaurant, schießt im Geiste Fotos von den Gesichtern und schwelgt in ihren Weltenbummlererinnerungen.

Ich begleite Gilonne zu Colettes Wohnung. Auf den Fensterbrettern und Tischen brennen Kerzen in roten Kerzenhaltern, wie an Weihnachten. Colette hat mehrere Jahre in Dänemark gelebt, in Kopenhagen. Ich lerne ein neues Wort: *hygge*. Es bedeutet so viel wie Gemütlichkeit, Wohlbefinden, die Kunst, die kleinen Dinge des Lebens im Kreis der Familie oder der Freunde zu genießen. Zusammenzukommen, gemeinsam zu trinken und zu essen, vor dem Kamin Luftschlösser zu bauen, ist *hygge*. Millionen brennender Kerzen während der langen nordischen Winter sind *hygge*. Picknicks, Grillabende, Open-Air-Konzerte und Fahrradtouren im Sommer sind *hygge*.

»Es ist *hygge*, Sie alle heute Abend hier zu haben«, erklärt Colette ihren Gästen und serviert Aquavit, Ingwerkekse und *smørrebrød* mit Rührei, Krabben, Gurke, Hering und Räucherlachs.

Sidonie nippt genüsslich an ihrem Glas, schlägt sich den Bauch voll und beäugt neidisch Colettes schlanke Figur und Gilonnes schickes Kleid. Heute lobt sie die schönen Kerzen, über die sie sich morgen hinterrücks bei der Heimleitung beschweren wird, wegen der Brandgefahr. Ich tausche heimlich mein volles Glas gegen das bereits leere des Admirals aus. Colette erzählt, wie wunderbar Weihnachten in den skandinavischen Ländern ist. Rose, die aus der Provence stammt, berichtet von riesigen Festmählern an Heiligabend und den traditionellen dreizehn Desserts. Colette verkündet, die Dänen seien die glücklichsten Menschen auf der ganzen Welt. Anscheinend kennt sie die Groixer nicht. Meine Insel und Clovis sind *hygge*. Ich muss dieses Wort in mein Notizbuch schreiben.

ANTIBES

Der Flur ist ein seltsamer Ort. Ein Niemandsland, eine Schleuse zwischen Leichtigkeit und Alter, zwischen Lachen und Pflicht. In den Wohnungen des Cercle herrscht die Vergangenheit. Man blättert Fotoalben durch, erhebt die Stimme, um besser verstanden zu werden, benutzt keine Kraftausdrücke, redet nicht über Sex, man ist ein guter Sohn oder eine vorbildliche Angestellte.

Immer wenn Kim aus Gilonnes Wohnung tritt, bemerkt der Flur, wie erschöpft sie ist. Sobald sich die Tür hinter ihr geschlossen hat, lässt sie ihre Maske fallen, hört auf zu lächeln, denkt an Clovis. Sie strafft die Schultern, schaut auf ihr Handy, ob er ihr eine SMS oder eine E-Mail geschrieben hat. Der Flur beurteilt die Menschen nach ihrem Gang auf seinem Teppich, nach ihrer Lautstärke, ihrem Respekt den Wänden gegenüber, der Zeit, die sie in seinem Reich verbringen, danach, ob sie sich für den Aufzug oder die Treppe entscheiden. Die Bewohner des Cercle nehmen den Aufzug und brauchen ewig für den mit Stolperfallen übersäten Weg von ihrer Wohnung zur Kabine. Sie überprüfen zehnmal, ob sie auch ihren Schlüssel dabeihaben, schaffen es erst nach mehreren Versuchen, ihn ins Schlüsselloch zu stecken, drehen ihn zweimal um, obwohl es bei ihnen nichts zu stehlen gibt außer Erinnerungen. Bei der Vorstellung, dass die Aufzugtür plötzlich zugehen und sie zum Straucheln bringen könnte, bekommen sie Panik. Der Flur sieht sie in Richtung Restaurant verschwinden, was sich dort genau abspielt, kann er nicht sagen. Er nimmt sie wieder in Empfang, wenn sie zurückkehren, mit rosigen Wangen von den vielen Kalorien, mit blauen Flecken auf der Seele, wenn sie allein oder gar nicht gegessen haben. Er weiß, dass es unter den Bewohnern Cliquen gibt, Solidarität und Boshaftigkeit, Mitgefühl und Neid, Mut und Angst. So sind die Menschen nun einmal. Er hat kein Mitleid mit ihnen, solche Gefühle kennt er nicht. Trotzdem hält er manchmal die Aufzugtür ein bisschen länger auf, um sie zu beschützen, schließlich ist er für sie verantwortlich, solange sie sich auf seinem Grund und Boden befinden. Mit dem Rest hat er nichts zu schaffen.

Wenn die Enkel aus den Wohnungen kommen, stürzen sie sofort die Treppe hinunter. Sie holen ihre Handys heraus und rufen ihre Freunde an, entdecken Leidenschaft und Lust neu. Sie wollen Liebe machen, Flatrate saufen, Joints rauchen, die Welt bereisen, Spaß haben. Der Flur spürt ihre beschwingten Schritte, die schlenkernden Arme, das schnelle Klopfen ihrer Herzen, die unbändige Energie.

Wenn Côme Gilonnes Wohnung verlässt, betrachtet er nachdenklich die geschlossene Tür und verneigt sich wie ein Musketier, so tief, dass er mit den Federn seines imaginären Huts den Fußabtreter streift. Kim breitet die Arme aus, um sich zu strecken, und gähnt herzhaft. Dr. Tallec überprüft auf seinem Handy, wer sein nächster Patient ist, und stellt dazu die Arzttasche auf dem Teppich ab. Dem Flur sträubt sich der Flor vor Angst, dass Eosin auslaufen könnte. Das Zeug kriegt man nie mehr raus! Die Putzfrauen des Cercle stoßen mit ihren Wagen gegen die

Wände, zerkratzen die Fußleisten und sind überrascht, dass Kim sie grüßt. Hier drin gehören sie zum Mobiliar, sind unsichtbar, durchsichtig, doch sobald sie die Kittel ausziehen, Putzlappen und Staubsauger aufräumen und in ihren bunten Gewändern nach draußen treten, werden sie wieder zu Königinnen. Gontran, der Hund der Rechtsanwältin von oben, pinkelt immer in die Ecke, das Ferkel. Egal wie sehr der Flur sich aufplustert, seinen Teppich Falten schlagen lässt, um ihm den Weg zu versperren, Gontran findet seine Duftmarke und erneuert sie mit treudoofer Seligkeit. Die Bewohner des Cercle beschweren sich über den Gestank, ohne an den Hund zu denken. Die Putzfrauen halten den senilen Monsieur aus der Wohnung am Ende des Flurs für inkontinent oder beschuldigen Pissaladière, obwohl die ihr Katzenklo bevorzugt. Der Flur weiß das alles, aber er hat keine Stimme, er kann Gontran nicht anschwärzen, und außerdem wäre das sowieso nicht seine Art. Nicht einmal, wenn Véro ihrem Freund mal wieder erzählt, dass sie Orazio um ein paar Fünfziger erleichtert hat. Der alte Italiener glaubt, allmählich den Verstand zu verlieren, aber im Zweifel lässt er sich bestimmt lieber beklauen als bemitleiden.

Der Flur ist der Ort, an dem man sich von der Last der Familie befreit oder unter der des Alters schwankt. Er empfindet eine gewisse Zuneigung zu den Bewohnern des Cercle, Wertschätzung für ihre Würde, Respekt vor ihrer Lebenserfahrung, Interesse an ihrer Vergangenheit. Er weiß, dass ihre Kinder und Enkelkinder eines Tages auch alt werden. Und er wünscht sich, dass bei der nächsten Eigentümerversammlung dafür gestimmt wird, seinen Teppich zu erneuern.

VILLEFRANCHE-SUR-MER

Das hier ist nicht das Cercle. Es gibt keine vornehmen Damen und Herren, nur alte Leute. Keinen Dresscode, keine Wohnungen mit Balkon und so weichem Teppich, dass die Füße darin einsinken, sondern einfache, helle Zimmer, deren leicht wischbarer Boden quietscht, wenn man darüberläuft. Jules ist ungefähr so alt wie Madame de Kerjeant. Kaum habe ich erwähnt, dass ich für sie arbeite, bittet er mich hinein, als wäre ihr Name das geheime Passwort. Groß, Glatze, schwarze Sonnenbrille, leicht gebeugt, weißes Hemd mit den aufgestickten Initialen JK auf der Tasche, dunkelgraue Stoffhose.

»Mademoiselle Gilonne hat immer Wert darauf gelegt, dass ich elegant aussehe. Sagen Sie ihr bitte, dass ich mich nicht gehen lasse. Ihr Vater hat seine ausgemusterten maßgeschneiderten Anzüge und Hemden meinem Vater gegeben, der sie wiederum mir vermacht hat. Wir hatten die gleiche Statur und Vornamen mit demselben Anfangsbuchstaben. Monsieur le Comte hieß Jocelyn, mein Vater Jacques, ich Jules. Die Qualität ist unverwüstlich.«

Seine geschmackvolle Kleidung beißt sich mit den roten New-Balance-Sneakern.

»Die hat Monsieur Côme mir geschenkt, ich pflege sie gut.« Jules wackelt mit den Füßen.

Dann deutet er auf zwei Rahmen aus gemasertem Holz auf dem Nachttisch.

»Die habe ich von Mademoiselle Gilonne bekommen, als ich in Rente gegangen bin. Damit wollte sie mir zeigen, dass ich zur Familie gehöre. Ich stand bei drei Generationen de Kerjeants in Diensten, ich habe ihnen mein Leben gewidmet.«

Auf dem ersten Bild sieht man einen braunhaarigen Mann mit Schnauzbart und eine strahlend schöne Rothaarige lächelnd auf der Vorderbank eines dicken amerikanischen Cabrios. Rechts neben ihnen kann man das Meer erkennen, ein imposantes provenzalisches Landhaus, Olivenbäume, Feigenbäume, Oleander. Auf der Rückbank sitzen zwei Kinder. Das Gesicht des Jungen ist mit Sommersprossen übersät, und er hat schützend den Arm um seine kleine Schwester geschlungen, die bewundernd zu ihm aufblickt.

»Das sind Gilonne de Kerjeant und ihr Mann, oder? Aber wer ist das Mädchen neben Côme?«

»Sie irren sich in der Generation. Das da vorne sind Monsieur le Comte und Madame la Comtesse, das auf der Rückbank Monsieur Bernard und Mademoiselle Gilonne.«

Die Familienähnlichkeit ist wirklich unglaublich. Aber auch der falsche Côme sieht dem echten und dessen Onkel Bernard zum Verwechseln ähnlich.

»Auf dem anderen Foto haben Sie die nächste Generation.« Jules weist auf den zweiten Rahmen.

Gilonne in einem schwarzen Abendkleid und ein Mann in festlicher Diplomatenuniform, dazwischen ein schüchterner kleiner Junge, der sich an das Bein des Mannes klammert wie ein Bergsteiger an eine Felswand.

»Monsieur Côme hat die Hosen seines Vaters immer arg strapaziert. Ist Monsieur Philippe nicht schneidig in der bestickten Botschaftertracht und dem Zweispitz mit den weißen Federn?«, fragt Jules, bevor er gerührt hinzufügt: »Wie geht es Mademoiselle Gilonne? Hat sie Sie hergeschickt?«

Ich bringe es nicht übers Herz, ihn zu enttäuschen.

»Sie wollte wissen, wie es Ihnen geht.«

Ich hätte Blumen mitbringen sollen, Pralinen, Wein, irgendwas.

»Sie bezahlt mein Zimmer hier, wussten Sie das? Das müsste sie nicht tun.«

»Warum nennen Sie sie Mademoiselle?«

»Weil ich sie schon kenne, seit wir Kinder waren. Seit wann stehen Sie in ihren Diensten?«

Ich stehe in niemandes Diensten, denke ich, verbessere ihn jedoch nicht.

»Ich vertrete für einen Monat die Dame, die ihr normalerweise hilft.«

»Man weiß nie, wie lange eine solche Vertretung am Ende dauert«, erwidert er lächelnd. »Eigentlich sollte ich Mademoiselle Gilonne nur ein halbes Jahr lang unterstützen, als Monsieur Philippe zum Botschafter von London ernannt wurde. Seitdem habe ich für sie gearbeitet. Es hat mir großen Spaß gemacht, den Bentley auf der linken Straßenseite zu fahren, ich war Butler und Chauffeur in einem.«

So erklären sich also die traditionellen englischen Dinner am Samstag.

»Wann haben Sie Madame de Kerjeant zuletzt gesehen?«

»Das ist fast zwei Jahre her. Drei Monate nach der Tragödie bin ich in den Ruhestand gegangen.«

»Nach Cômes Tod, meinen Sie?«

»Seinem Unfall im Swimmingpool.«

Ich hake nach: »In Nizza? Zehn Tage vor seiner Hochzeit?«

»Genau«, seufzt Jules.

Was soll ich jetzt tun? Das Handtuch werfen, Gilonne verlassen? Stellt der falsche Côme eine Gefahr für sie dar?

Oder für mich? Einen wichtigen Punkt muss ich noch überprüfen.

»War Côme der Sohn des Botschafters oder ein Findelkind?«

Jules runzelt die Stirn.

»Was wollen Sie damit andeuten?«

»Seine Verlobte glaubt, dass er adoptiert war.«

»Woher hat sie das denn? Das ist absurd!«, empört sich der alte Mann. »Ich habe Mademoiselle Gilonnes Schwangerschaft selbst miterlebt. Ich habe ihr mitten in der Nacht Erdbeeren, Grapefruits oder saure Gurken besorgt. Ich habe sie ins Krankenhaus gefahren, als die Wehen eingesetzt haben. Ich war sogar am nächsten Tag mit Monsieur Philippe beim Standesamt und habe die Geburt angezeigt.«

»Also ist Côme nicht in einer Mülltonne gefunden worden?«

»Von wegen! Er wurde mit einem silbernen Löffel im Mund geboren.«

Jedes Mal, wenn ich denke, ich kenne die Wahrheit, stellt eine neue Information alles auf den Kopf. Irène ist überzeugt davon, dass Côme adoptiert war, obwohl Gilonne seine leibliche Mutter ist. Wie kann eine Frau, die neun Monate lang ein Kind unter dem Herzen getragen hat, nur behaupten, es sei nicht ihres?

»Kennen Sie Cômes Patentante?«

»Natürlich, Mademoiselle Viviane ist eine Freundin der Familie. Sie war in Monsieur Bernard verliebt, die beiden standen sich sehr nahe.«

Das stimmt also auch. »Und wer war sein Patenonkel?«

»Ein entfernter Cousin, der am Tag der Taufe in Südamerika auf Reisen war. Ich habe den Jungen an seiner statt übers Taufbecken gehalten.«

»Wirklich?«

»Ich zeige Ihnen noch ein Foto, dann werden Sie alles verstehen.«

Er geht zu einer weißen Kommode hinüber und öffnet eine Schublade.

»Hier.«

Auf dem Foto ist ein Kriegerdenkmal zu sehen, vor dem Soldaten der französischen Flagge salutieren. Zwei Kinder halten einander an den Händen und beobachten das Geschehen mit ernsten Gesichtern. Der kleine Junge trägt eine kurze Hose, ein kurzärmeliges Hemd und Sandalen, das kleine Mädchen ein Faltenkleid.

»Wir haben die *Marseillaise* gesungen.«

»Das sind Sie?«

»Ja. Dort steht auch Monsieur Bernard.«

Er deutet auf einen älteren Jungen in langer Hose rechts im Bild. Plötzlich erkenne ich das Mädchen.

»Das neben Ihnen ist Gilonne de Kerjeant?«

Meine Überraschung bringt ihn zum Lächeln.

»Monsieur le Comte und mein Vater sind zusammen in die Résistance eingetreten. Sie gehörten zur selben Gruppe und wurden am selben Tag mit der Ehrenlegion ausgezeichnet. Ich bin in der Küche aufgewachsen, Mademoiselle Gilonne und Monsieur Bernard im Salon, aber wir haben gemeinsam im Garten gespielt.«

»Sie kennen sich also schon Ihr ganzes Leben lang?«

»Ja, und wir sind erst vor zwei Jahren auseinandergegangen. Meine Mutter war Madame la Comtesses Hausmädchen. Die beiden sind fast gleichzeitig schwanger geworden. Als Mademoiselle Gilonne Monsieur Côme erwartete, hat sie mich gebeten, ihr beizustehen. Das konnte ich ihr natürlich nicht abschlagen.«

»Haben Sie für alle drei ihrer Ehemänner gearbeitet?«

»Nach Monsieur Philippes Tod hat Mademoiselle Gilonne einen bescheideneren Lebensstil gewählt. Als sie Monsieur Doug geheiratet hat, haben wir nur die Köchin behalten.«

»Wir«, das sind Gilonne und er, die Kinder vor dem Kriegerdenkmal, ein eingeschworenes Team, damals wie heute.

»Monsieur Doug war Amerikaner, ein zwei Meter großer Hüne und ein renommierter Auktionator. Wir haben die bedeutendsten zeitgenössischen Künstler empfangen. In unserem Salon hingen zwei Picassos.«

»Hat Côme sich gut mit seinem Stiefvater verstanden?«

Jules' Gesicht verschließt sich.

»Er ist nach Monsieur Philippes Tod ausgezogen und nur selten zu Besuch gekommen.«

»Letzten Samstag hat Madame de Kerjeant mir den Madison gezeigt«, erzähle ich.

Seine Miene hellt sich wieder auf.

»Sie war schon immer eine hervorragende Tänzerin. Monsieur Bernard hat es ihr beigebracht. Er war der Beste von uns, unser Anführer, mutig, witzig, von allen angebetet. Wir lebten am Cap d'Antibes. Damals war dort alles in Familienbesitz, jeder besuchte jeden. Vor dem Krieg jagte ein Fest das nächste. Während des Kriegs waren bloß noch die Frauen, die Alten und die Kinder da. Die Männer, die lebend zurückkehrten, waren zerbrochen. Sie fingen wieder an, Feste zu feiern, zu trinken, zu rauchen, aber sie waren nicht mehr mit dem Herzen dabei. Der Tod hatte sie mit seinen Flügeln gestreift, sie sprachen ständig von ihren gefallenen Kameraden. Mein Vater war ein ehrlicher, strenger, schweigsamer Mann, der höchstens am Sonntagabend ein Lächeln wagte, wenn er seine Livree auszog und Monsieur le Comte ihn in den Rauchsalon einlud. Der war für uns Kinder tabu. Sie kamen erst spät in der Nacht wieder heraus, betrunken, Arm in Arm wie zwei Waffenbrüder, und nannten sich beim Vornamen. Am Montagmorgen nahm dann jeder wieder seinen Platz ein, Monsieur le Comte im Anzug, der Butler Jacques in Livree. Nur einer schaffte es, meinen Vater zum Lachen zu bringen: Bernard. Nach der Sache mit dem Seestern hat mein Vater mit keinem Kind mehr geredet, nicht einmal mit mir. Kein einziges Wort. Bis zu seinem Schlaganfall. Danach konnte er gar nicht mehr reden.«

»Sie meinen, nach der Sache mit den Quallen?«

»Den Quallen und dem Seestern.«

»Welchem Seestern?«

»Den Mademoiselle Gilonne auf dem Grund des Meers entdeckt hatte. Sie bat ihren Bruder, für sie danach zu tauchen. Er spielte immer ihren Ritter in glänzender Rüstung – außer Mademoiselle Viviane war in der Nähe. Sie war am Vortag mit ihren Eltern zu Besuch gewesen. Mademoiselle Gilonne hatte sich vernachlässigt gefühlt und wollte sich rächen.«

Jules verzieht bekümmert das Gesicht.

»Die Quallen haben ihn am ganzen Körper zerstochen. Er ist mit dem Seestern in der Hand aus dem Wasser gekommen und zusammengebrochen. Mademoiselle Gilonne hielt es für einen Scherz. Sie hat den Seestern genommen und ist ins Haus gelaufen, um ihn in eine Schüssel Wasser zu setzen, ohne jemandem Bescheid zu geben.«

Ich weiß nicht, ob ich den Rest der Geschichte hören will.

»Als Monsieur le Comte schwimmen gehen wollte, hat Monsieur Bernard schon nicht mehr geatmet.«

»Wie schrecklich!«

»Mademoiselle Gilonne hat gelogen. Sie hat behauptet, sie wäre den ganzen Vormittag in ihrem Zimmer gewesen.

Alle haben ihr geglaubt. Und mein Vater hat aufgehört, mit uns zu reden.«

»Hat sie Ihnen die Wahrheit verraten?«

Er schüttelt den Kopf.

»Nein, das war mein Vater, auf seinem Sterbebett. Nach dem Anfall konnten wir uns nur noch über eine Kinderzaubertafel verständigen. Er hat alles aufgeschrieben. Monsieur Bernard und Mademoiselle Gilonne haben am Strand gespielt, er hat sie durchs offene Fenster des Anrichteraums gehört. Sie hat ihm die Quallen gezeigt und ihn herausgefordert. Dann hat Madame la Comtesse geklingelt, und mein Vater ist nach oben gegangen. Als Mademoiselle Gilonne später behauptete, sie sei nicht bei ihrem Bruder gewesen, hat er sie zur Seite genommen. Sie ist eingeknickt, hat alles gestanden und ihn angefleht, ihr Geheimnis zu wahren. Er hat eingewilligt, unter der Bedingung, dass er nie wieder mit einem von uns sprechen würde. Das war keine leere Drohung.«

Gilonne muss sich schrecklich schuldig gefühlt haben. Sie war damals noch ein Kind, sie hatte nicht ahnen können, dass ihr herrisches Spiel so tragische Folgen haben würde.

»Ich habe es nie jemandem erzählt. Ihnen erzähle ich es bloß, damit Sie sie besser verstehen. Sie ist nicht feige. Während des Kriegs hat Monsieur le Comte die beiden Kinder eines befreundeten jüdischen Paars versteckt, das deportiert worden war. Ein Gärtner hat uns angeschwärzt, und plötzlich stand die Gestapo vor der Tür. Mademoiselle Gilonne hat unglaubliche Geistesgegenwart bewiesen und angefangen zu singen, um den Nazioffizier abzulenken. So hatte ihr Vater Zeit, die Kinder durch den Pinienhain in Sicherheit zu bringen. Sie hatte die Stimme einer Nachtigall.«

Ich erinnere mich an die Geschichte vom Nazioffizier, dessen Tochter genauso rotes Haar hatte wie Gilonne.

»Monsieur Bernard war Monsieur le Comtes Liebling, das hat er immer deutlich gezeigt«, fährt der alte Mann fort. »Nach dem Tod ihres Bruders machte Mademoiselle Gilonne sich so klein wie möglich, zog den Kopf ein, als wollte sie sich dafür entschuldigen, dass sie atmete. Sie wuchs zu einer Schönheit heran und suchte sich einen Ehemann, mit dem sie ihren Vater beeindrucken konnte. Monsieur le Comte hat oft gesagt: ›Man kann nicht gleichzeitig den Wein und die betrunkene Frau haben.‹ Mademoiselle Gilonne war die schönste und die betrunkenste von allen. Sie hörte nie auf, ihren Eltern gefallen zu wollen, selbst nach dem Flugzeugabsturz, bei dem die beiden ums Leben gekommen sind. Bringen Sie ihr die Fotos, sie hat sie dringender nötig als ich.«

»Werden sie Ihnen nicht fehlen?«

»Ich kenne sie in- und auswendig.«

Ich brauche ihn als Zeugen. Ich muss ihm den Mann gegenüberstellen, der sich für Côme ausgibt.

»Ich würde gern am Samstag wiederkommen und Sie mit zu Madame de Kerjeant nehmen.«

»Das ist unmöglich.«

»Würden Sie ihr die Fotos nicht lieber persönlich überreichen?«

Jules schüttelt den Kopf.

»Ich habe Ihnen doch gesagt, dass ich sie seit fast zwei Jahren nicht mehr gesehen habe.«

»Dann erst recht!«

»Ich habe Mademoiselle Gilonne nicht gesehen, und ich sehe Sie nicht«, sagt er schlicht. »Wir sind zusammen aufgewachsen. Ich habe nie geheiratet, damit ich bei ihr bleiben kann. Ich hatte vor, an ihrer Seite alt zu werden, meinen Nachfolger auszubilden. Meine Augen haben mir einen Strich durch die Rechnung gemacht. Altersbedingte Makuladegeneration auf beiden Seiten, ich erkenne nur noch Umrisse. Ich wollte nicht, dass Mademoiselle Gilonne mich so erlebt. Ich habe meinen Stolz, verstehen Sie? Also habe ich gekündigt, bevor mein Zustand mich ohnehin dazu gezwungen hätte. Sie hat alles versucht, mein Entschluss stand fest. Sie hat es mir übel genommen, aber sie soll mich als aufrechten Mann in Erinnerung behalten. Sie ist doch noch immer eine Grande Dame, trotz ihres Alters?«

Ich sehe ihre zerbrechliche Gestalt vor mir im Bett liegen und den Plüschteddy umarmen.

»Ja, das ist sie«, sage ich und meine es auch so.

Jules öffnet eine weitere Schublade, holt einen auseinanderklappbaren Blindenstock heraus.

»Ich habe Sie ordentlich an der Nase herumgeführt, was?«, fragt er erfreut. »Sie haben nichts von meiner Behinderung bemerkt, oder?«

»Nein. Sie schlagen sich wie ein Profi.«

»Mein Zimmerchen ist nicht gerade ein Palast, aber selbst wenn, ich würde es ja kaum sehen. Das Essen ist gut, ich lebe wie die Made im Speck und lasse mich bedienen. Verkehrte Welt!«

Dieser Besuch hat mich kein Stück weitergebracht. Jules kann mir nicht helfen, den falschen Côme zu enttarnen. Ich muss jemand anderen finden. Gilonnes Mut ist bewundernswert. Auge in Auge mit der Gestapo hätte ich keinen Ton herausgebracht. Ich singe nicht, spiele nicht Klavier, stand noch nie auf der Bühne, bin nicht atemberaubend schön, ja, ich weiß noch nicht einmal, wie man einen

Kochtopf benutzt – früher hat die Katze gekocht, dann hat Clovis übernommen. Ich kann nur lieben. Côme der Hochstapler macht mir keine Angst, im Gegenteil, er ist mir seltsam sympathisch. Aber sollte er Gilonne ausnutzen, werde ich dafür sorgen, dass ihm die Lust vergeht, sich an Schwächeren zu bereichern. Die Katze kann ich nicht mehr beschützen, Gilonne de Kerjeant schon.

In mein indigoblaues Büchlein schreibe ich unter Kontra: Ungerechtigkeit, Verletzlichkeit.

JUAN-LES-PINS

Hier wird es abends schneller dunkel als auf Groix, wir sind weiter im Süden. Trotzdem sind noch nicht alle Badegäste nach Hause gegangen. Ich erreiche endlich Clovis, er war gestern mit Cyril und Pierre essen. Als ich ihm alles erzählt habe, fasst er mein Dilemma mit unerschütterlicher Logik zusammen.

»Entweder du hältst dich raus und vergisst die Sache, oder du stellst den Kerl zur Rede. Aber wenn du die Richterin spielst, musst du auch die Konsequenzen tragen.«

»Soll ich einfach zuschauen, wie er diese arme alte Frau betrügt?«

»Du hast doch gesagt, dass er sich um sie kümmert, mit ihr tanzt, und dass er sich nicht bereichert. Wo ist da der Betrug?«

»Er lügt!«

»Manche Lügen dienen einem guten Zweck. Außerdem hast du selbst die ganze Insel angelogen, was den Tod deiner Großmutter betrifft.«

Wütend lege ich auf und bereue es sofort. Ich laufe am Strand entlang, um wieder einen klaren Kopf zu bekommen. Die Wellen rauschen. Ein braungebrannter junger Typ lächelt mich an. Ein alter Mann um die vierzig will mir einen ausgeben. Ich wähle Clovis' Nummer, um mich zu entschuldigen. Er hebt nicht ab. Bestimmt ist er noch unterwegs, der Handyempfang ist fast überall auf der Insel miserabel. Ich sollte mich freuen, dass er so gut umsorgt wird, wo ich ihn im Stich gelassen habe. Er ruft gegen Mitternacht zurück. Er war in Port-Lay bei unserem Freund Bertrand, der eine riesige Paella aufgetischt hat. Und er sagt, dass ich mir ruhig Zeit nehmen soll. Was habe ich für ein unfassbares Glück mit diesem wunderbaren Mann! Ich verabschiede mich und schreibe eine SMS an Bertrand, wie leid es mir tut, dass ich seine Paella verpasst habe. Bertrand antwortet: »Ihr habt uns gefehlt, Clovis und du.« Der Sternenhimmel des Südens stürzt über mir ein. Clovis war gar nicht bei Bertrand. Er hat mich angelogen.

KORSIKA

Neunundzwanzig Jahre früher

Der Junge, seine Maman und der Pirat haben sich auf der Insel der Schönheit niedergelassen, im Heimatdorf des Piraten. Die Sonne scheint, die Macciasträucher duften, und es gibt Weinberge wie in der Champagne, aber der Wein hier prickelt nicht. Sie reden nie über den Papa des Jungen, der ist wie weggewischt, als wäre er der nasse Ring eines Glases oder einer Tasse auf der Theke des *Amis de Georges*. Oma und Opa sind ebenfalls wie weggewischt. Anfangs haben sie noch angerufen, aber sie wussten nichts zu sagen, und die langen Pausen wurden zu gähnenden Abgründen, in die alle Liebe stürzte.

Der Junge hat keine Ahnung, ob sein Papa immer noch im Gefängnis sitzt. Er schickt keine Briefe mehr, oder vielleicht ertrinken sie auf dem Weg vom Kontinent herüber, wo die *pinzuti*, die Spitzköpfe, wohnen, wie die Korsen sagen. In der Schule soll der Junge unter »Beruf der Eltern« den seines Stiefvaters eintragen. Also schreibt er Pferdezahnarzt, aber er denkt Pirat, Plünderer, Freibeuter, Dieb.

Der Junge lächelt, läuft herum, badet im Meer. Das große Brotmesser mit den spitzen Zähnen darf er nicht benutzen, obwohl er im Amis de Georges der Baguettemeister war. Sein bester Freund hier heißt Napoléon. Er vermisst Quentin, genau wie Arthur, Yahia und Plemplem. Manchmal träumt er davon, wieder einen Hund zu haben, aber der Pirat hat Angst vor Hunden, weil er einmal von einem Schäferhund gebissen worden ist, als er die Zähne eines Pferds mit seiner elektrischen Fräse abgeschliffen hat. Der Hufschmied hatte wohl immer eine Raspel benutzt.

Ange, der nette Onkel mit der elektrischen Eisenbahn, der Engel ohne Flügel, hat sich in einen nervösen Mann verwandelt, dem die Anwesenheit des Jungen lästig ist. Als sich eines Abends ein Hund aus dem Dorf zu nah an ihn heranwagt, wirft er mit Steinen nach ihm und ruft: »Die Mistköter sollte man alle abmurksen!«

Der Junge schaut überrascht seine Maman an. Die sagt: »Mein Pirat macht nur Spaß, nicht wahr, Liebling? Du willst doch keine Hunde umbringen.«

Grummelnd nickt Ange. Aber das ist geschwindelt, er meint es nicht ernst, nicht wirklich. Abmurksen bedeutet umbringen, nicht Späßchen machen. Plemplem lebt nicht glücklich und zufrieden in Afrika. Erwachsene lügen. Hunde sterben. Familien zerbrechen in tausend Stücke.

Seinen elften Geburtstag verbringt der Junge mit seiner Maman am Strand. Sie trägt immer ein langes T-Shirt über dem Bikini, sogar wenn sie ins Wasser geht. Der Junge versteht nicht, warum. Der Strand ist voll von Mamans im Bikini, und seine ist viel schöner als die anderen, obwohl sie nicht mehr lacht.

»Ist dir nicht zu warm?«

»Mir geht's gut.«

Er bohrt weiter. »Willst du das T-Shirt nicht ausziehen?«

»Lass mich zufrieden.«

»Aber so bist du gar nicht hübsch«, versucht er sie lächelnd zu überzeugen.

»Hab ich dich vielleicht um deine Meinung gebeten?«, faucht sie zurück.

»Warum versteckst du dich?«, fragt er naiv.

»Weil meine Narben den Kindern Angst machen«, schreit seine Maman und hebt das T-Shirt hoch.

Der Junge hält erschrocken den Atem an. Seit damals hat er sie nicht mehr so leicht bekleidet gesehen. Ihr früher flacher Bauch ist heute ein rissiger, von wulstigen Narben durchzogener Krater. Entstellt, verstümmelt, zerstört.

»Papa sagt, es tut ihm leid …«, stammelt der Junge.

»Erwähn deinen Vater nie wieder! Schau, was er mir angetan hat! Wenn er eines Tages rauskommt, kann er sich neu verlieben, sich im Spiegel angucken, sich nackt zeigen. Und was kann ich? Ange hat nur Mitleid mit mir, das ist unerträglich.«

Der Junge rückt von ihr ab. Er hat die Büchse der Pandora geöffnet. Er will seine Frage zurücknehmen, aber es ist zu spät. Jetzt zieht seine Maman das T-Shirt ganz aus, aus Trotz, aus Verzweiflung, und dreht sich um die eigene Achse wie ein trauriger Derwisch. Auf dem Rücken ist es nicht besser, hier sind die Kugeln ausgetreten und haben das Fleisch zerfetzt.

Die Strandbesucher unter den Sonnenschirmen mit ihren Kühlboxen und Klappstühlen reißen die Augen auf. Der Pirat ist nicht da, der Junge und seine Maman sind allein, und er hat kein Muttertagsgeschenk dabei. Er will sie umarmen. Er hat nur seinen Körper, um sie zu beschützen, um ihre Narben zu bedecken. Sie stößt ihn wütend weg.

»Ich werde deinem Vater niemals verzeihen. Und du bist ihm wie aus dem Gesicht geschnitten. Du hältst den Kopf wie er, deine Nasenflügel zittern wie seine, du hast seinen Gang, seine Hände. Hände, die eine Waffe auf mich gerichtet, Finger, die den Abzug gedrückt haben. Du erinnerst mich Tag für Tag an ihn, und dafür hasse ich dich. Und mich hasse ich dafür, dass ich dich hasse. Das ist weder dein Fehler noch meiner. Es ist unser Schicksal. Deine Ähnlichkeit mit ihm ist ein Fluch!«

Sie wendet sich zu den Strandgästen, die so tun, als würden sie sich sonnen, während sie in Wahrheit jedes Wort belauschen. »Ich rede mit meinem Sohn! Hört auf, mich anzustarren, als wäre ich ein Tier im Zoo. Ich bin bloß eine Frau, die verliebt war.«

Der Junge senkt den Kopf. Er schämt sich für sich selbst, für sie. Am liebsten wäre er ein Seeigel, der sich in einer Felsspalte versteckt, der piekst und sticht, um sich zu verteidigen, und der am Ende von einem Menschen mit Brot, Butter und Rosé vertilgt wird.

CANNES

Ich finde Fannys Adresse in einer ihrer alten E-Mails. Während Gilonne ihren Mittagsschlaf hält, fahre ich hin. Laut Briefkasten wohnt sie im vierten Stock links. Ich klingle und höre Schritte hinter der Tür.

»Wer ist da?«

»Fanny Daumat?«

»Wer will das wissen?«

»Ich arbeite für Madame de Kerjeant.«

Die Tür geht auf. Auch hier funktioniert das geheime Passwort. Ich hatte mir Fanny so alt wie Gilonne vorgestellt, doch sie ist ungefähr sechzig, klein, und trägt ein schneeweißes Kleid und Stilettos. Sie bittet mich in eine Wohnung, in der ebenfalls alles weiß ist, Wände, Möbel, Vorhänge, Teppich, Nippes, es ist verstörend. Sie selbst ist rothaarig. Die Farbe ist weder das Werk der Natur noch das eines Frisörs. Sie hat eine billige Tönung gekauft und sie schlecht aufgetragen. Schwarze Strähnen und ein grauer Ansatz durchbrechen das Orange. Sie erinnert mich an jemanden, aber an wen?

»Sie arbeiten für meine Gigi? Ich habe sie nach der Tragödie aus den Augen verloren. Ich habe Himmel und Hölle in Bewegung gesetzt, um sie aufzuspüren, aber vergeblich.«

Ich runzle die Stirn. Sie hat »aufspüren« gesagt, nicht »wiederfinden«. Und »meine Gigi«.

»Sie hätte mich auch anrufen können, sie weiß doch, wo ich lebe. Ich bin in dieser Wohnung geboren, eher kette ich mich an den Türstock, als dass sie mich rauskriegen. ›Ich bin hier durch den Willen des Volkes und werde nur der Gewalt der Bajonette weichen!‹ Ich war mal Statistin in einem Stück über Mirabeau.«

Sie lächelt. Ihr Atem riecht faulig. Sie schiebt sich an mich heran, bis ihr Gesicht nur noch ein paar Zentimeter von meinem entfernt ist, so als würde sie mich gleich küssen oder mir auf die Füße treten. Ich mache einen Schritt zurück. Sie macht einen vor. Ich beuge den Oberkörper nach hinten. Sie beugt ihren vor. Wie zwei Stehaufmännchen, die synchron hin und her wippen. Ich lehne mich zur Seite. Sie spiegelt meine Bewegung, kommt mir viel zu nah, benetzt mein Gesicht beim Reden mit Spucketröpfchen.

An der Wand hängt ein Plakat des Stücks *Love Letters*, auf dem der Name Anouk Aimée mit Edding durchgestrichen und durch den von Gilonne ersetzt wurde, darum herum Fotos von Gilonne auf der Bühne. Ich mustere Fanny noch einmal, und plötzlich fällt es mir wie Schuppen von den Augen: Sie ist eine blasse Kopie der jungen Gilonne, ein grotesker und unheimlicher Klon, ein ordinäres altes Mädchen, eine traurige Gigi. Als hätte ein talentloser Schönheitschirurg das Gesicht der Frau nachbilden wollen, für die ich arbeite. Eine leise Ähnlichkeit ist da, aber ein Künstler war der Typ nicht gerade.

»Setzen Sie sich und erzählen Sie. Ich habe heute Abend nichts vor, ich fahre mit Ihnen und besuche meine Gigi. Ich bin gerade in Rente gegangen, also habe ich keinerlei Verpflichtungen.«

Das alles geht mir viel zu schnell. Ich nehme lieber einen Stuhl als das Sofa, damit sie mir nicht weiter so auf die Pelle rückt.

»Ich habe ihr geschrieben, aber meine Briefe sind zurückgekommen, und niemand wollte mir eine Auskunft geben. Wohnt sie nicht mehr in Nizza? Verraten Sie mir ihre neue Adresse.«

Sie schnappt sich einen Zettel und einen Stift, wie ein Raubvogel, der seine Beute belauert.

»Rue du Général Irgendwas, den genauen Namen hab ich vergessen.«

Lügen kann ich auch.

»Wir stehen uns sehr nahe. Sie hat mich in ihrem Testament bedacht, das hat sie mir an dem Tag versprochen, als ihr Sohn sie hat sitzenlassen.«

»Sitzenlassen?«

Ich presche nicht mit vollen Segeln vor, nein, ich lasse mir Zeit, laviere geschickt, nähere mich langsam, aber unweigerlich meinem Ziel. Jeder, den ich treffe, ist im Besitz eines Puzzlestücks.

»Der undankbare Schuft hat seine arme, kranke Mutter im Stich gelassen«, ruft sie.

»Er ist bestimmt nicht absichtlich gestorben«, erwidere ich schockiert.

Sie beugt sich vor und schafft es, mir selbst vom Sofa aus zu nahe zu kommen. Ich lehne mich zurück. Sie rutscht bis an die Kante.

»Ich rede nicht von seinem Tod, der ist nebensächlich. Ich rede von dem, was *davor* passiert ist.«

Der Tod des eigenen Sohns, nebensächlich?

»Der Mistkerl hat sich davongemacht, als meine Gigi ihn am meisten gebraucht hätte. Vor zweieinhalb Jahren hat sie sich den Oberschenkelhals gebrochen und musste zur Reha in eine Klinik in Nizza. Und er ist einfach in die Bretagne gezogen, nach Vannes, glaube ich, um die Leitung eines Konservatoriums zu übernehmen.«

Das ist ja ein Ding: Der echte Côme hat nur fünfzig Kilometer vom Anleger der Fähre nach Groix entfernt gewohnt.

»Mit Irène?«, taste ich mich weiter vor.

»Nein, die war Krankenschwester in der Klinik, deswegen ist sie geblieben, bis sie sie dank meiner Gigi endlich gefeuert haben. Die Beziehung zwischen Côme und seiner Mutter war schon immer kompliziert, er war ein miserabler Sohn. Stellen Sie sich das mal vor: Während sie auf ihrem Krankenlager leidet, verkündet er ihr, dass er wegzieht. Sie bietet ihm das Dreifache seines Gehalts, wenn er sich stattdessen um sie kümmert, aber er lehnt ab. Dabei war es doch in seinem Interesse. Das Dreifache! Er war ein Versager, ein Taugenichts!«

Was für eine nette Grabrede. Und was für ein seltsames Angebot von einer Mutter, die über genug finanzielle Mittel verfügt, um sich einen Pfleger leisten zu können. Ich wette, Fanny hätte alles für den Posten gegeben.

»Und als hilfsbereite Freundin haben Sie den Sohn ersetzt?«, frage ich mit einem naiven Lächeln.

Sie nickt und brüstet sich: »Ich konnte sie nicht mit diesen überlasteten Krankenschwestern alleinlassen, mit dieser Irène, die nur an ihr Geld wollte. Ich habe meinen Job gekündigt, um sie zu unterstützen.«

»Sie hat Sie hoffentlich dafür entschädigt?«

»Ich habe das Geld angenommen, damit sie sich nicht schuldig fühlt. Aber ich hätte es auch umsonst gemacht.«

Wer's glaubt … Mir tut schon der Rücken weh, so fest presse ich mich an die Stuhllehne, damit sie mir nicht ins Gesicht spuckt.

»Ich habe ihr weiter unter die Arme gegriffen, als sie wieder zu Hause war. Ihr Sohn ist in der Bretagne geblieben und hat nur ein Mal pro Woche angerufen, dieser Schmarotzer. Der hatte kein Herz im Leib, sondern eine Registrierkasse.«

»Warum? Hat er sie um Geld gebeten?«

»Na, er wusste ja, dass er das Vermögen meiner Gigi erben würde. Das wollte er beschleunigen, indem er sie verlässt.«

»Das Vermögen seiner Mutter?«, hake ich nach, um zu sehen, ob sie von der angeblichen Adoption gehört hat.

»Eine Mutter wie meine Gigi muss man erst einmal verdienen! Sie war das einzige Kind ihrer Eltern, sie hatte einen ordentlichen Batzen geerbt.«

»Hatte sie nicht früher einen Bruder?«

»Nicht, dass ich wüsste, sie war Einzelkind, Alleinerbin.«

Fanny interessiert sich nur fürs Geld. Und Gilonne hat sich offenbar nicht genug für Fanny interessiert, um die Erinnerungen an Bernard mit ihr zu teilen.

»Wie haben Sie sie eigentlich kennengelernt?«, frage ich neugierig.

»Ich war auch Schauspielerin, genau wie sie«, erklärt Fanny stolz und wirft sich in die Brust. »Leider hatte ich nie das Glück, mit den ganz Großen spielen zu dürfen, sondern war eher im Hintergrund. Ich habe sie im Theater getroffen, kurz vor ihrem Unfall. Nicht auf der Bühne: Ich war Platzanweiserin und für das Parkett und die VIP-Ränge zuständig. Ich habe Stars zu ihren Sitzen geführt. Sie haben mich angelächelt, mir Scheine zugesteckt, manchmal sogar Dollarnoten. An einem Vorpremierenabend saß meine Gigi mit Freunden im vierten Rang. Sie blieb während der Pause an ihrem Platz, ihre Freunde brachten ihr Champagner. Es wurde gelacht, gekichert, beglückwünscht, aber hinterrücks wurden die Messer gewetzt. Als das Stück vorbei war, leerte sich der Saal, nur Gigi rührte sich nicht von der Stelle. Sie telefonierte, während ihre Freunde sich verabschiedeten. Das hat meine Neugier geweckt. Ich wusste, dass man dort keinen Empfang hat. Sie log. Irgendwann sind die Lichter ausgegangen, wir waren allein. Ich bin zu ihr hin und habe mich erkundigt, ob ich ihr helfen kann.«

»Was hat sie geantwortet?«

»Ihr war ein Malheur passiert.«

Ich hebe fragend die Augenbrauen.

»Ein Missgeschick. Blasenschwäche. Na, sie hat sich eingepinkelt«, erklärt Fanny.

Ich beiße mir bestürzt auf die Unterlippe. Die arme Gilonne!

»Ich habe sie in den Umkleideraum der Platzanweiserinnen gebracht und ihr eine Hose geliehen. Ich habe immer vorsorglich eine Garnitur Wechselkleidung dabei. Danach habe ich sie nach Hause begleitet, sie hat unser Taxi und mein Taxi zurück bezahlt und mir das Versprechen abgenommen, dass niemand je von der Sache erfährt.«

»Warum verraten Sie es mir dann?«

»Sie gehören zum Personal, das zählt nicht«, sagt sie herablassend.

Auf Groix sind wir alle ebenbürtig. Laut der französischen Verfassung wird jeder Mensch frei und gleich geboren und bleibt es auch. In Fannys Welt nicht.

»Am nächsten Tag bin ich noch einmal zu ihr gefahren, um nach ihr zu sehen. Sie hat sich sehr dankbar gezeigt.«

Wie, muss ich nicht fragen.

»Ich habe mir angewöhnt, jeden Nachmittag vor der Arbeit zum Tee vorbeizukommen. Ihr Butler – Jules, viel zu gut bezahlt – hat sich irgendwann aus dem Staub gemacht, um eine ruhigere Kugel zu schieben. Die Ratten verlassen das sinkende Schiff. Nach dem Mord an ihrem Sohn hatte sie nur noch mich.«

Das Wort prallt gegen die Wände, trifft das Theaterplakat, spritzt auf die Fotos von Gilonne.

»Ihr Sohn wurde umgebracht?«

Das alte Mädchen mit dem schlecht gemachten Gesicht versucht, eine mitleidige Miene aufzusetzen, aber das Lifting hindert sie daran.

»Heimtückisch ermordet von seiner Verlobten, weil er ihr den Laufpass geben wollte.«

Ich bin wie erstarrt. Da dachte ich, ich hätte die Geschichte entwirrt, und muss wieder bei null anfangen. Vivi glaubt, Côme hätte Selbstmord begangen, Irène, dass Gilonne ihn getötet hat, und Fanny hält Irène für die Schuldige.

»Und jetzt sitzt sie im Gefängnis?«, frage ich gespielt ahnungslos weiter.

»Sie hat sich aus der Affäre gezogen, die gerissene Schlange. Meine Gigi hat mir erzählt, dass Côme und diese Irène am Abend zuvor bei ihr aufgekreuzt sind, um sie zur Hochzeit einzuladen. Die zukünftige Ehefrau wollte sich mit dem Goldesel aussöhnen. Doch es gab einen Streit. Côme hat seinen Fehler eingesehen und die feine Dame zum Teufel gejagt. Meine Gigi war so erleichtert, ihm endlich die Augen geöffnet und ihn aus den Fängen dieser hinterhältigen Hexe befreit zu haben. Irgendwann ist sie zu Bett gegangen. Côme und seine ehemalige Verlobte haben sich die ganze Nacht bis aufs Blut gefetzt. Am Ende hat sie sich gerächt.«

Jetzt bin ich endgültig verwirrt. Der echte Côme: ein Mistkerl oder ein Opfer, ermordet oder durch die eigene Hand gestorben? Der falsche Côme: ein Betrüger oder ein Wohltäter? Vivi, Irène, Jules, Fanny … wer lügt, wer sagt die Wahrheit?

»Nach der Beerdigung hat eine amerikanische Jugendfreundin meine Gigi in die Klapsmühle eingewiesen. Sie durfte nicht einmal Besuch empfangen. Ich habe ihr geschrieben, vergeblich. Dann hatte ich einen Bandscheibenvorfall und musste operiert werden. Als ich nach der Reha zurückgekommen bin, war das Anwesen verkauft, und die Wachleute haben sich geweigert, mir Gigis neue Adresse zu verraten, die dummen Faulpelze. Die haben sie immer ausgenommen wie eine Weihnachtsgans und mich gehasst, weil ich nicht auf sie hereingefallen bin.«

»Und weil Sie in ihrem Testament bedacht sind«, bemerke ich katzenfreundlich.

Fanny wirft mir einen scharfen Blick zu. Ihr Gesicht ist meinem so nah, dass ich fast schielen muss, um sie anzusehen.

»Ich meine es ehrlich mit meiner Gigi. Wir Schauspieler knüpfen Bande, die Außenstehende gar nicht begreifen können. Wir leiden, wir lieben, wir leben aus voller Seele, kurz: Wir geben alles!«

»Ihrer Gigi geht es gut, keine Sorge«, sage ich und stehe auf.

Sie tut es mir nach, schiebt sich noch näher, es ist unerträglich. Ich weiche in Richtung Tür zurück.

»Gehen Sie nicht! Sagen Sie mir ihre Adresse!«

Sie drängt sich an mir vorbei, versperrt mir mit ausgestreckten Armen den Weg, wie in einem schlechten Boulevardstück.

»Haben Sie was zu schreiben?«, frage ich ruhig.

Gilonnes erbärmlicher Klon entfernt sich ein paar Schritte, um Stift und Papier zu holen. Ich nutze die Gelegenheit, um die Tür aufzureißen und zu fliehen.

»Neeeiiin, warten Siiieee!«

Ich stürze so schnell die Treppe hinunter, dass ich mich fast langlege. Fanny will mir hinterher, aber ihre Stilettos sind nicht für Verfolgungsjagden gemacht. Sie knickt um, und ich kann meinen Vorsprung ausbauen. Ich stürme aus dem Haus, springe in den Fiat 500 und sehe sie noch im Rückspiegel auf die Straße stolpern, bevor ich um die Ecke biege.

An diesem Abend schreibe ich in meine Kontra-Spalte: Mord.

ANTIBES

Die Leiterin des Cercle fängt mich in der Eingangshalle ab. Mir bricht der Schweiß aus. Was will sie?

»Ich habe eine schlechte Nachricht.«

Gilonnes Sohn ist verhaftet worden, und ich werde der Beihilfe beschuldigt? Fanny hat Anzeige gegen mich erstattet, weil ich die Speicheldusche nicht bezahlt habe?

»Madame de Kerjeants Nachbarin wurde ins Krankenhaus eingeliefert.«

»Sie wollte doch hierbleiben, bis sie sie mit den Füßen voran aus ihrer Wohnung tragen.« Ich erinnere mich noch genau an ihre Worte und ihren speziellen Sinn für Humor.

»Wir müssen uns den Entscheidungen der Angehörigen beugen. Ihre Tochter fand, sie sei in der Palliativklinik besser aufgehoben.«

»Und sie hat sich nicht gewehrt?«

»Dazu war sie zu erschöpft. Sie hat sich widerstrebend, aber ruhigen Herzens gefügt – dank Ihnen. Sie haben sich also bereiterklärt, diese schreckliche Katze aufzunehmen? Da vollbringen Sie eine gute Tat.«

»Was? Nein! Sie hat mich gefragt, aber ich habe abgelehnt.«

»Ach? Nun, dann werde ich ihre Tochter verständigen.«

In meinem Kopf höre ich die Frau Doktor sagen: »Sobald der Leichenwagen um die Ecke gebogen ist, setzt sie die

Katze aus, und die Arme wird überfahren und endet wie eine *socca*.«

»Was ist eine *socca*?«, frage ich laut.

»Ein Pfannkuchen aus Kichererbsenmehl. Eine Spezialität aus Nizza. Warum?«

»Nur so. Gut, ich kümmere mich um Pizza.«

»Sie meinen Pissaladière?«

Nachdem ich Gilonne ins Bett gebracht habe, begleitet mich die Heimleiterin in die Wohnung der Frau Doktor. Pissaladière verzieht sich in eine Ecke und faucht angriffslustig.

»Der Transportkorb ist auf dem Balkon.«

Ich säusle lockend: »Hierher, Pissaladière! Na komm … braves Kätzchen.«

Pissaladière pfeift auf meine Schmeicheleien. Sie miaut wütend und bleibt, wo sie ist.

»Sie hat bestimmt Hunger. Wissen Sie, wo ihr Trockenfutter ist?«, frage ich die Heimleiterin.

Als wir das Futter gefunden haben, fülle ich Pissaladières Napf. Sie schaut mich nur mitleidig an. Auf einen so plumpen Trick fällt sie nicht herein. Also laufe ich wieder zu Gilonne hinüber und löffle ein wenig Tarama auf ein Tellerchen, das ich in den Transportkorb stelle. Wie eine Königin kommt Pissaladière aus ihrer Ecke und stolziert hoch erhobenen Näschens in die Sänfte.

JUAN-LES-PINS

Lola, Mambo und Jess haben mich eingeladen, mit ihnen tanzen zu gehen, aber ich habe abgelehnt. Ich bringe Pissaladière in Cathys kleine Wohnung. Kaum lasse ich sie aus dem Transportkorb, flüchtet sie sich fauchend auf den Küchenschrank. Auf dem Heimweg habe ich Katzenstreu und Trockenfutter gekauft. Während ich beides auspacke, rollt Pissaladière sich sanft wie ein Lamm in meiner Umhängetasche zusammen. Ich versuche vergeblich, sie wieder herauszuholen. Irgendwann lasse ich sie einfach in Ruhe.

Eigentlich dachte ich, sie sei zu Gast in meiner Wohnung, aber das Gegenteil scheint der Fall zu sein – ich bin die Fremde, die es wagt, in ihr neues Territorium einzudringen, eine *gourzout*, wie man auf Groix Touristen nennt, die sich schlecht benehmen. Ich rufe Clovis an, um ihn darüber zu informieren, dass ich nicht allein nach Hause zurückkehren werde. Und ich frage ihn, wer alles bei Bertrands Paellagelage war. »Die üblichen Verdächtigen«, antwortet er ganz entspannt. Der Mann, den ich liebe, lügt mich an, ich kann ihm nicht mehr vertrauen. Ich hätte meine Insel nie verlassen sollen.

ANTIBES

Hier kommen die Patienten in einem weißen Wagen an und fahren in einem schwarzen wieder weg. Die Leiterin des Cercle hat mir die Adresse der Palliativklinik gegeben. Ich habe drei Tage gebraucht, um mich zu einem Besuch durchzuringen. Draußen bringen die männlichen Zikaden ihren Angebeteten Ständchen dar, die Garigue verströmt ihren Lavendelduft und macht Lust auf einen Pastis. Drinnen bereitet man sich auf die letzte Reise vor.

»Gehören Sie zur Familie?«, fragt mich die Krankenschwester.

Ich nicke. Sie wird schon nicht nach meinem Ausweis fragen.

»Madame Mougin freut sich bestimmt, seit sie da ist, hat sie noch niemand besucht.«

»Wussten Sie, dass sie Ärztin ist?«

»Nein, das hat ihre Tochter uns nicht gesagt«, antwortet die Schwester überrascht.

Was für eine dumme Ziege! Mit angehaltenem Atem schiebe ich die Zimmertür auf. Genau das hier wollte die Katze vermeiden. Die Frau Doktor spielt nicht länger im Team der Pflegenden, sie hat die Seiten gewechselt, liegt im Bett, hängt am Tropf. Statt des blauen Turbans trägt sie einen mit Liberty-Muster. Die fröhlichen kleinen Blumen passen nicht zu den weißen Laken. Sie sieht aus wie eine

Wachspuppe. Ich trete näher, berühre ihre Hand. Sie öffnet die Augen und murmelt, als sie mich erkennt: »Ist Pissaladière bei Ihnen?«

»Ja.«

»Ich wusste, dass Sie sie bändigen können. Sie retten mir das Leben … sprichwörtlich.«

Ihr Lächeln verzerrt sich zu einer Grimasse. Ich hole mein iPhone heraus und suche das Video, das ich von ihrer Katze gemacht habe. Pissaladière räkelt sich in meiner Tasche und schnurrt zufrieden.

»Haben Ihnen die Bergamotes geschmeckt?«

»Sie waren köstlich«, lüge ich unverfroren.

»Sie haben sie nicht probiert.«

»Woher wollen Sie das wissen?«

»Die Kapillargefäße an ihrer Nasenspitze sind geweitet. Sie ist ganz rot.«

»Echt?«, frage ich verblüfft.

»Nein. Glauben Sie nie, was man Ihnen erzählt, vor allem nicht bei Ärzten. Die behaupten auch, es ginge mir immer besser, obwohl ich bald den Löffel abgebe.«

Was soll ich darauf antworten?

»Ziehen Sie nicht so ein Gesicht. So ist das Leben nun mal. Irgendwann …«

Sie hustet, verschluckt sich, wird kreidebleich. Ich gerate schon in Panik, da bekommt sie wieder Luft.

»Irgendwann wartet auf uns alle ein Zimmer im Würmerhotel«, würgt sie mühsam hervor.

»Also, so schlimm ist es hier jetzt auch nicht. Da müssten Sie mal andere Kliniken sehen.«

Sie lächelt und erklärt: »Nein, nein. Das Würmerhotel. Die ewigen Jagdgründe. Das ist eine Metapher …«

Ich nicke dümmlich.

»Gehen Sie nach Hause, Pissaladière ist nicht gern allein.

Probieren Sie die Bergamotes, die bringen wirklich Glück, das ist kein Witz.«

Sie hustet noch einmal, flüstert: »Wenn Sie Pissaladière mit in die Bretagne nehmen, müssen Sie sie umbenennen, nach einer örtlichen Spezialität.«

»*Crêpe à l'andouille*?«

»Zu kompliziert.«

»*Tchumpôt*? *Cotriade*? *Lard des thoniers*? *Pâté Gangster*?«

Sie hebt einen Finger.

»Pâté Gangster«, haucht sie. »Und jetzt raus mit Ihnen, und kommen Sie nicht wieder.«

»Habe ich Sie zu sehr angestrengt?«, frage ich besorgt.

»Sie haben mich beruhigt. Machen Sie sich vom Acker. Ich verschreibe Ihnen ein Leben voller Abenteuer.«

Ihre Augen schließen sich, ihr Atem wird ruhiger. Sie schläft ein, hängt nur noch am seidenen Faden. Ich werde nicht wiederkommen.

NIZZA

Ich spiele weiter Detektiv, damit ich nicht darüber nachdenken muss, dass Clovis mich anlügt. Er schickt mir jeden Morgen ein Bild von einem Zeitschriftencover mit einem Zitat und ist jeden Abend unterwegs. Er ruft immer erst gegen dreiundzwanzig Uhr zurück, und ich tue so, als fände ich das normal. Fanny hat mir den Namen der Klinik gesagt, in der Gilonne behandelt wurde und in der Côme und Irène sich kennengelernt haben. Hier sind alle Patienten gleich, ob reich wie Krösus oder arm wie Hiob. Sie haben zwei Lungenflügel, zwei Nieren, ein Herz. Das Blut in ihren Adern hat die gleiche Farbe, die Luft, die sie atmen, die gleiche Dichte. Ich trete sicheren Schritts ein, grüße die Dame am Empfang und steuere direkt die Aufzüge an. Die Türen gleiten hinter mir zu. Die Namen der verschiedenen Stationen stehen neben den jeweiligen Knöpfen. In der Orthopädie steige ich aus und laufe durch einen langen Flur. Die Zimmertüren sind offen. Ich erkenne Krücken, Betten, Füße von Patienten. Am Schwesternzimmer halte ich an, Gilonnes Röntgenbilder unterm Arm und ein Lächeln auf den Lippen.

»Ja bitte?«, fragt eine Blondine mit Bürstenschnitt.

»Ich bräuchte eine Auskunft.«

»Die Notaufnahme ist im dritten Stock«, schaltet sich eine Braunhaarige mit akkurat gestutztem Pony ein.

»Ich wollte zu Ihnen. Ich kümmere mich um eine Dame,

die hier vor zweieinhalb Jahren in Behandlung war. Ich habe ihre Röntgenbilder dabei, schauen Sie. Ihr Hausarzt ist im Urlaub, genau wie ihr Sohn. Sie schnappt zwischendurch immer wieder über, und ich weiß nicht, an wen ich mich wenden soll. Ich wollte nur fragen, wie es ihr mental ging, als sie bei Ihnen war.«

»Können Sie sich die Schlange am Eingang vorstellen, wenn hier alle so reinschneien würden? Wir haben keine Zeit, wir sind unterbesetzt. Außerdem arbeite ich erst seit einem Jahr hier.«

»Ich war damals schon da, aber wir sehen so viele Leute jeden Tag, da kann man sich nicht an jeden erinnern«, brummt Kleopatra, während sie eine Pillendose befüllt.

»Diese Dame vergisst man nicht so leicht. Sie hat einen seltenen Vornamen: Gilonne.«

Kleopatra wirbelt auf ihren Krankenhausclogs herum. »Oberschenkelhalsbruch? Rothaarig? Schauspielerin?«

»Genau. Sie ist nicht einfach«, falle ich meiner Arbeitgeberin fröhlich in den Rücken. Immerhin dient es einem guten Zweck.

»Sie war die größte Nervensäge der Welt! Wir haben sie die alte Gorgo genannt.«

»Na, aber …«, wirft die Blondine ein, überrascht von der heftigen Reaktion ihrer Kollegin.

»Sie hat uns das Leben zur Hölle gemacht. So was habe ich noch nie erlebt. Unvergesslich. Diese Frau ist der Teufel!«

»So krass?«

»Erst mussten wir ihre Fenster öffnen, damit sie ihre Theatermonologe deklamieren konnte, dann wieder schließen, weil ihr kalt war. Sie hat ihr Essen zurückgehen lassen, weil es ihr nicht heiß genug war. Der Fernseher ihrer Zimmernachbarin war zu laut, wir sollten ihren Schrank aufräumen, dreimal täglich ihren Pyjama und die Bettlaken wechseln und ihr Eiswürfel für ihren abendlichen Whisky bringen. Als wäre das hier ein Hotel oder ein Restaurant!«

»War sie dement?«, hakt die Blondine nach.

»Nein, nur eine arrogante Diva. Ihr Sohn hat uns am ersten Tag gewarnt, aber sie hat unsere schlimmsten Erwartungen weit übertroffen. Am Ende haben wir ihre Klingel ausgesteckt, so unerträglich war sie. Und wissen Sie, was sie dann gemacht hat?«

»Was?«

»Sie hat das Kultusministerium angerufen!«

»Und die haben sie abgewimmelt?«

»Von wegen. Sie hat ihre frühere Bekanntheit ausgenutzt, mit ihren berühmten Schauspielerfreunden gedroht und die Sekretäre so lange bequatscht, bis sie den Minister höchstselbst an der Strippe hatte. Der hat natürlich sofort den Klinikleiter kontaktiert, der schnurstracks hier runtermarschiert ist und uns den Marsch geblasen hat. Anschließend hat er sich persönlich bei ihr entschuldigt. Ist das zu fassen?«

»Das hätte ich gern gesehen«, meint die Blondine lachend.

Kleopatra schnaubt. »Das war nicht lustig! Eine Kollegin aus der Nachtschicht hat auf eine feste Stelle bei uns gehofft, ihr Vertrag war nur befristet. Dummerweise hat sie sich in den Sohn der alten Gorgo verguckt, die beiden sind miteinander ausgegangen. Daraufhin hat die Gorgo sich beim Klinikleiter über sie beschwert, irgendeinen Quatsch erfunden. Der Vertrag der Kollegin wurde nicht verlängert. Sie hat ihren Job verloren.«

Gilonne hat so viele Facetten wie eine Diskokugel. Die Frau von Welt, die mich wegstößt, sobald ein Mann sich nähert. Das Biest, das alle Frauen aus dem Leben ihres Sohns vertreibt. Die Mutter, die ungeduldig auf Cômes nächsten Besuch wartet. Das kleine Mädchen, das mir die Arme für einen Gutenachtkuss entgegenstreckt, wenn ich es zudecke. Die gebrochene, verwirrte Greisin, die sich für ein Bärenjunges hält und um ein Löffelchen Honig bettelt.

»Zu ihrem Sohn war die alte Gorgo genauso schrecklich«, sagt Kleopatra. »Kennen Sie ihn?«

»Er hat mich eingestellt.«

»Er hat lange durchgehalten, aber irgendwann hat er das Handtuch geworfen.«

»Das Handtuch geworfen?«

»Er ist weggezogen, in die Bretagne. Am Anfang ist er noch jeden Tag zu Besuch gekommen. Sie wollte Kleider, Mandarinen, Make-up, guten Wein, Fotos von ihren Theaterauftritten. Er konnte es ihr nie recht machen. Ihre Gardinenpredigten ließ er mit eingezogenem Kopf über sich ergehen, wie ein geprügelter Hund. Als er ihr seinen Umzug angekündigt hat, hat sie gebrüllt wie eine Tigerin. Uns hat er verraten, dass er wegmüsse, weil er sie sonst umbringen und den Rest seines Lebens im Gefängnis hocken würde. Er hatte in der Bretagne einen Job gefunden. Wir haben ihm versprochen, Bescheid zu geben, wenn sie entlassen wird. Und das haben wir auch getan.«

»Ist er zurückgekommen?«

»Nein. Er hat einen Blumenstrauß geschickt, den sie direkt in den Mülleimer befördert hat. Sie wurde mit dem Krankenwagen nach Hause gebracht. Als der Sanitäter sie im Rollstuhl durch den Flur geschoben hat, hat sie nach links und rechts gewunken wie die Königin von England in ihrer Kutsche. Es war unglaublich! Sonst verabschieden wir uns immer von unseren Patienten und freuen uns für sie, aber ihr wollte niemand Lebwohl sagen.«

»Hat sie Ihnen denn nichts geschenkt, als Dankeschön?«

»Das beste Geschenk war, dass wir sie vom Hals hatten!«

»Und wie ist sie zu Hause zurechtgekommen, so ganz ohne ihren Sohn?«

»Wie alle anderen auch. Und die ziehen sich nicht dreimal am Tag um oder trinken Whisky mit Eiswürfeln in Herzform. Was man nicht in der Brust hat, muss man im Glas haben, was?«

Kleopatra schließt das Pillendöschen und stellt es auf ihren Wagen. »Jetzt habe ich mich so in Rage geredet, dass ich vergessen habe, was Sie wollten.«

»Wissen, ob sie damals schon so war. Das haben Sie mir bestätigt.«

»Sie sind wirklich nicht zu beneiden. Ich hoffe, dass der Sohn in der Bretagne ein neues Leben angefangen hat, weit weg von dieser Hexe. Und dass unsere Kollegin aus der Nachtschicht eine andere Anstellung gefunden hat. Ich habe sie ein paar Monate später noch mal gesehen, in Nizza. Sie war schwanger und wirkte ganz glücklich. Ich hätte gern kurz mit ihr gequatscht, aber ich saß im Auto und konnte nicht anhalten.«

GOLFE-JUAN

Ich bin abergläubisch. Ich rede mir ein, dass alles wieder normal wird, wenn ich die Wahrheit herausfinde. Dass ich nach Hause zurückkann, Clovis im Hafen auf mich wartet und wir glücklich bleiben. Im Internet erfahre ich, dass Irène mittlerweile selbständig ist. Als ich am frühen Nachmittag bei ihr klingle, öffnet sie mir barfuß die Tür. Braunes Haar, Pferdeschwanz, T-Shirt und Leggins, ein bisschen rundlich, keine klassische Schönheit, aber hübsch. Ich sage nichts. Sie wartet. Ich lächle. Sie seufzt.

»Ich wusste, dass Sie es nicht dabei bewenden lassen würden. Kommen Sie rein.«

Ihre Wohnung ist so farbenfroh wie Fannys weiß: blaue Vorhänge, rotes Sofa, bunt gepunktete Kissen, überall Kinderspielzeug.

»Kaffee?«

»Wenn Sie entkoffeinierten haben, sehr gern.«

Sie kehrt mit zwei großen Tassen zurück und sagt unumwunden: »Warum lassen Sie die Vergangenheit nicht ruhen?«

»Weil ich es verstehen will.«

»Da gibt es nichts zu verstehen. Er ist tot. Genau wie ich, nur sieht man das nicht gleich.«

»Wie alt ist Ihr Kind?«, frage ich und deute auf die Spielsachen.

»Die gehören meinem Patensohn, ich passe auf ihn auf.«

Ich weise sie nicht auf die vielen gerahmten Fotos hin, auf denen nur sie und ein Baby mit aprikosenfarbenen Locken abgebildet sind.

»Ich habe gestern Fanny Daumat besucht.«

Sie hebt fragend die Augenbrauen. Der Name scheint ihr nichts zu sagen.

»Eine Platzanweiserin aus dem Theater, die sich um Ihre ... Cômes Mutter gekümmert hat.«

Beinahe wäre mir »Ihre Schwiegermutter« herausgerutscht. Wenn Irène ihrem Verlobten ausgeredet hätte, Gilonne noch eine letzte Chance zu geben, wäre er jetzt noch am Leben, sie wären verheiratet, glücklich, und der kleine Junge mit den aprikosenfarbenen Locken hätte einen Vater.

»Ach so. Die Irre, die sie gegen uns aufgehetzt hat.«

»Ich bin aus ihrer Wohnung geflüchtet, sie hat mich bis auf die Straße verfolgt.«

Irène lächelt, und ihr Gesicht verwandelt sich.

»Sie hat sich unters Messer gelegt, um so auszusehen wie die alte Gorgo. Angeblich wollte sie nur ihre schiefe Nasenscheidewand begradigen lassen, damit sie besser Luft bekommt. Die Gorgo hat dafür geblecht. Wir sind richtig erschrocken, als wir sie nach der OP wiedergesehen haben. Das ist doch krank.«

»Mir wurde auch ganz anders, als es mir aufgefallen ist.«

»Sie hat ein echtes Problem mit der Proxemik.«

»Mit der was?«

»Der körperlichen Distanz zwischen zwei Leuten.«

Sie erklärt mir den Begriff, den der amerikanische Anthropologe Edward Hall in den Sechzigern geprägt hat. In den südeuropäischen Ländern halten die Menschen nur wenig Abstand von ihrem Gegenüber. In Afrika sogar noch weniger. In Skandinavien oder Japan mehr. Hall hat vier verschiedene Distanzen definiert: die Intimdistanz, bis zu vierzig Zentimeter; die persönliche Distanz für Vertraute, fünfundvierzig Zentimeter bis eins zwanzig; die soziale Distanz für Arbeitskollegen, eins zwanzig bis vier Meter; die öffentliche Distanz, wenn man zu einer Gruppe spricht, mehr als vier Meter.

»Immer wenn sie mit einem redet, muss man zurückweichen. Einmal wäre ich fast in den Swimmingpool –«

Sie verstummt. Ich wechsle das Thema.

»Ist Côme wirklich nach Vannes gezogen, als sie im Krankenhaus lag?«

»Was interessiert Sie das?«

»Ich stamme aus dem Morbihan, von einer kleinen Insel.«

»Eine schöne Gegend«, meint sie besänftigt.

»Haben Sie direkt in Vannes gewohnt?«

Sie antwortet nicht sofort.

»Es war die Hölle«, sagt sie schließlich seufzend. »Côme war ein Künstler, ein talentierter Pianist, sensibel und seelenvoll. Die alte Gorgo hat ihn tyrannisiert. Wäre er genauso egoistisch gewesen wie sie, hätte er alle Brücken abgebrochen und wir hätten in Ruhe und Frieden unser Leben gelebt. Aber er war ein guter Mensch. Deswegen gab es nur einen Ausweg: die Flucht.«

»Die alten Stadtmauern von Vannes sind beeindruckend, die Befestigungsanlagen stehen denen von Antibes in nichts nach.«

»Wir sind nie dort gewesen«, unterbricht mich Irène und schaut mir in die Augen.

»Haben Sie auf dem Land gewohnt?«

»Wir haben gar nicht in der Bretagne gewohnt. Côme ist hierhergezogen, nach Golfe-Juan.«

»Also ist er quer durch Frankreich gependelt, um das Konservatorium zu leiten?«

»Er hat gar nichts geleitet. Er hat den notwendigen räumlichen Abstand zwischen sich und seine Mutter gebracht, um zu überleben. Diese neue Stelle war nur ein Vorwand, damit sie ihm nicht länger im Nacken sitzt. Wir haben hier gewohnt. Er hat es nicht mehr ausgehalten. Sie hat ihn ständig bei seinen Klavierstunden gestört. Als wir mal am Strand waren, habe ich mitgezählt: Sie hat ihn zwölfmal angerufen. Es war unerträglich.«

*

Irène erzählt mir von Cômes Kindheit in London. Als kleiner Junge liebte er seine Mutter abgöttisch, wie alle kleinen Jungen. Sie verfrachtete ihn in ein schickes Internat, um ihn vom Hals zu haben. Wenn er am Wochenende kam, meckerte sie: »Ich verstehe nicht, warum deine Lehrer dich immer am Samstag nach Hause schicken müssen. Das ist doch absurd, da sind alle wichtigen Dinnerpartys, da kann ich dich hier wirklich nicht gebrauchen. Sag ihnen, dass sie dir montags und dienstags freigeben sollen, überzeug sie. Dein Vater ist ein hervorragender Diplomat, ein solches Talent muss erblich sein.« Côme nickte, versprach, sein Bestes zu tun, und versuchte es erst gar nicht. Wenn ihr Mann zu Hause war, störte Côme sie, kaum war sie allein, wurde er ihr Rettungsanker. Sie überhäufte ihn mit Küssen und Geschenken, nur um ihn wieder zurückzuweisen, sobald Philippe auftauchte. Manchmal bat sie die Schule, ihn zwei Monate am Stück dazubehalten, um ihre Ruhe zu haben. Sie hatte ihn erst spät bekommen, ein Kind passte ihr eigentlich nicht in den Kram. Das ließ sie ihn auch nie vergessen.

»Du kümmerst dich um mich, wenn ich einmal alt bin«, verkündete sie. »Dann gehst du mit mir tanzen, schreibst mir eine Symphonie, wir reisen zusammen um die Welt, und alle halten dich für meinen jungen Liebhaber.«

Ihr Plan hatte nur eine Schwachstelle. Côme wuchs heran und lernte andere Mädchen, andere Frauen kennen. Seine Mutter machte sie schlecht, verspritzte ihr Gift. Sie mokierte sich über körperliche Makel, die Kilos zu viel und die Zentimeter zu wenig, zu große Füße und Nasen, vorstehende Augen, Schüchternheit, bescheidene Herkunft, fehlendes Selbstbewusstsein.

»Sie hat Glubschaugen wie ein Frosch, zum Schießen! Quak, quak.«

»Deine Freundin ist süß, aber nicht gerade eine Leuchte …«

»Sie hat eine Modelfigur, bloß schade, dass die wegen ihrer grotesken Nase gar nicht auffällt.«

»Die Arme, mit ihren Pickeln sieht sie aus wie ein Streuselkuchen.«

»Warum sind deine Freundinnen immer so viel unattraktiver als ich?«

Côme versuchte, nicht auf sie zu hören, aber die Gemeinheiten gingen ihm unter die Haut und versengten ihn von innen. Er machte sein Abitur, klammerte sich ans Klavierspielen wie ein Ertrinkender an ein Floß. Sein Vater starb an einem Herzinfarkt. Seine Mutter und er zogen zurück nach Frankreich, in den Süden, nach Nizza. Plötzlich war er ganz allein mit ihr, und die Hölle tat sich auf. Er gab Kurse an einer Musikschule im Viertel. Die Jahre verstrichen. Er wohnte nur mit seiner Mutter und dem Butler Jules zusammen. Wenn Gilonne verreiste, war Côme lustig, charmant, offen. Sobald sie zurückkehrte, verschloss er sich wieder. Irgendwann fasste er den Entschluss, endlich unabhängig zu werden, eine kleine Wohnung zu mieten, doch Gilonne wollte nichts davon wissen. Sie weigerte sich, für die Miete zu bürgen. Cômes Gehalt als Musiklehrer reichte nicht aus, an das Vermögen seines Vaters kam er nicht heran, weil Gilonne weder die Wohnung in Passy noch das Anwesen in Nizza verkaufen wollte. Obwohl Côme von Gesetzes wegen dazu berechtigt gewesen wäre, widerstrebte es ihm, sie zu zwingen. Bis eines Tages mitten im Unterricht, als sein Schüler gerade *La tartine de beurre* von Mozart spielte, sein Telefon klingelte, und er erfuhr, dass seine Mutter sich in der Dusche den Oberschenkelhals gebrochen hatte.

Von diesem Zeitpunkt an änderte sich alles. Er erwachte mit einem Lächeln auf dem Gesicht, frühstückte mit Jules im Anrichteraum, hechtete in den Pool, spielte Jazz. Er lebte auf, war wie neugeboren.

Gilonne bestand darauf, dass er sie jeden Nachmittag im Krankenhaus besuchte. Nie war sie zufrieden mit dem, was er dabeihatte. Sie weinte, sie schrie, sie zog ihre Show ab. Er lernte Irène kennen. Sie war weder schlank noch groß noch wunderschön, weder dick noch klein noch hässlich. Sie war sonnig und weiblich, brachte ihn zum Lachen und ließ ihn seine unausstehliche Mutter vergessen. Er verliebte sich bis über beide Ohren. Sie erlag seinem Charme. Sie schrieben sich heiße Nachrichten, er lud sie zu sich ein, schließlich bestand keine Gefahr, dass seine Mutter plötzlich auftauchte. Er spielte stundenlang Klavier für sie, sie liebten sich, stürzten sich kopfüber ins Abenteuer. Als Côme Irène um ihre Hand bat, dachte er, jetzt bräche die Zeit des Glücks an. Auch körperlich veränderte er sich, er wurde schlanker, achtete mehr auf sein Äußeres. Seiner Mutter entging das genauso wenig wie die Blicke, die ihr Sohn mit der Nachtschwester wechselte. Sie lästerte über das Aussehen der jungen Frau, aber das scherte Côme nicht.

»Du musst mit diesen lächerlichen Klavierstunden aufhören. Ich bezahle dir dreimal so viel wie deine dummen Schüler, wenn du dich um mich kümmerst«, sagte sie immer wieder. »Diese Blagen werden es nie zu etwas bringen, mit denen verschwendest du nur deine Zeit.«

»Musik zu unterrichten ist ein ehrenwerter Beruf, Mutter.«

»In einem Symphonieorchester zu spielen ist ein ehrenwerter Beruf. In einer armseligen kleinen Musikschule dahinzuvegetieren, nicht. Hast du denn gar keinen Ehrgeiz? Zum Glück muss dein armer Vater das nicht mehr miterleben.«

Côme wankte unter diesem bitterbösen Hieb.

»Ich hätte niemals Kinder bekommen sollen«, fuhr sie fort. »Das war der größte Fehler meines Lebens.«

»Der Fehler scheißt auf Ihre Meinung, Mutter«, gab Côme zurück.

Gilonne brach in Gelächter aus. Auseinandersetzungen machten ihr Spaß.

»Ich wünschte, du wärst gestorben, nicht dein Vater. Er hat mir zumindest das Leben versüßt. Du interessierst dich nur für diese blöde Irène. Wozu bist du für mich noch gut?«

»Und ich wünschte, Sie wären an seiner Stelle gestorben«, konterte Côme, wie aus der Pistole geschossen.

Sie würdigte seine Schlagfertigkeit, indem sie den imaginären Hut zog.

»Die Karten liegen auf dem Tisch, mein Sohn. Wir haben beide den schwarzen Peter.«

Cômes Wut verrauchte. Sie waren einfach unvereinbar. Am selben Abend fasste er einen Entschluss. In der einen Minute war es noch völlig undenkbar gewesen, in der nächsten hatte sich der Geistesblitz bereits in eine unumstößliche Tatsache verwandelt. Seit ihrer Einlieferung hatte seine Mutter ihn beinahe jede Nacht aus dem Schlaf gerissen und so getan, als läge sie im Sterben. Er war aus dem Bett gesprungen und im Halbschlaf quer durch die Stadt gerast, nur um Gilonne quicklebendig in ihrem Zimmer vorzufinden.

»Du hast dir ja Zeit gelassen. Setz dich da in den Sessel, mein Herz hat sich wie durch ein Wunder wieder beruhigt. Ich dachte, ich hätte einen Infarkt wie dein Vater, es war grauenhaft.«

»Sie manipuliert dich«, erklärte Irène ihm geduldig. »Sie könnte auch eine Schwester rufen. Sie weiß, dass wir da sind, aber sie tut es nicht. Lieber versetzt sie dich in Angst und Schrecken.«

»Und wenn sie wirklich einen Herzanfall hat? Ich könnte mich nicht mehr im Spiegel anschauen. Sie hat doch nur mich.«

»Weil sie sonst niemand erträgt!«

»Das stimmt. Aber es ändert nichts.«

»Sie ist nicht herzkrank, sondern hypochondrisch. Sie erpresst dich.«

Als seine Mutter ihn das nächste Mal anrief, fuhr er nicht ins Krankenhaus, sondern benachrichtigte die Schwestern. Irène hatte Dienst und ging zu Gilonne. Die fragte verächtlich, was sie bei ihr wolle.

»Ihr Sohn macht sich Sorgen um Sie, Madame. Ich werde Ihren Blutdruck messen.«

»Ich verbiete Ihnen, mich anzufassen! Mein Sohn ist schon auf dem Weg. Mein Herz rast wie verrückt.«

Irène maß ihren Puls und schüttelte den Kopf.

»Ihr Puls liegt bei siebzig, Ihrem Herzen geht es gut. Sie haben nur eine Panikattacke. Ich gebe Ihnen eine Viertel

Lexomil. Ihr Sohn wird nicht kommen, ich habe ihm gesagt, dass ich mich um Sie kümmere.«

»Côôôme«, schrie Gilonne unvermittelt los. »Ich will Côme! Verlassen Sie auf der Stelle mein Zimmer!«

»Beruhigen Sie sich, Madame. Sie wecken noch das ganze Stockwerk.«

»Das ist mir egal. Wenn Côme nicht kommt, schreie ich das gesamte Viertel wach. Côôôme!«

Irène sah sie gelassen an.

»Es ist mein Job, Sie zu pflegen, Madame. Ich kann bei Ihnen bleiben, bis Sie wieder eingeschlafen sind. Ihr Sohn braucht Erholung.«

»Ja, weil er mit Ihnen ins Bett steigt! Sie sind nichts weiter als eine kleine Intrigantin. Er wird Ihnen niemals gehören«, tobte Gilonne.

»Ihnen aber auch nicht«, antwortete Irène sanft. »Côme gehört nur sich selbst. Wenn Sie ihn lieben, lassen Sie ihn seinen eigenen Weg wählen.«

»Nennen Sie ihn gefälligst nicht beim Vornamen«, keifte Gilonne, während sie alles in ihrer Reichweite nach Irène warf – ein Buch, ein Wasserglas, die Fernbedienung, sogar ihre Brille.

Irène verließ das Zimmer und gab Côme Bescheid, dass alles in Ordnung war. Er dankte ihr und verbrachte den Rest der Nacht und den darauffolgenden Morgen damit, Chopins Prélude 4 op. 28 *Suffocation* zu spielen, die Antonio Carlos Jobim zu *Insensatez* und Serge Gainsbourg zu *Jane B.* inspirierte. Jules lieh sich seinen Motorradhelm, um die quälenden Töne nicht mehr hören zu müssen.

Am späten Vormittag fuhr Côme zu seiner Mutter ins Krankenhaus. Einen Moment lang beobachtete er sie durch die halb offene Tür. Sie schaute entspannt fern und aß mit

Appetit ihr Mittagessen. Kaum hörte sie ihn hereinkommen, verzerrte sich ihr Gesicht mitleiderregend.

»Sie sehen gut aus, Mutter, das freut mich.«

»Ich habe Herzrhythmusstörungen, kann nichts essen …«, erwiderte sie schwach und schob ihren Teller von sich.

»Dabei riecht es so lecker. Ich habe hervorragende Neuigkeiten.«

»Du hast endlich erkannt, dass diese Irène dich nicht verdient?«

»Man hat mir einen Job angeboten. Ich soll ein Konservatorium leiten.«

»Das ist ja phantastisch, mein Schatz! In Nizza? In Cannes?«

Côme ließ die Bombe platzen, als wäre dieses Detail völlig nebensächlich.

»In der Bretagne. Sie können stolz auf mich sein.«

Gilonne bebte.

»In der Bretagne? Du lässt mich im Stich? Soll ich mutterseelenallein alt und grau werden?«

»Sie sind jung und schön, Mutter, Sie werden noch lange nicht alt und grau. Freuen Sie sich, Sie haben sich doch gewünscht, dass ich keine Klavierstunden mehr gebe.«

»Kommt diese Irène mit?«, stieß Gilonne verächtlich aus. »Dann hat das Luder es also geschafft, uns auseinanderzubringen.«

Côme beschloss, ihr die bittere Pille ein wenig zu versüßen, und log: »Ich gehe allein.«

Seine Mutter versuchte, ein Lächeln zu unterdrücken, und ihr Gesicht verzog sich zu einer Grimasse – wütend über die Vorstellung, dass er ihr entglitt, erleichtert, dass er auch Irène entglitt, dass sie ihn beide verloren.

»Du warst hoffentlich derjenige, der sie abserviert hat?«

»Die Sache ist vorbei. Ich will nicht darüber reden.«

»Wir sind dazu gemacht, allein zu leben. Das ist unser Schicksal, mein Schatz.«

»Ich kann nicht lange bleiben, ich muss noch packen. Ich reise morgen ab.«

»Schon?«

»Ich komme Sie besuchen, sobald ich kann.«

Gilonne war zu klug, um über vergossene Milch zu weinen. Ihr Sohn zog weg, daran war nichts mehr zu ändern. Ihre Augen wanderten bereits zu ihrem Adressbuch. Sie brauchte schnell einen Ersatz. Sofort fiel ihr diese dämliche Fanny ein, die immer »meine Gigi« zu ihr sagte und aussehen wollte wie sie. So eine erbärmliche Idiotin!

»Was hast du zu ihr gesagt?«, fragte Irène, als Côme zu ihr ins Schwesternzimmer kam.

»Dass ich in die Bretagne ziehe, um dort ein Konservatorium zu leiten, und dass du hierbleibst.«

»Ist das deine diplomatische Art, mir mitzuteilen, dass du mich sitzenlässt?«

Er stieß den Aktenwagen beiseite und umarmte sie.

»Eine andere Ausrede ist mir nicht eingefallen.«

»Du ziehst ans andere Ende des Landes, und ich soll mich darüber freuen?«

»Nein! Für uns ändert sich gar nichts. Ich ziehe zu dir nach Golfe-Juan, wenn du mich haben willst. Wir werden endlich frei sein.«

Später wunderte er sich oft, warum er nicht schon viel früher darauf gekommen war. Die räumliche Trennung rettete ihm das Leben und bewahrte seine geistige Gesundheit. Gilonne kehrte nach der Reha nach Nizza zurück, unterstützt von Fanny, die sie hegte wie ein Privatier eine einträgliche

Geldanlage. Côme rief seine Mutter jeden Samstag an. Sie stellte ihm keine einzige Frage über seinen neuen Job. Stattdessen erging sie sich in Beschwerden. Er widmete ihr exakt dreiunddreißig Minuten. Anschließend legte er ruhigen Gewissens auf und sank in die Arme der Frau, die ihn glücklich machte. Auch nach Irène erkundigte Gilonne sich nie. Sie hatte dafür gesorgt, dass sie gefeuert wurde, und sie aus ihrem Gedächtnis gelöscht.

Der Schwindel wäre fast aufgefallen, als Gilonnes Anruf ihn eines Morgens in aller Herrgottsfrühe aus dem Schlaf riss.

»Geht es dir gut, mein Schatz?«

»Ich habe geschlafen.«

»Wie bekommst du bei den Unwettern, der Zerstörung und all den Toten auch nur ein Auge zu? Hast du noch Strom?«

Ohne sein Handy aus der Hand zu legen, griff er nach Irènes und schaute im Internet nach. Tatsächlich herrschte im Morbihan Ausnahmezustand. Mehrere Menschen waren ertrunken, zahlreiche Bäume auf Strommasten und Autos gestürzt. Die Lage war ernst.

»Ich wollte Sie nicht beunruhigen«, sagte er.

Von da an gewöhnte er sich an, jeden Abend den Wetterbericht für Vannes zu überprüfen.

Im darauffolgenden Monat kaufte er sich ein Auto und stattete seiner Mutter damit einen Geburtstagsbesuch ab. Gilonne fragte erstaunt: »Du hast ein Kennzeichen aus Alpes-Maritimes, obwohl du in der Bretagne wohnst?«

Mist! Er hätte einen miesen verdeckten Ermittler abgegeben.

Er stellte den gesamten Wagen auf den Kopf, entfernte alle persönlichen Gegenstände – Briefe an ihn mit Irènes

Adresse auf dem Umschlag, Parktickets, Kino- oder Konzertkarten, die Spuren des täglichen Lebens, die ihn verraten könnten.

Er wusste allerdings nicht, dass Fanny Platzanweiserin war. Eines Abends ging er mit Irène in das Theater, in dem sie arbeitete, bemerkte sie gerade noch rechtzeitig und trat allen Leuten auf die Füße, als er durch die Sitzreihe und aus dem Gebäude stürmte. Ein anderes Mal hielt er an einer roten Ampel direkt neben dem Wagen seiner Mutter. Er duckte sich schnell, als wäre ihm etwas heruntergefallen, bis sie weitergefahren war; das Hupen des Fahrers hinter ihm ignorierte er. Er fühlte sich sicher, als wäre er der Sohn irgendeiner anderen, einer normalen Mutter.

»Er hat sie gleichzeitig geliebt und gehasst«, sagt Irène seufzend. »Ich hätte ihn davon abbringen müssen, sie noch einmal zu besuchen. Sie hat geglaubt, ich sei von der Bildfläche verschwunden, der Schock war zu groß. Ich wollte, dass er an unserer Hochzeit trunken vor Glück ist. Stattdessen wurde er ertränkt.«

Das Wort hallt noch nach, als der kleine Junge mit den aprikosenfarbenen Locken von den Fotos die Tür aufschiebt und auf Irène zutapst. Sie streckt ihm so liebevoll die Arme entgegen, dass es mir das Herz zerreißt. Zwischen ihnen ist die Distanz nicht mal Millimeter groß.

»Mittlerweile ist Gilonne völlig harmlos«, sage ich. »Sie wird allmählich senil, sie hat sogar vergessen, dass ihr Sohn tot ist. Sie wird Ihnen kein Leid mehr zufügen und auch keine Karten mehr schicken, versprochen. Sie öffnet nicht einmal mehr ihre Post.«

Ich will ihr versichern, dass sie nichts zu befürchten hat. Doch als sie sich mir zitternd zuwendet, wird mir klar, dass ich mit meinen Worten nur Öl ins Feuer gegossen habe.

»Soll das heißen, dass er ihr nicht fehlt? Dass seine Abwesenheit sie nicht jeden Tag schmerzt?«

»Sie erzählt oft von ihrem Bruder Bernard, ihren Eltern und ihren Ehemännern, aber sie lebt in ihrer eigenen Welt.«

»Wer trifft die Entscheidungen für sie?«

Ich kann ihr schlecht verraten, dass ein Fremder den Platz ihres Verlobten eingenommen hat.

»Ein entfernter Cousin«, sage ich deshalb.

»Hat der Sie eingestellt?«

»Ja.«

»Das ist nicht fair«, murmelt Irène und drückt den kleinen Jungen an sich. »Ich hatte gehofft, dass sie Tag und Nacht an ihn denkt, dass sein Geist sie in ihren Träumen heimsucht ... Aber nein, sie hat Frieden gefunden. Sie sollte keinen Frieden finden. Verschwinden Sie!«

Ich gehorche und verabschiede mich aus einer sozialen Distanz von drei Metern. Mit tränenblinden Augen flüchtet Irène sich in ihre Blase der Trauer und wiegt das Kind, das ganz sicher nicht ihr Patensohn ist.

Zurück in Gilonnes Fiat 500 hole ich mein indigoblaues Notizbuch heraus und schreibe in beide Spalten: Liebe.

ANTIBES

*D*er Spiegel kennt Gilonne schon seit ihrer Geburt. Ihr Großvater hat ihn bei einem Pariser Antiquitätenhändler auf der Rive gauche gekauft. Anschließend wurde er im Kofferraum des Rolls-Royce eines Freunds in den Süden befördert. Der Spiegel erinnert sich noch lebhaft an diese seltsame Reise in Gesellschaft eines riesigen Aquariums. Der Besitzer des Luxusautos aß liebend gern Hummer und Langusten, deshalb hatte er das Aquarium einbauen lassen, um die in Les Halles erstandenen Krustentiere lebend zu transportieren. Der Spiegel unterhielt sich stundenlang mit diesem eigenartigen und unglaublich arroganten Objekt. »Ich bin ein Unikat, nicht wie du, der Gott und die Welt spiegelt«, verkündete es wie eine Schallplatte mit Sprung. »Du bist nur ein besserer Vorratsbehälter«, gab der Spiegel beleidigt zurück. Das Aquarium wühlte, zutiefst getroffen, das Wasser in seinem Inneren auf, doch sein Deckel war fest verschlossen, und kein rachsüchtiger Tropfen benetzte die empfindliche Oberfläche des Spiegels.

Danach verbrachte er friedliche Jahre auf dem Anwesen von Gilonnes Eltern am Cap d'Antibes, bis zum tragischen Tod deren Sohns infolge eines anaphylaktischen Schocks – ein unverständliches Übel für den Spiegel, den keine Allergie trüben kann. Er hatte den Jungen gemocht, der ihm, genau wie seine kleine Schwester, jeden Morgen im Vorüberlaufen ein Lächeln geschenkt hatte. Nach Bernards Tod sah er nur noch blasse Gesichter mit ektoplasmaumrandeten Augen. Das Leuchten war aus den Blicken verschwunden, die Körper waren leere Hüllen. Sie hatten überlebt, erholten sich jedoch nie. Jocelyn de Kerjeant veräußerte sein Paradies am Meer, um ins Inland zu ziehen, in ein provenzalisches Gutshaus im Quartier des Terriers am anderen Ende von Antibes. Die Entscheidung schien vernünftig, aber sie war ein Fehler. Das wusste der Spiegel schon vor den Menschen, dank der Gespräche zwischen den Kleidungsstücken und Hüten an der mit Schnitzereien verzierten Garderobe neben ihm. Gewitzte Bauträger hatten die Ländereien und Gewächshäuser ringsum nach und nach aufgekauft, bis das Anwesen der de Kerjeants in der Nähe einer Autobahnausfahrt, durch die täglich Millionen Autos strömten, zwischen Lagerhallen, Outlets, einer Mülldeponie und einer Hundeschule voll bellender Vierbeiner eingekeilt war. Niemand außer dem Spiegel hatte es vorausgeahnt. Das Ganze war völlig legal abgelaufen. Wo früher Blumen und Olivenhaine geprunkt hatten, herrschten nun die Auspufftöpfe, überhitzten Motoren, Wellblechdächer und Sonderangebote. Irgendwann entschied sich die fassungslose Familie zu verkaufen. Da der Graf und die Gräfin keinen Zufluchtsort mehr hatten, begaben sie sich auf Reisen, und ihr Flugzeug stürzte ab. Der Spiegel kam zu Gilonne in die Rue de Passy und zog mit ihr erst nach London, dann nach Nizza und schließlich wieder nach Antibes. Er spiegelte den Botschafter, den Auktionator und den Schlossbesitzer. Anfangs war er eifersüchtig, weil Gilonne den Männern mehr Aufmerksamkeit schenkte als ihm, aber das hielt nie lange an.

»Spieglein, Spieglein an der Wand, wer ist die Schönste im ganzen Land?«

»Gilonne, du bist die Schönste im Land.«

Sie wirft ihm einen Handkuss zu, stolziert vor ihm auf und ab, sinkt in einen Knicks. Das war früher kein Problem. Heute machen ihr die arthritischen Knie Schwierigkeiten. Wenn sie sich im Spiegel betrachtet, färbt sich ihr weißes Haar wieder feuerrot, die Altersflecken verwandeln sich zurück in schelmische Sommersprossen, ihre Brüste werden prall, ihr Körper wird wohlgeformt und sinnlich, ein Verbündeter, ein Komplize, ein Trumpf.

Seit kurzem hat Gilonne Aussetzer, die dem Spiegel Sorge bereiten, doch er kann seine Angst niemandem anvertrauen. Erst vor ein paar Tagen hat sie im Vorübergehen ihr eigenes Spiegelbild nicht erkannt, sondern die unhöflich starrende Fremde mit einem Kopfnicken gegrüßt.

ANTIBES

Pâté Gangster hat den Sessel in Cathys kleiner Wohnung mit ihren Krallen übel zugerichtet. Dafür wasche ich ihr ordentlich den Kopf, aber das kümmert sie nicht, es gefällt ihr sogar. Heute Morgen hat Clovis mir ein Zeitschriftencover mit einem alten Spiegel geschickt, auf dem ein weißes Post-it mit einem Zitat von Jules Renard klebt: »Das Paradies ist nicht auf Erden, doch findet man wohl Bruchstücke davon. Auf Erden gibt es ein zerbrochenes Paradies.« Renard ist der Autor von *Rotfuchs*, der Geschichte eines schikanierten rothaarigen Kinds. Groix ist unser Stück vom Paradies, das Cap d'Antibes war Gilonnes, Golfe-Juan das des echten Cômes. Was ist das des falschen?

Auf dem Weg zum Cercle lausche ich Benjamin Biolay, wie er *Ton Héritage* für seine Tochter singt, und stelle mir dabei vor, mein Vater, der Unbekannte von den Ponant-Inseln, würde zu mir sprechen. Als die Katze sich aus dem Staub gemacht hat, hat sie Lénaïgs Geheimnis mitgenommen. Die Spur endet dort, wo das Meer beginnt. Mein Vater könnte auf jeder der Inseln leben, auf Chausey, Bréhat, Batz, Ouessant, Molène, Sein, den Glénans, Belle-Île, Houat, Hoëdic, Arz, der Île aux Moines, Yeu, Aix. Ich war fest davon überzeugt, dass sie es mir eines Tages verraten würde. Ich hatte keine Eile, ich dachte ja, uns bliebe noch Zeit. Biolays Worte treffen mich tief. *Ich weiß, du liebst die Ebbe, ja, mein Kind, ja, mein Kind, das hast du geerbt, und bist du erst so alt wie ich, dann hat es sich verstärkt. Es ist nicht deine Schuld, es liegt dir im Blut, in den Genen, also muss es wohl damit – oder ohne – gehen.*

Für mich muss es ohne dich gehen, Papa, und das zerreißt mich. Ich habe keine Ahnung, wie alt du bist, aber ich bin in einem Alter, in dem man glücklich sein sollte. In dem man seine Eltern noch hat. In dem man Mutter wird. Ich kenne weder Lénaïgs Lieblingsfarbe noch deine, genauso wenig wie eure Lieblingsblumen, euer Leibgericht oder das Lied, zu dem ihr euch das erste Mal geküsst habt. Ich mag sowohl die Ebbe als auch die Flut, das Meer ist immer in Bewegung, aber ich stehe still, dümple, stagniere. Flaute. Was treibe ich hier, so weit weg von dem Mann, den ich liebe? Ich bin niemandes Tochter. Mir fehlt ein Anker.

Ich trete aus dem Aufzug, der Flur ist menschenleer. Durch Gilonnes Wohnungstür dringt die Stimme von Barbara: *Kaum komm ich nach Hause, da seh ich es liegen, Ihr blaues Telegramm, Madame. Zwanzig Mal lese ich's und kann es nicht glauben, doch es steht dort geschrieben, Madame.*

Ich schließe auf. Gilonne sitzt vor ihrem Computer, in ihrem Bärenschlafanzug, mit offenem Haar, den *Figaro* aufgeschlagen neben sich. Tränen rollen ihr über die Wangen, während sie konzentriert der Musik lauscht.

»Was ist los?« Ich beuge mich besorgt zu ihr.

Barbara beantwortet meine Frage. *Sie erbitten Vergebung für Ihre Verblendung unsrer Liebe gegenüber, Madame. Er war Ihr einz'ger Sohn, Sie hatten Angst um ihn und wollten ihn behüten, Madame.*

Ich runzle die Stirn.

Es wär besser gewesen, den Heldentod zu sterben, ja, das denken Sie doch, Madame. Zumindest viel edler, da haben Sie recht, als ein Tod nur aus Liebe, Madame. Das kommt der Realität so nah, warum hört sie das?

»Ich mache Ihnen Frühstück. Kann ich den Computer ausschalten?«

Sie packt mich am Arm, bohrt die Fingernägel in meine Haut. *Jetzt ist es viel zu spät, ich komme nicht zurück, Sie werden einsam alt, Madame. Das erscheint vielleicht grausam, tragen Sie's mir nicht nach, ich hab ihn sehr geliebt, Madame.*

»Der Bär will nicht einsam alt werden«, flüstert Gilonne rau. »Er ist noch so klein, er braucht jemanden, der sich um ihn kümmert. Kriegt er Honig, wenn er brav ist? Sie verlassen mich nicht, oder, Kim?«

»Ich bin hier, Madame.« Ich lege ihr eine Decke über die Schultern. »Sie sind ja ganz kalt, Sie werden noch krank.«

Ihr Kummer betrübt mich, doch ich kann es nicht ändern, ich kann Ihnen nicht helfen, Madame. Jetzt spüren auch Sie, wie unsagbar schwer sein Verlust auf mir lastet, Madame, fährt Barbara unerbittlich fort.

Zitternd deutet Gilonne auf die Anzeigenseite der Zeitung. Nach den Verlobungen, Hochzeiten, Geburten, Auszeichnungen, Veranstaltungen und vor den Sterbefällen gibt es eine buntgemischte Rubrik namens »Mitteilungen«. Irène hat keine Kosten und Mühen gescheut, um Gilonne zu bestrafen, denn dort steht: »Zum zweiten Todestag von Côme Solericci danken Irène Paganini und Gilonne de Kerjeant allen, die heute seiner gedenken. Barbara, *Madame*, 1970.«

Was für ein schrecklicher Text! Irène hatte Gilonnes Adresse nicht, deswegen hat sie den *Figaro* genutzt, den Gilonne jeden Tag liest. Eine perfide Rache. Die Anzeige hat Gilonnes Erinnerung angeregt, sie hat den Computer eingeschaltet und hört das Lied in Dauerschleife.

»Wann? Warum?«, fragt sie.

»Ich hole Ihnen ein Glas Zuckerwasser.«

»Côme kann nicht tot sein, ich habe doch am Sonntag noch mit ihm zu Mittag gegessen, und nächsten Samstag kommt er wieder. Mein Junge liebt mich, nicht wahr, Kim?«

Unsere Leben sind Trümmerhaufen. Gilonne wurde von einem Stern zerbrochen, der echte Côme mitten im Flug dahingerafft. Gilonne hat sich in ein verletzliches kleines Mädchen verwandelt. Der falsche Côme hat sie wieder zusammengesetzt. Wir machen weiter, so gut wir können, mit all unseren Handicaps, schwankend, krummbeinig, mutig, tapfer. Wir gehören zur Liga der Lebenden, von Stürmen gebeutelt, von der Sonne verbrannt.

»Ja, Ihr Sohn kommt nächsten Samstag, keine Sorge«, sage ich beruhigend.

Ich stehe dicht neben ihr, weniger als dreißig Zentimeter entfernt.

»Warum dieses Lied, Kim?«

Sie hebt flehend den Blick. Ich bringe es nicht übers Herz, ihr den Vernichtungsschlag zu versetzen. Ausnahmsweise einmal hat ihre geistige Verwirrung auch etwas Positives.

»Sie meint Ihren Neffen, der einen Unfall hatte und genauso hieß wie Ihr Sohn, Madame. Der Name Côme ist nicht so selten wie Gilonne.«

Das Ablenkungsmanöver funktioniert. Sie lächelt.

»Der kleine Bär ist etwas Besonderes!«

»Ja. Ihr Sohn hatte seinen Cousin Côme sehr gern. So wie Sie Ihren Bruder Bernard.«

Sie nickt heftig.

»Ich habe meinen Bruder über alles geliebt. Er war auch rothaarig, wussten Sie das?«

»Das ist die schönste Haarfarbe.«

Im Cercle liest jeder den *Figaro*. Ich muss die Bombe entschärfen, bevor sie hochgeht. Zum Glück hat Irène nicht geschrieben, dass Côme Gilonnes Sohn war, dafür hasst sie sie zu sehr.

Ich schalte den Computer aus und fülle die Stille mit konkreten Anweisungen: anziehen, schminken, fürs Mittagessen fertig machen. Sie gehorcht mir, schlüpft in einen Samtrock, der ihr gut steht. Die Katze hat mir mal erzählt, dass in den Zwanzigern die Menge an Samt auf den Röcken der Groixerinnen ihre gesellschaftliche Stellung und ihr Vermögen bezeugte.

Im großen Spiegel in der Garderobe wirft Gilonne sich ein Lächeln zu. Wir fahren hinunter in den Speisesaal. Ich begleite sie zu ihrem Tisch. In der Eingangshalle begegne ich der Heimleiterin. Man erkennt schon von weitem, dass sie die Anzeige gesehen hat. Ich komme ihr zuvor.

»Haben Sie den *Figaro* gelesen? Madame de Kerjeants Neffe ist vor zwei Jahren während einer Reise ums Leben gekommen. Alle ältesten Söhne der Familie heißen Côme, das ist Tradition. Die beiden Cousins standen sich sehr nahe. Bitte sprechen Sie sie nicht darauf an, das regt sie nur auf. Könnten Sie das auch den anderen Bewohnern sagen? Dafür wäre Ihnen Madame de Kerjeants Sohn sehr dankbar.«

Das Gesicht der Heimleiterin hellt sich auf, das versteht sie natürlich. Sie eilt sofort in den Speisesaal und geht von Tisch zu Tisch. Rose, Colette, die Liebenden von Peynet, das nette Mutter-Sohn-Gespann, Fernand, der Admiral, Sidonie, Gatsby und sein pfeifendes Hörgerät, alle zeigen sich sehr betrübt über den Tod von Gilonnes Neffen, auch wenn manche nur so tun, als ob. Wir sind knapp an einer Katastrophe vorbeigeschrammt. Irène wollte, dass Gilonne leidet, und beinahe wäre es ihr gelungen. Wird sie sich mit diesem Ehrengefecht zufriedengeben oder gleich die nächste Foltermethode austüfteln?

Ich kehre nach oben in die Wohnung zurück, zerknülle die Zeitung und werfe sie in den Müllschlucker. Gerade noch einmal davongekommen. Ich schlage mein indigoblaues Notizbuch auf und schreibe in die Pro-Spalte: Mitgefühl. Und in die Kontra-Spalte: Rache.

KORSIKA
Siebenundzwanzig Jahre früher

Der Junge ist dreizehn Jahre alt. Er zieht mit seinem Kumpel Napoléon durch die Straßen des Dorfs. Es wird allmählich dunkel. Eine schwarzgekleidete alte Frau sitzt auf den Stufen vor ihrer Haustür und zeichnet mit ihrem Gehstock Kreise in den Staub.

»*Aiô*! Wie heißt dein kleiner Bruder denn?«, fragt sie.

»Petru.«

Der Junge erklärt ihr nicht, dass Petru nur sein Halbbruder ist. Seit seine Mutter zur Entbindung ins Krankenhaus gefahren ist, lebt er allein mit dem Piraten. Ange lässt ihn nicht hungern, in der Hinsicht kann man ihm nichts vorwerfen, aber sie wechseln kein Wort miteinander. Sie essen vor dem Fernseher zu Abend, jeder spült seinen Teller und sein Besteck ab, dann gehen sie ins Bett. Zwischen ihnen herrscht kein Krieg, sondern etwas Schlimmeres: Gleichgültigkeit. Der Junge mag keine Zahlen, er bevorzugt Wörter – Wörter, die ihm zwar nicht über die Lippen kommen, aber in seinem Herzen herumschwirren. Ange ist bloß eine weitere Zahl in seinem Dasein, eine lästige, auferzwungene Pflicht wie Mathe in der Schule.

Am Abend vor der Rückkehr seiner Maman mit dem Baby bricht Ange das Schweigen. In der Champagne hatte er keinen Akzent, erst seit er wieder hier ist, hört man ihm seine Herkunft an.

»Ich bin zum ersten Mal Vater geworden, das ist aufregend und wahnsinnig furchteinflößend. Ich habe Angst um Petru. Mein gesamtes Leben hat sich verändert, ich bin nicht mehr der, der ich war, ich stehe nicht mehr an erster Stelle. Beschütze ihn, genau wie ich, und alles ist gut. Tu ihm weh, und ich mache Kleinholz aus dir. Dein Vater wollte die Frau töten, die ich liebe. Ich habe nichts gegen dich, außer dass sie deinetwegen leidet, du erinnerst sie an die ganze grässliche Geschichte. Zieh Petru da nicht mit rein. Erzähl ihm nie, was damals passiert ist. Sei sein großer Bruder. Hand drauf?«

Der Pirat streckt ihm lächelnd die Hand hin. Der Junge schlägt halbherzig ein.

Als seine Maman am nächsten Morgen über die Schwelle tritt, ist sie wie ausgewechselt. Sie drückt Petru an sich wie einen Schatz. Der Junge hat gehört, wie die Frauen aus dem Dorf sich am Brunnen unterhalten haben. Die Kugeln seines Papas haben ein Gemetzel angerichtet, den Magen, den Darm und auch die Gebärmutter durchlöchert. Eigentlich hätte seine Maman keine Kinder mehr bekommen können dürfen. Gott hat anders entschieden. Es ist ein Wunder.

Ein paar Monate später heiraten der Pirat und die Maman des Jungen und werden auf den Stufen des Rathauses mit Reis beworfen. Das Baby hat dunkelbraunes Haar, genau wie Ange, der es hütet wie seinen Augapfel. Gleich im Anschluss an die Trauung findet die Taufe statt. Familie und Freunde drängen sich um die Wiege und überhäufen das Baby mit Geschenken. Der Junge fühlt sich wie das fünfte Rad am Wagen, er hat keine Aufgabe. Ange wollte, dass er der Taufpate seines Halbbruders wird, aber seine Maman war dagegen.

»Ob sie dich zu deinen Großeltern zurückschicken, jetzt, wo sie dich ersetzt haben?«, überlegt Napoléon.

»Keine Ahnung.«

Um diesem Schicksal zu entgehen, fragt der Junge am Abend seine Maman: »Soll ich wieder zu Oma und Opa, weil du Petru hast?«

Ihre Augen füllen sich mit Tränen, und sie stürzt aus dem Zimmer. Wenig später kommt Ange hereingestürmt. Er schäumt vor Wut.

»Schämst du dich denn nicht, deine Mutter zum Weinen zu bringen, während sie stillt? Du undankbarer Egoist!«

Petru hat große schwarze Augen, glänzend und rund wie zwei Murmeln.

»Die beiden sehen wirklich nicht aus wie Brüder«, sagen die Leute.

»Wie kann es sein, dass Ihr Sohn rote Haare hat, wo Sie doch beide braunhaarig sind?«, fragt eine neugierige Touristin.

»Meine Großmutter hatte rote Haare«, lügt seine Maman und löscht damit die Existenz seines Vaters aus, zieht einen Strich unter die Vergangenheit, während der Junge stumm danebensteht.

Petru hat ihr neuen Lebensmut geschenkt. Wenn sie das Baby liebkost, leuchten ihre Augen. Sobald sie die Sommersprossen und den Haarschopf ihres Ältesten sieht, weicht die Freude wieder aus ihrem Gesicht. Der Junge will ihr zum Muttertag etwas Besonderes schenken. Endlich hat er eine Idee. Er klaut Anges Rasierer aus dem Badezimmer und versteckt sich mit seinem treuen Kumpan Napoléon in einem alten Schafstall, damit niemand sie überrascht. Er hat noch keinen Bartwuchs, er benutzt den Rasierer zum ersten Mal.

»Sei vorsichtig, okay?«

»Mein Onkel ist Barbier, ich hab das im Blut«, erwidert Napoléon zuversichtlich.

Das Talent des Onkels ist anscheinend nicht erblich. Der Junge kehrt zwar ohne Haare nach Hause zurück, aber die weiße Kopfhaut ist mit Schnittwunden und getrocknetem Blut übersät. Es tut nicht weh, es sieht nur mitleiderregend und bemerkenswert hässlich aus. Als er den Rasierer säubern wollte, hat er sich sogar noch die Fingerkuppen aufgeschlitzt. Das hat vielleicht geblutet!

»Was hast du jetzt wieder angestellt, um Aufmerksamkeit zu kriegen?«, schreit der Pirat wutentbrannt. »Bravo! Du hast es geschafft, deiner Mutter ihren Ehrentag zu vermiesen. Hast du dich mal angeschaut? Ab in dein Zimmer mit dir!«

Er umarmt seine Frau, wirft Petru einen liebevollen Blick zu.

»Wenn du größer bist, bastelst du uns bestimmt wunderschöne Nudelketten«, flüstert er.

Der vor kurzem noch rothaarige Junge streicht sich über den glatten Kopf. Er wollte nicht mehr aussehen wie sein Vater, seine Maman nicht länger an den schlimmsten Tag ihres Lebens erinnern. Das war sein Muttertagsgeschenk. Er war sich so sicher gewesen, dass es ihr gefallen würde.

NIZZA

Der gewaltige Schlossberg, auf dem der christliche und der jüdische Friedhof liegen, überragt die gesamte Stadt. Die Bäume verbergen die Gräber von unten, man muss hinauf, um die Toten zu grüßen. Ich erklimme die Steigung während Gilonnes Mittagsschlaf, als es am heißesten ist, schaue auf den Plan und suche die Gruft der de Kerjeants. Sie sind alle da, Graf Jocelyn und seine Frau, ihr Sohn Bernard, ihr Enkelsohn Côme. Drei Generationen. Dort steht es, klar, präzise, konkret. Kein Zweifel mehr. Côme Solericci ist vor zwei Jahren gestorben. Auf seinem Grabstein liegen statt verwelkten Blumen Kiesel. Wofür stehen sie? Gebete?

Dieser Friedhof ist ganz anders als unserer auf Groix mit seinem imposanten Ehrenmal für die auf See verschollenen Fischer und der Statue davor von einer Witwe mit ihrem Kind. Ein alter Herr winkt mich zu sich.

»Wissen Sie, warum der Friedhofswärter ein wichtiger Mann ist, Mademoiselle?«

»Nein, Monsieur.«

»Weil er so viele Leute unter sich hat«, erklärt er lachend.

Zurück im Cercle sage ich Gilonne, wo ich war. Sie erzählt mir liebevoll von ihren Eltern, ihrem großen Bruder und zum ersten Mal auch von ihrem Freund David, einem bedeutenden Klezmerviolinisten. Er kam einmal im Jahr aus

Israel hierher, um am Grab seiner Schwester Sarah zu beten, und legte immer einen Kiesel auf ihrem Grabstein nieder. Gilonne holte ihn vom Flughafen ab und fuhr ihn zum Friedhof. Anschließend verbrachten sie den Tag zusammen. Vor drei Jahren ist er gestorben.

»Bringen Sie manchmal Blumen ans Grab Ihrer Familie?«, frage ich.

»Seit Davids Tod nicht mehr. Klezmermusik ist sehr emotional. Wenn er mit seiner Violine für Sarah gespielt hat, haben ihm alle Lebenden gelauscht, und die Toten haben getanzt, da bin ich mir sicher.«

David ist vor Côme gestorben, also sind die Kieselsteine auf seinem Grabstein, die wie Töne auf einem Notenblatt angeordnet sind, nicht von Gilonne. Als sie beim Abendessen im Restaurant sitzt, mache ich mich im Internet über Klezmermusik schlau und höre mir die Lieder des Violinisten Itzhak Perlman vom Album *In the Fiddler's House* an. Perlman ist besonders für seine Interpretation von Paganinis *24 Capricci für Violine* bekannt. Den Namen des Komponisten tragen auch Irène und ihr kleiner Sohn, der eigentlich anders heißen sollte.

JUAN-LES-PINS

Ich suche nach einer logischen Erklärung. Clovis war nie zum Essen bei Bertrand. Hat er mich angelogen, weil er ohne mich keine Lust hat, zu unseren Freunden zu gehen? Weil er jeden Tag in der Crêperie zu Abend isst? Weil er sich nur von Bier und Tiefkühlpizza ernährt? Heute Morgen hat er mir das Cover eines Kochmagazins mit meinem Lieblingsnachtisch darauf geschickt, Windbeutel mit Crème Chantilly. Wahrscheinlich, um mir das Heimkommen schmackhaft zu machen. Aber ich bin noch nicht bereit, die Fähre zurück zur Insel zu besteigen.

Ich singe leise das Ende eines Chansons von Gilles Servat: *Ich sehe Groix und muss dann fort, das böse Schiff nimmt mich an Bord, mein Herz zerreißt, denn es bleibt dort.*

Ich rufe Clovis an. Er hebt ab.

»Irène hätte beinahe ein Riesenchaos ausgelöst, und Gilonnes Sohn liegt auf dem Friedhof in Nizza begraben. Ich muss dir so viel erzählen.«

»Im Moment ist es schlecht, Kim … Ich kann gerade nicht.«

»Okay, vergiss es. Einen schönen Abend.«

»Bitte sei nicht sauer, ich ruf dich zurück, sobald –«

»Sobald du kannst, kein Problem.«

Mutlos und enttäuscht lege ich auf. Was hatte ich mir vorgestellt? Dass er am Webstuhl auf mich wartet wie Penelope auf Odysseus? Clovis ist nicht besser als mein Vater, und ich bin eine Idiotin. Ich wollte es nicht glauben, aber ich muss der Realität endlich ins Auge sehen. Mit wem trifft er sich jeden Abend, wenn er keine Zeit hat, mit mir zu telefonieren? Auf der Insel wimmelt es vor hübschen Groixerinnen, da hat er die Qual der Wahl, ganz zu schweigen von den Seglerinnen und Touristinnen. Pâté Gangster, die langsam zutraulicher wird, springt auf meinen Schoß. Ich habe noch immer keine Antwort auf die Frage, die mich hergeführt hat. In dieser Winzwohnung fällt mir die Decke auf den Kopf. Ich beschließe, dem falschen Côme die Pistole auf die Brust zu setzen. Um Clovis werde ich mich danach kümmern.

Ich gehe an den Strand. Côme hebt ab. Er hat meinen Namen auf dem Display gelesen und klingt beunruhigt.

»Kim? Ist alles in Ordnung?«

»Irène hat eine Anzeige in die Zeitung gesetzt.«

»Ich habe Ihnen doch gesagt, dass das ein schwieriges Thema für mich ist.«

»Weil sie um Sie trauert.«

»Wir haben uns getrennt, es ist aus und vorbei«, sagt er schroff.

»Sie sind tot, also ist es zwangsläufig aus und vorbei.«

»Mache ich auf Sie einen toten Eindruck? Vertrauen Sie einer Fremden eher als mir? Sie haben ja keine Ahnung, wozu eine gekränkte Frau fähig sein kann …«

»Ich habe Ihnen gestern einen Besuch abgestattet.«

»Sie waren in Menton? Hätten Sie doch angerufen.«

»Nein. Auf dem Friedhof in Nizza.«

Stille.

»Ich verstehe nicht ganz«, stammelt er.

»Sie sind ein Betrüger. Sie heißen gar nicht Côme.«

Er atmet geräuschvoll aus. Er wusste, dass dieser Moment irgendwann kommen würde.

»Nein. Ich heiße Jean-Côme.«

»Sie sind nicht Gilonnes Sohn.«

»Ich wäre es gern.«

»Das kann ich mir vorstellen!«

»Nicht wegen des Geldes. Ohne Liebe zu leben, ist der einzig wirkliche Betrug.«

»Wollen Sie mich verarschen? Glauben Sie echt, dass ich Ihnen das abkaufe?«

»Im Leben geht es nicht nur um Geld. Lassen Sie uns in Frieden. Ich werde jemand anderen suchen, der sich um meine Mutter kümmert. Ziehen Sie sie da nicht mit rein.«

»Sie zocken sie ab!«

Er brüllt los: »Was wollen Sie? Mich erpressen, sich die Taschen füllen? Passen Sie bloß auf, sonst behaupte ich, Sie hätten ihren Schmuck geklaut. Ich kann ziemlich böse werden, wenn man mich angreift.«

»Ich greife Sie nicht an, ich versuche eine alte, verletzliche Frau zu beschützen.«

»Verschwinden Sie auf Ihre Insel und halten Sie die Klappe, das ist zu Ihrem eigenen Besten. Ich liebe meine Mutter aus tiefstem Herzen, Kim. Wenn ich jetzt losfahre, bin ich in einer Stunde in Juan. Wir müssen reden. Wir können uns treffen, wo Sie mögen.«

Ich gebe ihm die Adresse der Bar unten in Cathys Haus. Seine Drohungen jagen mir keine Angst ein. Im Jahr 1696 sind unter Lord Berkeley englische Schiffe auf Groix gelandet, in der Bucht vor Locmaria. Die Männer der Insel waren alle auf See, nur die Frauen, die Kinder, die Alten und der Rektor der Gemeinde waren da und haben sich versteckt. Die Engländer haben alle Vorräte gestohlen, das Vieh getötet, die Achillessehnen der armen Pferde durchtrennt, bevor sie wieder auf ihre Schiffe stiegen und sich zum Auslaufen bereitmachten. Plötzlich erhob sich ein Sturm, die englischen Schiffe kenterten, viele Soldaten ertranken. Diejenigen, die sich an Land retten konnten, wurden von den Groixerinnen niedergemetzelt. Wir können uns verteidigen.

Ich dachte, er würde lügen, wütend werden, alles abstreiten. Was will er mir anbieten? Seine Komplizin zu werden? Wie ich es auch drehe und wende, am Ende stehe ich immer vor demselben Dilemma: Wenn ich ihn auffliegen lasse, bleibt Gilonne allein zurück, ohne eine Schulter zum Anlehnen, den Fannys oder Chantals dieser Welt ausgeliefert. Wenn ich schweige, wird sie womöglich in den Ruin gestürzt. Ihr Leben ist ein fragiler Notbau, errichtet auf den Trümmern eines Erdbebens. Ein Fußtritt, und es kracht in sich zusammen und begräbt sie unter sich.

Am Strand begegnen mir Liebespaare, die sich küssen, Familien, die sich streiten, Typen auf Frauenfang und Mädchencliquen, die sich amüsieren. Die Abende im Süden sind lau. Hier kühlt die Liebe bestimmt nicht so schnell ab. Das Licht ist satt und rosafarben. Auf Groix ist es blau und grün. Die Leute trinken Rosé aus der Provence. Clovis mag keinen Rosé. Plötzlich kommt eine SMS von ihm. Ich versuche mich zu beruhigen. Es gibt sicher eine Erklärung dafür, warum er nie Zeit hat. Durch meine Abwesenheit hat er doppelt so viel Arbeit. Vielleicht macht er abends später zu und will es mir aus Taktgefühl nicht verraten. Ich war zu hart zu ihm. Ich beuge mich über mein Handy und lese: »Kim darf nichts davon erfahren. Bis sie zurückkommt, können wir uns jeden Abend treffen, ich kümmere mich um Decken und Kissen.«

Ein eiskalter Schauder läuft mir über den Rücken. Die Welt vor meinen Augen verschwimmt, der Strand unter meinen Füßen tut sich auf, ich ertrinke, obwohl kein Motorrad mich einklemmt. Die Nachricht war nicht für mich bestimmt. Der Idiot hat sich vertippt. Er hat zu große Hände, seine Finger rutschen immer auf die falschen Tasten.

Nicht mit mir kann er sich jeden Abend treffen. Nicht für mich bringt er Decken und Kissen mit. Clovis, mein Fels, meine Insel, mein Herz, jetzt lässt du mich auch noch im Stich? Ich will ihn anschreien, ihm tausend Beleidigungen an den Kopf werfen, mich zusammenrollen und weinen. Mein Fels stürzt um wie ein Menhir, unter dem ein Kaninchen seinen Bau gegraben hat. Mein innerster Schutzwall, meine letzte Bastion. *Ja, wo ist es, das Glück, sag mir wo*. Nicht bei mir. *Ihr Kummer betrübt mich, doch ich kann Ihnen nicht helfen, Madame*. Ich kann Gilonne nicht helfen. Ich konnte der Katze nicht helfen. Mit Groix habe ich den Garten Eden verlassen. Ich brülle in Richtung der offenen See: »Wo ist er, mein Platz, sag mir wo?« Ein beschwipster Obdachloser und eine Lachmöwe prusten los.

Ich balle die Fäuste. Ich brauche Alkohol. Ich bin wie auf Entzug, ich vermisse Clovis, den Rausch unserer Liebkosungen, die trunkenen Abende, die erschreckende Zartheit unserer erschöpften Körper. Ich setze mich in die Bar, bestelle einen Irish Coffee. Das ist meine kleine Schwäche, die perfekte Metapher für eine Insel, Kaffee für die Erde, Whisky für den Himmel, Sahne für das Meer. Beim ersten brüte ich über Clovis' Verrat nach. Mir ist, als würde sich meine Haut ablösen, als würde ich in Stücke gerissen. Beim zweiten gebe ich mir selbst die Schuld für alles. Ich hätte ihn nie alleinlassen dürfen, ich habe es herausgefordert. Beim dritten erinnere ich mich zu spät daran, dass ich keinen Alkohol trinken darf.

Als Côme – nein, *Jean*-Côme – die Bar betritt, schwankt alles, und ich schaffe es nicht, von meinem Barhocker zu klettern. Ich fühle mich, als würde ich bei Windstärke elf auf Groix zusteuern, durch haushohe Wellen und schäumende Täler. Er mustert die drei leeren Gläser vor mir und meine bestimmt algenähnliche Gesichtsfarbe.

»Können Sie noch laufen?«

»Fffür wen halt'n Sie mich?«, lalle ich. »Ups!«

Er fängt mich auf, bevor ich mich langlege.

»Hat sie schon bezahlt? Ich übernehme die Rechnung.«

Er reicht dem Bartender seine Kreditkarte, die vom gleichen Blauton ist wie der verdammte Totenschein der Katze.

»Ich will keine Almmm… keine Almosss… ich kann selbst … Hui!«

Ich stolpere. Er stützt mich. Ich habe ganz schön Schlagseite, wie man auf Groix sagt.

»Ich muss kotzen.«

»Nicht hier! Kommen Sie mit.«

Danach weiß ich nichts mehr. Irgendwie bin ich plötzlich am Strand. Mir ist weniger schlecht und schwindelig, und der Riesenstein ist aus meinem Magen verschwunden. Die Nachtluft tut mir gut. Trotzdem zittere ich, weil ich alles verloren habe. Genau wie Gilonne habe ich keine Familie mehr, keinen Partner. Ich hab's vermasselt. Ich hätte gleich mit Clovis reden müssen, ihm mein süßes Geheimnis verraten, bevor ich abgereist bin. Jetzt ist es zu spät.

»Wollen wir uns duzen?«, fragt Jean-Côme.

»Wenn Sie … wenn du willst.«

Er hat mir seine Lederjacke über die Schultern gelegt.

Mir fällt auf, dass ich ihn zum ersten Mal in Jeans und Pulli sehe.

»Gehst du gern ins Kino, Kim?«

Ich nicke. Sofort klingeln mir die Ohren, und mein Kopf dröhnt.

»Fühlst du dich fit genug für einen amerikanischen Film?«

»Ich würde lieber an der frischen Luft bleiben, mir dreht sich immer noch alles.«

»Ich hatte nicht vor, dich in einen geschlossenen Saal zu sperren, ich wollte mit dir einen Kultfilm unter dem Sternenhimmel schauen, dem schönsten aller Dächer.«

Ich ziehe eine Grimasse, als ich an die schwebenden Nester auf Groix denke. Ich will einen vierten Irish Coffee trinken und mich ins Meer stürzen.

»Ich hab noch Durst.«

»Die Bar hat zu, es ist drei Uhr früh.«

Ich drehe mich um, fest davon überzeugt, dass er lügt. Er sagt die Wahrheit.

»Als ich vor zehn Jahren an die Côte d'Azur gezogen bin, kannte ich niemanden hier. Ich habe für eine Filmproduktionsfirma gearbeitet, von zu Hause aus, mich nachts um ihre IT gekümmert. Danach habe ich ein bisschen geschlafen und meine Tage in einem Programmkino verbracht, um meinen Rückstand in Sachen Kultur aufzuholen. Der Film, den ich dir gleich zeige, ist ein Meisterwerk aus dem Jahr 1971. Er erzählt die Geschichte eines Zwanzigjährigen, der einen Selbstmordversuch vortäuscht, und einer alten Dame, die das Konzentrationslager überlebt hat und leidenschaftlich gern auf Beerdigungen geht.«

Ich brumme: »Na, das klingt ja nach Spaß.«

»Sie lernen sich bei der Beerdigung eines Fremden kennen und klauen ein Auto, um einen Baum zu retten. Sie wohnt in einem Eisenbahnwaggon und zeigt ihm, dass das Leben bunt und voller Musik ist.«

»Du solltest sie mir vorstellen, damit ich ihr sagen kann, dass sie sich irrt.«

»Er verliebt sich in sie, aber sie bringt sich an ihrem achtzigsten Geburtstag mit Schlaftabletten um.«

»Genau wie meine Großmutter mit vierundsiebzig«, schnaube ich.

Seine Augen weiten sich.

»Das Ende verrate ich dir nicht. Die Musik von Cat Stevens ist genial.«

»Ich bin hundemüde.«

»Du bist am Leben. Guck dir *Harold und Maude* an, und ich erkläre dir, warum ich kein Betrüger bin.«

Während des Films dämmere ich immer wieder weg, den Kopf an der Schulter des Hochstaplers. Irgendwann merke ich, dass ich allein dasitze. Der falsche Côme ist aufgestanden, dreht sich im Dunkeln mit nackten Füßen um sich selbst wie ein Derwisch und brüllt: *If you want to be me, be me, and if you want to be you, be you! You can do what you want!*

Ich rapple mich fröstelnd auf.

»Du hast geschnarcht«, sagt er.

»Clovis betrügt mich. Meine Großmutter hat Selbstmord begangen.«

»Mein Vater hat versucht, meine Mutter zu erschießen.«

»Was?«

Er nimmt meine Hand.

»Eigentlich heiße ich Jean-Côme Ballarain. In Afrika hat man mich Kom genannt, in der Champagne JC, in der Pariser Vorstadt bei meinen Großeltern Côme und auf Korsika Ghjuvan. Im Film verlieben Harold und Maude sich ineinander. In der Realität hat Gilonne einen Sohn gebraucht und ich eine Mutter. Wie die Heldin im Film hat sie Farbe in mein Leben gebracht. Ich bin durch sie wiedergeboren, ein neuer Mensch. Sie ist durch mich aufgelebt. Komm, gehen wir ein bisschen spazieren.«

Ich folge ihm durch den Sand. Und er erzählt mir alles, bis die Sonne aufgeht.

JEAN-CÔME
Ein Jahr früher

Ich erinnere mich an den Tag, als wäre es gestern gewesen. Vor zwölf Monaten wurde ich neu geboren, vor einem großen weißen iMac. Seine Besitzerin hatte meine Nummer von Marguerite, einer ihrer Freundinnen, der ich einen Einführungskurs in die EDV gegeben hatte. Sie hatte mich am Vorabend angerufen.

»Monsieur Ballarain, kommen Sie auch ins Haus für Ihre Computerkurse?«

»EDV-Kurse, ja.«

»Dann wäre ich interessiert. Ich bin keine absolute Anfängerin, ich kann E-Mails versenden und empfangen, aber ich möchte meine Kiste gern noch besser nutzen lernen.«

»Kein Problem, ich bringe es Ihnen bei.«

Ich bin mit dem Roller hingefahren und habe an der Tür ihrer Villa über den Dächern von Nizza geklingelt. Ich fand sie gleich auf Anhieb attraktiv. Rothaarig wie ich und unglaublich stilvoll. Im Salon stand ein Foto von ihr aus jüngeren Tagen, sie war eine strahlende Schönheit. Vom Alter her hätte sie meine Mutter sein können, aber in meiner Familie sieht eine Mutter anders aus. Eine Mutter ist eine Frau mit scharfen Zügen, stumpfen Augen, einem in Puzzlestücke gerissenen Bauch. Eine Frau, die früher einmal fröhlich und verliebt war, bevor sie zur Zielscheibe des

Hasses, der Eifersucht und der Kugeln einer Pistole wurde. Eine Mutter liegt monatelang im Krankenhaus, wo man ihren aufgeplatzten Unterleib, ihren durchlöcherten Darm, ihre zerfetzte Gebärmutter behandelt. Und ein Vater sitzt im Gefängnis, bis er eines Tages entlassen wird, völlig verloren, orientierungslos, zerbrochen, ohne Halt. Er heiratet eine narbenlose Frau mit unversehrten Organen, bekommt noch zwei Söhne, aber die Narben in seinem Herzen wird er nicht los, sie ziepen, sie wuchern, sie heilen nie. Ein Vater glaubt, dass er alles wiedergutmachen kann, wenn er als Held stirbt, weil er während eines Erdbebens in Nepal fremde Kinder aus einem eingestürzten Haus rettet. Ein Held zu sein ist toll, nachdem man so lange ein Mistkerl war, es löst nur nichts. Ich bin nicht zu seiner Beerdigung gegangen. Ich dachte, diese heldenhafte Verweigerung würde mich zum Mann machen, aber sie hat bloß noch mehr Reue in mir geweckt. Sie waren keine guten Eltern, ich bin kein guter Sohn. Ich bin jemand, der die Identität eines Toten stiehlt, um seine kaputte Mutter und seinen schießwütigen Vater vergessen zu können. Eine Familie bedeutet für mich Blut, Tränen, Schmerz, Verletzungen, Abgründe.

»Wir fangen mit den Basics an«, habe ich zu meiner neuen Kundin gesagt. »Wie lautet Ihre E-Mail-Adresse?«

»gdkerjeant@gmail.com. Wissen Sie, ich war dreimal verheiratet und hatte vier verschiedene Nachnamen, den meiner Eltern und die meiner drei Ehemänner. Das war zu viel, also habe ich meinen Mädchennamen wieder angenommen.«

»Meine ist come.ballarain@gmail.com, ohne Zirkumflex.«

»Sie heißen Côme?«, fragte sie mit seltsamer Stimme.

»Eigentlich Jean-Côme, aber das Jean habe ich irgendwann weggelassen.«

Ihr war alle Farbe aus dem Gesicht gewichen, und sie schwankte. Ich stützte sie. Sie war so dünn, dass es sich anfühlte, als würde man einen Sack Knochen halten.

»Geht es Ihnen nicht gut?«

»Es hat mich nur überrascht. Genau wie Ihre Haarfarbe«, murmelte sie, bleich wie die Kreidefelsen in der Champagne.

Ich bekam Panik. Was sollte ich tun, wenn sie mir plötzlich wegstarb? Mein Blick wanderte durchs Zimmer. Die alten Gemälde waren bestimmt ordentlich was wert. In einer Kristallschale lagen eine goldene Armbanduhr und ein Ring mit einem großen Rubin. Die Schränke waren wahrscheinlich randvoll mit Tafelsilber. Und alte Leute bewahrten auch immer Bargeld in ihren vier Wänden auf. Ich hätte nur die Hand ausstrecken und irgendwas einstecken müssen. Niemand wusste, dass ich hier war. Was hatte ich berührt? Die Computertastatur. Die Stuhllehne. Ich könnte meine Fingerabdrücke einfach abwischen. Ich half ihr, sich zu setzen. Mir war wirklich nicht besonders wohl bei der Sache. Sie war totenblass. Am liebsten wäre ich weggerannt, hätte sie feige im Stich gelassen. Immerhin hätte ich im Gefängnis landen können, obwohl ich gar nichts verbrochen hatte. Im Gefängnis, so wie mein Vater. Der Apfel fällt nicht weit vom Stamm. Egal wie sehr ich ihn verleugnete, jede Ähnlichkeit von mir wies, sein Blut floss in meinen Adern. Ich verabscheue Waffen. Ich fasse nicht einmal die Luftgewehre auf dem Jahrmarkt an. Ich hasste meinen Vater für das, was er getan hat, und meine Mutter, weil sie ihn dazu getrieben hat. Und mit einem Mal hasste ich auch diese Fremde vor mir, die in Ohnmacht fiel, während ich dringend Kohle brauchte. Verdammte Scheiße, wenn man kurz vorm Abkratzen ist, frischt man nicht noch seine EDV-Kenntnisse auf!

»Machen Sie sich keine Sorgen, Côme«, flüsterte sie rau. »Ich darf Sie doch beim Vornamen nennen, oder?«

Ich nickte. Ihre Haut war so durchscheinend, als hätte sie sich aufgelöst, als säße ein Skelett neben mir, das jeden Moment zerbrechen, auseinanderfallen, zu meinen Füßen zu Staub zerbröseln könnte.

»Ich rufe einen Krankenwagen.« Ich griff nach meinem Handy.

Sie packte mich mit ihren knochigen Fingern am Arm.

»Ich verbiete es Ihnen, Côme. Ich bin mopsfidel.«

Der Ausdruck hätte mich belustigt, wäre ihr Gesicht nicht so blutleer gewesen.

»Ich habe hin und wieder Schwächeanfälle, aber die dauern nie lange«, erklärte sie.

Auf einmal fing es draußen an zu schütten, als hätte der Himmel seine Schleusen geöffnet. Der üppige Garten verwandelte sich in einen Dschungel, der Swimmingpool in einen Springbrunnen. Die Tropfen prasselten gegen die Fensterscheiben. Der Regen schien meine Kundin wieder munter zu machen. Sie richtete sich auf, ihre Wangen bekamen Farbe, ihre Schultern strafften sich, und die orange geschminkten Lippen verzogen sich zu einem Lächeln.

»*It's raining cats and dogs*«, rief sie.

Sie war wie ausgewechselt.

»Sie haben ein Haustier?« Ich schaute mich besorgt nach einem Wachhund um, der sein Frauchen beschützt.

Sie schüttelte glucksend den Kopf.

»Nein, wie komisch! Kennen Sie den englischen Ausdruck nicht? Es regnet Katzen und Hunde, das heißt, es regnet in Strömen.«

»Mein Englisch ist mehr schlecht als recht«, brummte ich.

»Das ist aber unpraktisch für einen Informatiker, oder?«

Beleidigt gab ich zurück: »Wenigstens brauche ich keine Nachhilfe, um meinen Computer zu bedienen.«

Statt mich hochkant rauszuschmeißen, sagte sie anerkennend: »Sie sind schlagfertig. Ich mag Menschen, die kein Blatt vor den Mund nehmen. Unterwürfigkeit kann ich nicht leiden. Seien Sie niemals unterwürfig, Côme, versprechen Sie es mir!«

In ihrer Stimme lag so viel Inbrunst, dass ich schon dachte, sie würde gleich losheulen. Diese Frau war entweder eine hervorragende Schauspielerin oder vollkommen übergeschnappt. Ich versprach es ihr. Ihr Gesicht entspannte sich. Ich versuchte, das Gespräch auf eine professionelle Ebene zurückzulenken.

»Wie halten Sie Kontakt zu Ihren Kindern und Enkelkindern? Benutzen Sie Skype?«

»Ich habe niemanden mehr. Selbst mein treuer Butler hat mich verlassen. Ich habe nur noch Sie, Côme. Dank Ihres Unterrichts werde ich haufenweise virtuelle Freunde finden«, verkündete sie mit gezwungener Fröhlichkeit.

»Haben Sie denn keine realen Freunde?«

»Die sind alle alt und stehen schon mit einem Bein im Grab. Ich habe noch Zeit, ich will tanzen, trinken, mich amüsieren. Mögen Sie Champagner? Holen Sie zwei Schalen aus dem Schrank da.«

Dafür war ich nicht hier. Hielt sie mich für einen Gigolo? Da hatte sie sich gehörig geschnitten.

»Sie haben da wohl was missverstanden«, sagte ich schroff.

Sie sah mich mit großen Augen an, wie ein Kind, dem man sein Spielzeug weggenommen hatte. Für den Ehefrieden anderer war sie früher bestimmt nicht gerade förderlich gewesen.

»Wir müssen auf unsere Vereinbarung anstoßen. Bitte schlagen Sie mir diese kleine Freude nicht aus, mir ist doch sonst nichts mehr geblieben. Machen Sie den Schrank auf, holen Sie zwei von den Pomponnettes aus dem mittleren Fach.«

Zwei von den was? Beim Anblick der unzähligen unterschiedlichen Gläser riss ich die Augen auf.

»Die umgedrehten ohne Fuß.«

Vorsichtig nahm ich eins in die Hand. Es war so dünn, dass ich fürchtete, es könnte jede Sekunde zerspringen.

»Sie sind mit dem Wappen meiner Familie graviert. Mein Vater hat immer behauptet, die erste Pomponnette sei von der Brust der Marquise de Pompadour abgeformt. Er habe damit seine Braut ausgewählt, wie der Prinz in Aschenputtel mit dem Glasschuh. Das war meiner Mutter schrecklich unangenehm, aber er fing jedes Mal damit an. Die Männer schielten auf ihre Bluse, sie wurde scharlachrot, mein Vater lachte, und der Champagner floss in Strömen. Ich habe eine Flasche im Kühlschrank, würden Sie sie mir bringen?«

Ich fügte mich und überlegte im Stillen, wie ich aus der Sache bloß wieder rauskäme. Der Kühlschrank war nicht mehr der Jüngste, das Licht funktionierte nicht, und ich hatte das eigenartige Gefühl, dass seine Tür sich gegen mich wehrte. Die ganze Hütte war riesig, die Möbel waren mindestens so alt wie ihre Besitzerin, und der große Spiegel im Salon hatte blinde Flecken. Ich stellte die Flasche vor sie hin und reichte ihr das seltsame Glas.

»Nehmen Sie sich auch eins, allein zu trinken ist unhöflich.«

»Ich muss noch fahren, ich bin mit dem Roller da.«

»Seien Sie ein Gentleman, junger Mann, damit fahren Sie am besten«, sagte sie mit flehendem Blick.

Also gab ich nach. Ein Glas – beziehungsweise eine Pompo-Irgendwas –, dann würde ich mich vom Acker machen. Diese Frau war mir unheimlich. Sie breitete die Hände aus, offenbarte ihre arthritischen Finger.

»Ich bekomme keine Flasche mehr auf, es ist eine wahre Tantalusqual. Somit bleibt Ihnen die Ehre überlassen. Der Reiz einer Pomponnette liegt darin, dass sie keinen Fuß hat. Man muss alles gleich austrinken, so wird der Champagner nicht warm. Trinken wir auf Marguerite, wo auch immer sie sein mag.«

Ich hob mein Glas. Meiner neuen Kundin fehlte es offensichtlich nicht an Mitteln, deshalb beschloss ich, meine Stundenpreise entsprechend anzupassen. Ich kam mir vor wie ein moderner Robin Hood. Was hatte ich noch mal von ihrer Freundin verlangt? Ich dachte an die große, kluge Witwe zurück, deren Sohn und Enkelkinder in Japan lebten. Sie hat ihre Computerkenntnisse verbessern wollen, um einfacher mit ihnen Kontakt halten zu können.

»Auf Marguerite. Wie geht es ihr eigentlich?«

Madame de Kerjeants Blick wurde starr, ihr Arm versteifte sich, sie verschüttete ein wenig Champagner.

»Wissen Sie es noch gar nicht?«

»Was?«

»Marguerite hat Selbstmord begangen nach ihrer Parkinsondiagnose. In Frankreich hatte sie niemanden, der sich um sie kümmern konnte, und ihrem Sohn in Tokyo wollte sie sich nicht aufbürden. Also hat sie sich ein Zimmer in einem Luxushotel in Cannes gemietet, ein erlesenes Abendessen bestellt, das ›Bitte nicht stören‹-Schild an die Tür gehängt und geschluckt, was nötig war. Das Zimmermädchen hat sie am nächsten Morgen gefunden.«

»Wie schrecklich!«

»Wie stilvoll, meinen Sie wohl. Trinken wir auf sie.«

Ich folgte ihrem Beispiel. Sie leerte ihr Glas und stellte es umgedreht ab.

»Ich stand früher einmal einem anderen Côme sehr nahe. Deshalb hat mich Ihr Vorname aus der Bahn geworfen. Sehen wir uns morgen wieder? Um vier Uhr? Nennen Sie mir Ihren Preis. Mein Bruder hat die Liga der glücklichen Rothaarigen gegründet. Ich könnte Sie als neues Mitglied vorschlagen.«

»Wozu verpflichtet mich das?«, fragte ich misstrauisch.

»Zu nichts. Zu allem. Wir Rotschöpfe verstehen einander. Sie werden eine schöne Stange Geld verdienen, ich bin ein echter Glücksfall für Sie. Ich werde die Königin des Internetzes.«

»Des Internets.«

»Sie kommen doch morgen, oder? Dann gebe ich Ihnen auch Ihre Mitgliedskarte für die Liga.«

»Wie viele sind Sie überhaupt?«

»Bernard war die Nummer eins. Ich bin die Nummer zwei. Der Côme, von dem ich Ihnen erzählt habe, war die Nummer drei. Sie werden die Nummer vier.«

Damit erhob sie sich und signalisierte mir, dass ich entlassen war.

In jener Nacht konnte ich nicht schlafen. Ich war traurig wegen Marguerite, aber froh für meinen Geldbeutel. Diese Frau war seltsam, aber ich brauchte Bares.

So fing ich also an, ihr Unterricht zu geben. Sie kapierte schnell, stellte kluge Fragen. Sie hatte leichte Probleme mit den Tasten wegen ihrer arthritischen Finger, aber sie saugte alles auf. Manchmal machte sie unpassende Bemerkungen. Sie bat mich, Klavier für sie zu spielen, als wäre es völlig selbstverständlich, dass ich Musiker bin, schickte mich ins Schlafzimmer, um einen Pulli für sie zu holen – den sie als Seelenwärmer bezeichnete –, obwohl ich mich im Haus nicht auskannte. Einmal nannte sie mich »mein Schatz«, ich sagte ihr, dass mir das unangenehm sei, sie ließ es bleiben. Ein andermal erkundigte sie sich nach Irène, ich erwiderte, dass ich keine Irène kenne, sie wechselte das Thema. Als ich ihr verriet, dass ich Single bin, freute sie sich. Eines Abends sprang mein Roller nicht mehr an. Draußen war es schon dunkel. Sie bot mir an, bei ihr zu übernachten und am nächsten Tag den Mechaniker anzurufen. Ich dachte: »Was soll schon passieren?«, schloss aber trotzdem die Zimmertür ab. Wie erwartet, passierte nichts, außer dass ich wie ein Stein schlief.

In der darauffolgenden Woche tranken wir zu viel, und sie erneuerte ihre Einladung. Da ich nicht mehr in der Lage war zu fahren, nahm ich an. Ohne es zu merken, balancierte ich bereits auf dem Drahtseil.

Ich gewöhnte mir an, sie dreimal die Woche zu besuchen, nach dem Unterricht mit ihr zu Abend zu essen und über Nacht zu bleiben. Sie erzählte mir von ihrer Kindheit, ihrem Bruder, ihren Ehemännern, ihrem Butler, den sie sehr vermisste, aber nie von ihrem Sohn. Es hatte irgendeinen Bruch gegeben, so viel war klar. Sie wollte ihre Freunde von früher ganz offensichtlich nicht mehr sehen. Sie ließ das Telefon läuten, die Post stapelte sich in der Garderobe, es kümmerte sie nicht. Auch ihre E-Mails öffnete sie nicht, aber sie surfte im Netz, hörte Musik, schaute zu tief ins Glas. Sie war lustig, spritzig, wunderlich, einfach anders. Sie sprach mit ihrem Spiegel, dem alten Kühlschrank, den Blumen im Garten. Sie beleidigte sogar den Swimmingpool.

Da ich ihre IP-Adresse und ihre Passwörter hatte, konnte ich von zu Hause in Menton aus auf ihren PC zugreifen. Ich wollte ihr helfen. Aus ihren Mails erfuhr ich, dass ihr Sohn, Côme Solericci tot war. Ich las die heftigen Wortwechsel, Gilonnes bittere Beschwerden bei ihren Freundinnen. Einmal hatte sie ihm geschrieben, wenn er seine Partnerin heirate, sei er für sie gestorben. Das erinnerte mich so sehr an meine eigene Geschichte. Für ihre Liebe war es zu spät. Sie hatten sich nicht aus der Reuse befreien können, in die die Stürme des Schicksals sie mit ihren reißenden Wellen gedrückt hatten. Genau wie meine Mutter und ich.

*

Sechs Monate später beschloss sie, ihr Anwesen zu verkaufen. Der Geist ihres Sohns ließ sich nicht vertreiben, und es war ohnehin viel zu groß für eine alleinstehende Frau. Ich unterstützte sie bei der Wohnungssuche. Sie wollte Nizza verlassen, aber in der Region bleiben. Wir schauten uns mehrere betreute Einrichtungen an, bevor wir auf das Cercle stießen. Kaum hatte sie die Adresse gesehen – Boulevard du Général-Vautrin –, war die Sache entschieden. Jean Vautrin war ein Kriegsheld und ein Freund ihres Vaters gewesen. Der Name versetzte sie in ihre Kindheit zurück, zu wilden Galopprennen mit ihrem Bruder und Jules durch die Gärten am Cap d'Antibes, Wettschwimmen bis zum Steg des Eden-Roc, Nattern, Kreuzottern und winzigen Skorpionen, zu nackten Füßen auf den roten Fliesen der Terrasse, der wachsamen Strenge ihres Vaters, der zerbrechlichen Schönheit ihrer Mutter, dem Feigenduft, dem Rauschen des Mistrals, dem mittäglichen Gesang der Zikaden und dem nächtlichen der Grillen während der heimlichen Ausflüge in den Olivenhain, zu Pinienkernen im Salat, großen dekorativen Blättern auf Käseplatten, stacheligen Aloen und Kakteen, giftigen Oleandersträuchern, sonnenverbrannter heller Haut, Blasen auf den Schultern, Salz auf den Armen, zu Plänen, Lachen, wunderbarer Freundschaft.

*

Am Morgen des Umzugs warf sie eine Rose in den Swimmingpool und ging, ohne sich noch einmal umzudrehen. Sie betrat das Cercle aufrecht wie eine Königin. Wir aßen gemeinsam im Speisesaal zu Mittag. Seit ich sie kannte, hatte sie mich immer gesiezt und als Jean-Côme Ballarain vorgestellt, ohne genauer auf unsere Verbindung einzugehen. An diesem Tag vor sechs Monaten allerdings duzte sie mich plötzlich und stellte mich als ihren Sohn Côme vor. Ich klappte schon den Mund auf, um sie zu verbessern, schloss ihn jedoch wieder, als ich ihrem Blick begegnete. Ich durfte sie vor der Leiterin und den anderen Bewohnern nicht kränken, lächerlich machen, ihren Schwindel aufdecken. Also schwieg ich. Aber als wir oben in ihrer Wohnung waren, wollte ich ein paar Dinge klären. Unsere Beziehung war zwar fast familiär, doch Gilonne wusste sehr gut, dass ich nicht Côme war. Sie hatte mich in eine peinliche Lage gebracht.

»Und wenn ich es gern sage? Gern glauben möchte? Wenn ich mich in der Illusion wiege, noch einen Sohn zu haben? Wo liegt das Problem? Was schadet es dir? Ist die Vorstellung, dass ich deine Mutter bin, so unerträglich? Wir haben beide rote Haare, wir sehen uns ähnlich, wir sind beide allein. Ich verlange doch wirklich nicht zu viel, diesen kleinen Dienst kannst du mir erweisen. Ich muss den Leuten hier zeigen, dass ich eine Familie habe.«

Ich habe mich gefügt. Anfangs spielte sie es nur, tröstete sich, fiel nicht auf sich selbst herein. Irgendwann bat sie mich, sie Mutter zu nennen. Ich gebe zu, dass ich Gefallen daran fand. Man gewöhnt sich unglaublich schnell an Liebe. Am Verhältnis zwischen meiner Mutter und mir konnte ich nichts mehr ändern, aber für Gilonne und Côme war noch nicht alle Hoffnung verloren, ihnen konnte ich eine zweite Chance geben, sie aussöhnen, wiedervereinen. Das habe ich versucht, mit ganzer Kraft.

Mittlerweile ist sie felsenfest davon überzeugt, dass ich ihr Sohn bin, es ist eine Tatsache für sie. Ich beschütze sie. Keine Ahnung, wo uns das am Ende hinführt. Ich unterrichte unter der Woche Informatik an einer Schule, ich liege ihr nicht auf der Tasche. Dank mir haben Gilonne und ihr Sohn sich wieder angenähert. Sie hat Frieden gefunden, ist glücklich. Ich entdecke, wie es ist, eine Mutter zu haben. Sie lernt, was es heißt, einen Sohn zu lieben. Für meine eigene Mutter war meine Ähnlichkeit mit meinem Vater ein Fluch. Gilonne betrachtet meine Ähnlichkeit mit ihr als Segen. Ich bin weder ein Hochstapler noch ein Betrüger. Manchmal tröstet uns eine Lüge mehr als die Wahrheit. Niemand sollte ohne Liebe aufwachsen oder alt werden.

JUAN-LES-PINS

Jean-Côme steigt in sein Auto, um nach Menton zurückzufahren. Ich mache mich auf den Weg zu Cathys Wohnung, wo ich Pâté Gangster füttere, dusche und einen entkoffeinierten Kaffee ohne Whisky, Zucker und Sahne trinke. Mein Kopf fühlt sich an, als würde er in einem Schraubstock stecken, ich sehe immer noch verschwommen, aber was die beiden Cômes angeht, ist alles glasklar. Mir will die Filmmusik aus *Harold und Maude* nicht aus dem Sinn: *Well, if you want to sing out, sing out! And if you want to be free, be free!* Ich hätte geschworen, dass Clovis auf mich wartet. Es war ja nicht für lange, nur einen Monat. Was soll ich jetzt tun? Jeden Tag mit ihm im Zeitungsladen stehen und jeden Abend zuschauen, wie er zu einer anderen nach Hause eilt? Wäre alles anders gekommen, wenn ich mit ihm geredet hätte, bevor ich gefahren bin? Am liebsten würde ich das indigoblaue Notizbuch in den Mülleimer werfen, aber ich reiße mich zusammen. Schreibe in die Pro-Spalte: *Harold und Maude*, einen Irish Coffee trinken. Und in die Kontra-Spalte: drei Irish Coffee trinken, glauben, dass die Liebe ewig hält.

Nun kenne ich also Jean-Cômes Geheimnis. Clovis, der Verräter, ruft an, aber ich gehe nicht ran. Bestimmt hat er seinen Schnitzer noch gar nicht bemerkt. Ich werde ihm erst einmal nichts sagen. Ich brauche Abstand.

Auf meinem Weg zum Cercle liegt eine Arztpraxis, deren Schild in der Sonne funkelt. Es ist eine Gemeinschaftspraxis mit einem Allgemeinmediziner, einem Dermatologen und einem Frauenarzt. Ich stürme hinein, kann kaum sprechen vor lauter Panik, erkläre der Dame am Empfang, dass ich unbedingt sofort zum Gynäkologen muss, nur zwei Minuten. Ja, es ist ein Notfall. Nein, ich habe keinen Termin. Nein, ich war vorher noch nie hier. Aber es ist wichtig, lebenswichtig, ich habe meinem Baby geschadet, bitte, ich flehe Sie an!

Die Sprechstundenhilfe greift zum Telefonhörer und leitet meine Bitte unter den zornigen Blicken einer Frau im Wartezimmer weiter, dann deutet sie auf eine Tür.

»Sie können durchgehen.«

»Das ist doch der Gipfel!«, meckert die Frau lauthals. »Ich habe vor über einem Monat einen Termin für meine Kontrolluntersuchung vereinbart und sitze seit einer halben Stunde hier, und diese Trulla kommt vor mir dran?«

Dr. Thierry Serfat ist ein großer Mann mit braunen Haaren und blauen Augen. Die Worte sprudeln nur so aus mir heraus, ich gestehe alles.

»Danke, dass sie mich dazwischenschieben, ich wollte ihm nicht wehtun, wirklich nicht, ich habe immer aufgepasst, seit ich es weiß, meinen Sherry in den Ficus gekippt, den Champagner Gilonne gegeben und den Aquavit dem Admiral, aber gestern Abend habe ich Mist gebaut. Mein Freund betrügt mich, er hat keine Ahnung von dem Baby, meine Großmutter ist gestorben, bevor ich es ihr erzählen konnte, ich hatte den Test noch nicht gemacht. Ich habe drei Irish Coffee getrunken und hatte ordentlich Schlagseite …«

»Langsam, langsam«, versucht er mich freundlich zu beruhigen. »Noch mal von vorn, eins nach dem anderen. Seit wann sind Sie schwanger?«

Ich beantworte seine Fragen, so gut ich kann. Er untersucht mich, klärt mich über die Risiken des Alkoholkonsums während der Schwangerschaft auf. Sagt mir, dass in den ersten Wochen jedes Trauma des Ungeborenen dem Prinzip »alles oder nichts« folgt: Entweder man hat eine Fehlgeburt, oder es passiert gar nichts. Im Nachhinein kann man nichts mehr tun, es ist zu spät. Ich breche völlig zusammen, zeige es aber nicht. Es geschieht tief in meinem Inneren, dort, wo mein Baby das Koffein, den Whisky und die Sahne abbekommt, die mein Blut bis zu ihm befördert hat.

ANTIBES

Gilonne ist allein, aber das stört sie nicht. Irgendwann wird schon jemand kommen. Solange bleibt sie liegen und wartet, die Augen zur Decke gerichtet, lässt ihre Gedanken schweifen. Es gefällt ihr nicht, wenn Kim mit den anderen Bewohnern des Cercle redet. Sie ist *ihre* Angestellte, gehört zu *ihrer* Familie. Kim ist ein Juwel. Côme ist ein phantastischer Sohn.

Rose ist nett, aber nervtötend. Ständig will sie wissen, ob Gilonne diesen Zeitungsartikel gelesen oder jene Fernsehsendung gesehen hat. Im Zweifelsfall sagt Gilonne einfach ja und lässt sie weiterplappern. Sie hat in ihrem Leben schon so viele Bücher und Zeitungen gelesen, so viele Filme und Dokumentationen gesehen, dass sich in ihrem Kopf alles vermischt. Der Admiral ist ganz Soldat und Gentleman, in Uniform sieht er bestimmt unglaublich schneidig aus. Gilonne isst gern mit ihm, aber in letzter Zeit schnappt Sidonie ihn ihr oft vor der Nase weg. Sie fängt ihn hinterlistig ab, hakt sich bei ihm ein und schleift ihn zu ihrem Tisch, als wäre er ein besonders dicker Fisch – der Fang des Jahrhunderts. Das stimmt Gilonne kurz traurig, dann vergisst sie es. Sie trifft alles nur noch oberflächlich.

Sidonie kann sich nur mühsam beherrschen, wenn Colette mit dem netten Mutter-Sohn-Gespann oder den Liebenden von Peynet lacht und Gilonne sich zu ihnen gesellt.

Sie ist von Eifersucht zerfressen. Egal wie falsch sie lächelt, ihre Augen verraten sie. Sie ähnelt dieser Cruella de Vil aus dem Disneyfilm, die sich einen Mantel aus dem Fell der kleinen Dalmatiner schneidern will. Gilonne hat den Film zusammen mit Côme gesehen. Als Kind hatte er lange Albträume davon. Sidonie hat einen gierigen Trapperblick, sie will sich einen Mantel aus dem Fell kleiner Bären schneidern, sie ist böse. Erst vor ein paar Tagen hat sie einige Bewohner des Cercle an ihren Tisch geladen. Gilonne saß direkt neben ihnen. Alle haben so getan, als würden sie sie nicht bemerken. Als Gilonne noch schlagfertig und strahlend war, hat Sidonie ihre Nähe gesucht. Jetzt meidet sie sie und auch Colette, die keinen Appetit mehr hat. Vielleicht glaubt sie, dass Appetitlosigkeit ansteckend ist und sie eine neue Garderobe braucht, wenn sie abnimmt? Anfangs war Gilonne deswegen schwer ums Herz, aber das hat sich schnell gelegt, sie hat keine Zeit mehr für solchen Unsinn. Bei Sidonies Einladungen geht es nicht ums Geld, jeder bezahlt sein Essen selbst. Es geht um Allianzen, Klüngel, Kleinlichkeit. Gilonne verkehrt lieber mit großzügigen Menschen. Die Niedertracht anderer gleitet an ihrem dicken Bärenfell ab wie Wasser.

Sie hasst es, ausgefragt zu werden. Chantal und Fanny haben ihr dauernd taktlose Fragen gestellt. In ihrem Leben gab es drei große Liebesgeschichten, Philippe, Doug und Bruno. Die Männer haben sich alle verdrückt. Gilonne weiß nicht mehr, wann Côme das letzte Mal hier war. Er fehlt ihr. Hoffentlich kommt er bald wieder. An seinem Arm in den Speisesaal des Cercle zu schreiten ist wie in eine Arena einzuziehen, eine Theaterbühne zu betreten. Sie liebt dieses Gefühl. Das Personal ist sehr aufmerksam, nur eine Bedienung ignoriert sie absichtlich. Frauen waren schon immer neidisch auf ihr Aussehen, allen voran Vivi.

Sie wollte ihr Bernard wegnehmen. Sie haben ihn beide verloren.

Eigentlich müsste Gilonne auf die Toilette, aber das ist viel zu kompliziert. Während sie noch darüber nachsinnt, vergeht der Drang. Jetzt denkt sie an Wasser. Sie hatte früher einen Swimmingpool. Als Kind hat sie am Meer gelebt. Irgendwann ist das Wasser zum Feind geworden, sie hat vergessen, warum, es ist einfach so.

Auch ihr Auto will ihr Böses. Einmal war sie mit ihrem Fiat 500 Cabrio an der Küste unterwegs und wusste nicht mehr, wo sie geparkt hatte. Sie irrte stundenlang herum, bis sie den Wagen wiederfand. Das war in Nizza. Sie hatte Sarah, Davids Schwester, auf dem Friedhof besucht, aber einen großen Bogen um das Grab ihrer Eltern und ihres Bruders gemacht. Danach mied sie den Ort ganz. Er war zu eng mit ihrer Panik über das gestohlen geglaubte Auto, die geraubte Erinnerung verbunden. Jesus hat gesagt: »Lass die Toten ihre Toten begraben.«

Das Telefon ist ebenfalls nicht mehr ihr Freund. Sie weiß nur noch eine einzige Nummer, die sie jeden Tag wählt. Die Leute am anderen Ende der Leitung tun so, als würden sie sie nicht kennen. Sie sprechen zu leise, fragen nach ihrem Namen, bitten sie, nicht mehr anzurufen. Da will sie am liebsten gleich wieder auflegen, sich in ihrer Höhle zusammenrollen und Winterschlaf halten. Kleine Bären sind verletzlich, sie brauchen Unterstützung. In der Liga der glücklichen Rothaarigen ist das kein Problem: Die Mitglieder stehen einander bei. Sie streckt die Arme in die Luft und ruft: »Helft mir, ihr Rothaarigen der Erde!«

Der Fernseher interessiert sie nicht länger. Kim hat ihr ein paar Zeitschriften auf den Nachttisch gelegt, aber sie aufzuschlagen ist zu anstrengend. Rose hat Angst vor dem

Tod, sie hat Gilonne gefragt, ob auch sie ihn fürchte. Gilonne hat den Kopf geschüttelt. Sie kennt da oben mehr Leute als hier unten, sie wird bestimmt herzlich willkommen geheißen. Sie hat Appetit auf Honig. Sie hat keine Ahnung, was sie gestern gemacht hat, kann aber noch alle Monologe aus *Love Letters* auswendig. Müsste sie überraschend auf die Bühne, käme sie mit einem Knopf im Ohr ganz gut zurecht. Immer noch im Bett, die Arme hoch erhoben, deklamiert sie: »Ich kenne Dich viel besser schriftlich als persönlich. Vielleicht habe ich deswegen dauernd über Deine Schulter geguckt. Vielleicht habe ich den Menschen gesucht, der all die Jahre in diesen Briefen war. Oder den Menschen, der NICHT in diesen Briefen war. Wir sind in diesen Briefen zwei Menschen, die wir eigentlich nicht sind. Der Grund, warum alles so falsch gelaufen ist, war vielleicht der, dass in jener Nacht im Duncan zwei Menschen gefehlt haben: nämlich das wahre Du und das wahre Ich.«

Die Fehlenden sind in Gilonnes Leben stets anwesend. Sie wandelt zwischen zwei Welten, der Gegenwart und den glücklichen Erinnerungen. *Love Letters* wurde 1990 im Petit Marigny in Paris aufgeführt, mit Anouk Aimée und Bruno Cremer. Gilonne hat Anouk für drei Tage vertreten, weil die keine Stimme mehr hatte. Diese drei Tage waren die besten ihres Lebens. Zuvor war das Stück in New York gelaufen, unter anderem mit Charlton Heston, Gena Rowlands, Ben Gazzara und Christopher Reeve. Die Handlung spielt 1937. Zwei Schauspieler sitzen nebeneinander an zwei Tischen und lesen Briefe vor. Sie schauen sich nie an, und die Spannung steigt, während die Jahre vergehen. Es gibt Missverständnisse und Zwickmühlen, Hilferufe und Liebesbekundungen. Die beiden finden zueinander und verlassen sich. Am Ende stirbt einer. 2005 wurde das Stück im

Théâtre de la Madeleine mit Anouk Aimée und Philippe Noiret neu inszeniert.

Gilonne lächelt in die Dunkelheit. Ihr erster Ehemann hieß Philippe wie Noiret, ihr dritter Bruno wie Cremer. Sie steht auf, wandert durch die Wohnung. Ihre Füße versinken im dicken Teppich. Höflich grüßt sie die alte Dame im Spiegel. Sie berührt die Kaffeemaschine, streichelt den Kühlschrank, spielt ein paar zufällige Akkorde auf dem Klavier. Die drei sind ihre treuen Verbündeten.

Zusätzlich zur Rolle der Melissa erinnert sie sich sogar noch an Passagen von Andy. Mit verstellter Stimme sagt sie laut: »Ich habe niemanden auf die Weise geliebt, wie ich sie geliebt habe, und ich weiß, daß ich nie wieder jemanden so lieben werde. Sie war das Herz meines Lebens, und ich vermisse sie schon jetzt unbeschreiblich.«

Und dann, ohne genau zu wissen, an wen sie sich wendet, fügt sie leise hinzu: »Ich habe niemanden auf die Weise geliebt, wie ich dich geliebt habe, und ich weiß, dass ich nie wieder jemanden so lieben werde. Du warst das Herz meines Lebens, und ich vermisse dich unbeschreiblich.«

ROQUEFORT-LES-PINS

*I*ch geh schon, Papa!«

Christelle eilt zum Telefon.

»Hallo?«

»Guten Tag, wessen Nummer ist das, bitte?«, fragt die alte Dame am anderen Ende der Leitung höflich.

Das Mädchen prustet los.

»Papa, es ist schon wieder die Frau, die nicht weiß, wer wir sind.«

»Lass mich mit ihr reden.«

Seufzend greift Christelles Papa nach dem Hörer.

»Madame, diese Nummer hat bestimmt früher mal einer Verwandten oder Bekannten von Ihnen gehört, aber die wohnt hier nicht mehr. Jetzt ist es unsere Nummer, und wir kennen Sie nicht.«

»Woher wissen Sie das?«, fragt Gilonne überrascht.

»Weil Sie uns jeden Tag anrufen. Sie müssen damit aufhören.«

»Tut mir leid«, entschuldigt sich Gilonne. »Einen schönen Tag noch.«

Sie legt auf und betrachtet das Telefon einen Moment lang erstaunt, sinniert vor sich hin. Sie muss dringend jemanden erreichen, aber wen nur? Plötzlich schießt ihr eine Nummer durch den Kopf. Sie wählt. Jemand hebt ab.

»Guten Tag, wer spricht da?«, fragt sie freundlich.

LES AMIS DE GEORGES

Zweiundzwanzig Jahre früher

Der Junge ist mittlerweile ein junger Mann von achtzehn Jahren. Eines Morgens verlässt er Korsika, um zur Beerdigung seiner Großmutter zu fliegen. Seinen Großvater und seinen Vater hat er seit Jahren nicht gesehen. Er hat sich eine orangefarbene Mähne wachsen lassen. Seiner Oma zu Ehren hat er sich schick gemacht, trägt Hemd und Blazer. Ein Taxi bringt ihn zum Bistrot. Als er aussteigt, erschrickt er. Statt des Amis de Georges ist da eine Immobilienagentur mit einer Glasfront, hinter der ein Kerl mit rotem Sakko und grüner Krawatte auf Kunden lauert.

Er klingelt an der kleinen Seitentür. Ein Mann mit weißem Haar öffnet. Opa hat sich gut gehalten, denkt der junge Mann. Mit steifem Rücken und hängenden Armen spricht er sein Beileid aus.

»Trotz des traurigen Anlasses ist es schön, dass du hier bist, mein Sohn«, sagt der Mann mit dem weißen Haar, der nicht sein Opa ist.

Vater und Sohn zögern, wagen nicht, sich zu umarmen, schütteln sich stattdessen unbeholfen die Hand. Als der ältere Mann einen Schritt zurücktritt, folgt der junge ihm in die Wohnung. Er ist einen Kopf größer als sein Vater. Sein Opa sitzt in der Küche, ganz, verhutzelt, mit geröteten Augen. Ihn überragt er um drei Köpfe.

»Deine Oma würde sich so freuen, dich zu sehen. Ach nein, wäre sie noch am Leben, wärst du ja gar nicht gekommen.«

»Es tut mir leid, Opa.«

Der junge Mann setzt sich neben den alten, schaut ihn flehend an. Er will ihm seine Trauer, seine Hilflosigkeit begreiflich machen. Schließlich war er damals nur ein Kind, er konnte nicht selbst entscheiden, wurde wie ein Bündel Schmutzwäsche weitergereicht. Hier hat sich nichts verändert, die Zeit ist stehen geblieben. Der Postkalender an der Wand stammt noch aus dem Jahr, als der junge Mann seine Großeltern verlassen hat. Daneben hängt ein Klassenfoto, auf dem er mit einem breiten Nestlé-Reklame-Lächeln in die Kamera grinst. Auf der Küchentheke thronen der verbeulte Wasserkocher und die alte rote Kaffeemühle, am Nagel neben der Tür baumelt Omas verwaschene blaue Schürze.

»Seit wann ist das Amis de Georges eine Immobilienagentur?«

»Seit ich zu alt geworden bin. Die Kaffeemaschine ist im Müllcontainer gelandet. Was für eine Verschwendung, sie hat noch einwandfrei funktioniert. Die guten Tische und Stühle sind auf den Sperrmüll gewandert. Unsere Freunde haben sich verduftet. Der billige Rote ätzt Löcher in die Leber, und die Kippen machen die Lunge kaputt. Man hat uns davor gewarnt, aber wir haben es nicht geglaubt. Deine Großmutter hat mir das Saufen und Rauchen verboten. Und was hat es mir gebracht? Ich bin putzmunter, während sie und alle anderen tot sind. Jetzt kann ich einsam und allein Kette rauchen und zu tief ins Glas gucken, um ihnen fix nachzufolgen …«

»Sag das nicht, Papa«, unterbricht ihn sein Sohn. »Du kommst mit zu uns. Wir kümmern uns um dich.«

»Wir?«

Der junge Mann lässt den Blick durchs Zimmer wandern, entdeckt eine Frau mit verschiedenfarbigen Augen und Zwillinge mit Kürbisschöpfen.

»Das sind meine Frau Marie und deine Brüder Castor und Pollux.«

Der junge Mann begrüßt die drei. Sein Vater hat ein neues Leben angefangen. Er ist nur noch ein störendes Überbleibsel, der Schatten der Ursprungsfamilie, ein vergessenes Teil eines Puzzles, das man schon zurück auf den Speicher geräumt hat.

Seine Oma hat den Glauben an Gott verloren, als ihr Sohn ins Gefängnis gesteckt wurde. Es gibt keine Segnung, keinen Gottesdienst, nur den aufgestellten kleinen Sarg auf dem düsteren Friedhof.

»Möchte jemand ein paar Worte sprechen?«, fragt der Leiter der Trauerfeier mitfühlend.

Opa wirkt benommen, der Mann mit dem weißen Haar apathisch. Die kürbisköpfigen Zwillinge wippen auf den Füßen. Niemand rührt sich. Schließlich tritt der junge Mann vor. Er kann seine Oma nicht ohne eine angemessene Würdigung gehen lassen. Das Herz in seiner Brust flattert wie ein eingesperrter Vogel. Er räuspert sich, dann fängt er an zu singen: *»Die Amis de Georges erkennt man stets daran, dass sie es im Leben nicht allzu eilig hab'n, mit dem Strom zu schwimmen zum eigenen Gewinn, sie taumeln durch die Welt wie heitre Harlekins. Manche sind längst fort, andere noch da. Ein paar hab'n sogar die Ehrenlegion, wirklich wahr.«*

Sein Opa stimmt rau ein: *»Doch die allermeisten haben nie was gegolten und tragen noch immer den Kopf in den Wolken.«*

Mit ruhigem Gewissen gesellt sich der junge Mann wieder zu den anderen. Zum Leichenschmaus gehen sie in eine Klitsche an der Ecke. Das Essen ist mies, nur die Zwillinge schlingen es hinunter. Der Mann mit dem weißen Haar erklärt, dass er jetzt auf dem Land wohne. »Er hat unser Haus eigenhändig gebaut«, fügt seine neue Frau stolz hinzu. Der junge Mann betrachtet die Hände, die eine Waffe auf seine Mutter gerichtet haben, den Finger, der den Abzug gedrückt hat. Er versucht, mit seinen Halbbrüdern ins Gespräch zu kommen, aber die beiden haben einander, sie brauchen keinen lachenden Dritten. Genau wie zu Hause auf Korsika. Petru steht dem Piraten sehr nahe. Der junge Mann ist überflüssig, einer zu viel, das fünfte Rad am Wagen, im Weg wie die alte Kaffeemaschine und die Formica-Tische.

Als er sich verabschiedet, um seinen Rückflug nicht zu verpassen, sagt sein Vater: »Komm uns besuchen, du bist jederzeit willkommen. Dein Großvater wird sich sicher einsam fühlen.«

»Mache ich«, verspricht der junge Mann, ohne nach der Adresse zu fragen.

Alle tun, als würden sie ihm glauben. Er küsst sie auf die Wangen, das Taxi wartet. Sein Opa nimmt ihn beiseite.

»Gegen Ende war deine Oma nicht mehr ganz richtig im Kopf. Sie hat sich eingebildet, dass du gleich aus der Schule kommst, und das große Brotmesser und die Butter rausgeholt, damit du die Baguettes vorbereiten kannst. ›Wenn er arbeitet, ist er wenigstens nicht traurig‹, hat sie gesagt. Ich habe es für dich aufgehoben.«

Er reicht ihm das gezackte Messer. Der Taxifahrer runzelt die Stirn, als er den jungen Mann damit sieht.

»Das ist ein Andenken an meine Kindheit«, murmelt er und schiebt es in seinen Rucksack.

Trotzdem beäugt der Fahrer ihn während des gesamten Wegs misstrauisch im Rückspiegel.

Am Flughafen Orly steuert der junge Mann auf eine Bar mit einer hypermodernen Gastrokaffeemaschine dahinter zu. Die Tische und Stühle sind Designerstücke. Er bestellt einen kleinen Milchkaffee und eine *tartine*, in Erinnerung an seine Oma. Aber es gibt nur geschmackloses Industriegebäck.

ANTIBES

Der Lippenstift liegt in der Garderobe vor dem Spiegel. Gilonne nimmt ihn in die Hand, zieht vorsichtig den Deckel ab, trägt die Farbe auf. Früher hatte sie eine ganze Palette, jetzt reicht ihr einer. Sie besucht keine Schönheitssalons mehr, lässt sich nicht mehr die Beine enthaaren. Ihre Haut ist so dünn geworden wie Seidenpapier. Ihre Finger umklammern das vertraute Röhrchen. Der Lippenstift ist ihr Verbündeter, ihr treuer Weggefährte. Sie hat ihn unter allen anderen im Laden ausgewählt. Als Kim ihn einmal auf dem Handrücken getestet hat, hat er gezittert. Als Côme ihn neulich während Gilonnes Mittagsschlaf benutzt und nachdenklich sein Spiegelbild betrachtet hat, hat er sich verkrampft. Aber die Menschen nehmen das unmerkliche Zucken und Beben eines Lippenstifts nicht wahr.

»Warum hat er das gemacht?«, hat der Spiegel überrascht gefragt.

»Keine Ahnung. Um sich zu verkleiden?«

»Für solche Spielereien ist er zu alt. Er wollte bestimmt sehen, ob er seiner Mutter ähnelt. Und hat gehofft, dass die Ähnlichkeit stärker wird, wenn er sich schminkt wie sie.«

»Ha, also so was käme mir nicht in den Sinn. Ich habe keine Mutter«, erwiderte der Lippenstift.

»Ich auch nicht. Und ich glaube nicht, dass sie seine Mutter ist. Aber er ist ein guter Sohn.«

»Sie hat zwei Söhne«, meinte der Lippenstift überzeugt.

»Der zweite, der nicht Klavier spielt, ist der richtige. Zum ersten hat Gilonne gesagt, dass er adoptiert ist, das habe ich genau gehört. Er ist nicht ihr Sohn. Sie haben ihn in einer Mülltonne gefunden. Gilonne hat ihn ausgesucht und gekauft, so wie mich in der Parfümerie.«

»Mich hat ihr Großvater bei einem Antiquitätenhändler auf der Rive gauche aufgestöbert«, erinnerte sich der Spiegel. »So eine Mülltonne ist sehr nützlich, ich kannte mal eine ganz reizende.«

ANTIBES

Ich bin eine Meisterin darin, den Schein zu wahren. Während meiner gesamten Kindheit auf der Insel habe ich lächelnd zugesehen, wie alle anderen Vater- und Muttertag feierten. Obwohl mir vom Gestank der verrotteten Reste meiner Liebe zu Clovis kotzübel ist, lasse ich mir nichts anmerken. Beim Mittagessen sitzt Gilonne neben den Liebenden von Peynet, am Abend neben dem netten Mutter-Sohn-Gespann. Statt an den Strand zu gehen, verziehe ich mich in den kleinen Pinienhain, wund und todmüde, aber mit trockenen Augen. Ich bitte mein noch ungeborenes Kind um Verzeihung. Dank Gilonne erfährt Jean-Côme gerade, was es heißt, eine Mutter zu haben. Hätte ich eine, würde ich sie um Rat fragen. Eigentlich wollte ich einen Monat hierbleiben, aber jetzt bringt mich das Heimweh fast um. Mit wem würde ich Clovis überraschen, wenn ich unangekündigt nach Hause käme? Einer Groixerin, einer Touristin? Mein Baby braucht einen Vater. In meiner Familie schaffen die Frauen es nicht, ihre Männer zu halten. Clovis' Liebe war für mich immer eine unveränderliche Tatsache, ein wohltuendes Fieber. Als würde man sich nur mit dem Vertrauen in den anderen aus einem Flugzeug stürzen. Ich werde fallen wie ein Stein.

Wie der Zufall es so will, schickt Clovis mir ein Zeitschriftencover mit dem Bild eines Babys in einem Nest von der australischen Fotografin Anne Geddes darauf. Ich rufe ihn nach Ladenschluss an.

»Wie war dein Tag? Bist du auf dem Sprung?«

Er versucht nicht einmal mehr, seine Eile zu verbergen.

»Ja. Ich ruf dich später zurück, okay, mein Schatz?«

Bei Männern, die ihre Frauen betrügen, häufen sich die Liebesbekundungen, das weiß jeder.

»Gehst du noch weg?«

»Ja, heute ist der Siebte.«

»Dann viel Spaß.«

Ich warte eine Weile, bevor ich Fred anrufe, bei der wir uns jeden Monat am Siebten mit unserem Trüppchen treuer Freunde treffen. Sie würden uns helfen, eine Leiche verschwinden zu lassen, aber sie haben keine Ahnung, wie die Katze gestorben ist.

»Hallo, du. Ihr fehlt mir. Kannst du mir bitte mal Clovis geben?«

»Der ist nicht da«, stammelt Fred hastig.

»Komisch. Er meinte, er wolle heute Abend zu dir.«

Das Zögern einer Freundin, die nichts Falsches sagen möchte.

»Warte, ich sehe ihn gerade. Hier ist es rappelvoll. Ruf ihn am besten direkt an.«

Ich lege auf. Der Schmerz überrollt mich in Wellen, aber das Baby klammert sich fest.

ÎLE DE GROIX

Die drei Komplizen treffen sich jeden Abend seit Kims Abreise auf dem Grundstück oberhalb des Hafens. Pierre bringt kaltes Bier mit, Cyril Sandwiches, die seine Mutter Isabelle gemacht hat, mit Seespinnen, die sein Vater Gildas gefischt hat. Clovis kauft *far* in einer der beiden Bäckereien, immer abwechselnd, um gerecht zu sein.

Das Gerüst besteht aus sechs Bögen aus geleimtem Tannenholz, die wie die Rippen eines Schiffs oder die Spalten einer Mandarine zusammengefügt sind. In der unteren Hälfte ist zur besseren Stabilität ein waagrechter Kreis angebracht, der wie ein riesiger Tennisschläger mit einem Netz aus Dyneema bespannt ist, einem besonders leichten und robusten Material, das auch auf Rennbooten verwendet wird, weil es sich nicht ausdehnt wie klassische Seile; darauf kommt später die Matratze. Ein zweiter waagrechter Kreis im oberen Teil als Gepäckablage oder Kinderbettchen komplettiert die Konstruktion.

An den Holzrippen werden anschließend noch Planen angebracht, wie Segel an einem Mast, quasi die Mandarinenschale. Es wird einen Eingang mit Reißverschluss und ein Moskitonetz geben. Am Ende soll das runde Gebilde oben am Baum und unten an einem Netz befestigt werden, damit es sanft im Wind schaukelt wie ein Schiff im Himmel.

»Ich weiß nicht, wie ich euch das je danken soll«, sagt Clovis.

»Ach, halt die Klappe und mach das Bier auf«, flachsen seine Freunde.

Da kommt eine SMS von Fred, die vorsichtshalber in alles eingeweiht ist. »Kim hat bei mir angerufen und wollte dich sprechen. Ich hab sie irgendwie abgewimmelt.«

»Scheiße!«

Er wählt sofort Kims Nummer, erreicht nur ihre Mailbox, dreht sich zu seinen Freunden.

»Hoffentlich riecht sie nicht Lunte, sonst ist die Überraschung dahin.«

»Bestimmt nicht. Darauf kommt sie nie«, beruhigt Pierre ihn.

Erleichtert schlingt Clovis den Rest seines Sandwiches hinunter und krempelt die Ärmel hoch.

ANTIBES

Gilonnes Telefon klingelt. Hoffentlich ist es nicht Vivi. Ich gehe ran.

»Guten Tag«, sagt eine Männerstimme. »Ich heiße Xavier und wohne in Roquefort-les-Pins. Gut, dass ich Sie erreiche, vielleicht können Sie mir helfen. Eine alte Dame ruft uns jeden Morgen und jeden Nachmittag von dieser Nummer aus an.«

Also bevor ich komme und während der Mittagsruhe.

»Sie wirkt etwas verwirrt und hat keine Ahnung, wer wir sind. Manchmal ruft sie bis zu zehnmal am Tag an, das ist wirklich lästig. Können Sie sich darum kümmern? Ich werde keine Anzeige erstatten, mir ist schon klar, dass sie gar nicht mehr begreift, was sie da tut. Sie ist sehr freundlich und entschuldigt sich immer. Aber Sie müssen mich verstehen: Ich habe drei Kinder, und den Kleinsten weckt sie ständig auf. Außerdem will sie mir ihren Namen nicht nennen. Sind Sie ihre Tochter oder eine Verwandte?«

»Nein, ich arbeite für sie. Ich werde ihren Sohn informieren. Wir überlegen uns was.«

»Vielen Dank. Ich habe meine Großmutter sehr geliebt, also habe ich Verständnis. Aber irgendwann reicht es.«

Nachdem ich mir seine Kontaktdaten notiert habe, suche ich Gilonnes Telefonrechnungen heraus. Er hat nicht übertrieben. Gilonne scheint wie besessen von seiner Nummer und wählt sie unablässig. Kein Wunder, dass er die Schnauze voll hat.

Ich erzähle Mambo und Jess davon. Gilonne ist kein Einzelfall, solche Geschichten gab es im Cercle schon öfter. Die Lösung ist ganz einfach: Man ersetzt das Telefon durch einen Spezialapparat, der zwar Anrufe empfängt, aber statt einer normalen Tastatur nur Knöpfe mit voreingespeicherten Nummern hat. Wenn Gilonne auf die eins drückt, ruft sie ihren Sohn an, mit der zwei mich und so weiter. Ich sage Jean-Côme Bescheid, der sofort ein solches Gerät im Internet bestellt und mich ausfragt. Wem hat die Nummer früher gehört? Wen wollte sie erreichen?

KORSIKA
Zehn Jahre früher

Der junge Mann ist mittlerweile dreißig, sein Halbbruder Petru ein Jugendlicher von siebzehn Jahren, hübsch, lustig, ein guter Jäger, der raucht (nicht nur Tabak), trinkt (nicht nur Kiwisaft) und mit seinem kleinen Motorrad viel zu schnell über die Serpentinen heizt.

Der junge Mann ist ein Computernarr und hat sein Hobby zum Beruf gemacht. Sein Freund Napoléon ist Bildhauer geworden. Er arbeitet mit Holz und Bronze und fertigt Zeichnungen und Lithographien an. Er wohnt mit seiner Frau und der kleinen Tochter, dem Patenkind des jungen Manns, in Levie, einem Bergdorf. Der junge Mann fährt sie oft besuchen, allein. Er hat zwar immer mal wieder eine Freundin, aber daraus wird nie etwas Ernstes. Wenn dein Vater deine Mutter umbringen wollte, weil sie mit einem anderen angebändelt hat, animiert einen das nicht gerade zu langfristigen Bindungen.

Seit der Beerdigung seiner Oma hat er weder seinen Vater noch seinen Opa wiedergesehen. Sein Opa ist irgendwann im Schlaf gestorben. Man hat ihn erst nach der Beisetzung informiert. Seine Anwesenheit war wohl nicht erwünscht.

Gestern Abend wurde Petru leblos auf der Toilette eines Klubs in Bonifacio gefunden. Überdosis. Sie haben ihn gerade noch rechtzeitig ins Krankenhaus gebracht.

»Unsere Liebe ist verflucht«, murmelt die Mutter, außer sich vor Schmerz.

Dann greift sie ihren Ältesten offen an.

»Wolltest du dich rächen?«

»Was redest du da, Maman? Du hast heute Nacht nicht geschlafen. Petru ist ein Kämpfer, er ist bald wieder auf dem Damm, du wirst schon sehen.«

»Ja, *ich* werde es sehen, du nicht! Ich verbiete dir jeden weiteren Kontakt zu ihm. Du bist eifersüchtig auf Ange, genau wie dein Vater, und eifersüchtig auf Petru. Du hast mir nie verziehen.«

Der junge Mann zittert, als hätte sie ihm eine Handvoll Eiswürfel in den Kragen geworfen.

»Petru ist mein Bruder, ich liebe ihn. Beruhige dich.«

Sie steht auf. Sie ist kleiner als er, trotzdem blickt sie auf ihn herab.

»Gott hat dich erhört und uns bestraft«, schreit sie. »Du hättest ihn beschützen müssen!«

»Ich habe Petru tausendmal gewarnt, dass das eines Tages böse endet.«

»Kennst du die Geschichte von Kain und Abel? Der Ältere tötet den Jüngeren. Du solltest der Hüter deines Bruders sein, aber du hast versagt.«

»Ich habe niemanden getötet. Petru ist am Leben, und ich war bei Napoléon in Levie, nicht in Bonifacio.«

»Du warst nicht für ihn da. Du hast mich nicht verteidigt, als dein Vater mich verletzt hat …«

Er ist wie versteinert, schaut sie mit offenem Mund an, fassungslos ob dieser ungerechten Anschuldigung.

»Ich war sechs, Maman, ich war in der Schule!«

Unbeholfen versucht er, sie in den Arm zu nehmen. Sie stößt ihn wutentbrannt von sich.

»Jetzt ist es zu spät. Ich konnte nie auf dich zählen.«

Der Pfeil bohrt sich mitten in sein Herz. Er klammert sich an die einzige Liebe, derer er sich sicher ist.

»Warum hast du mich damals von Oma und Opa weggeholt? Das hättest du nicht tun müssen. Die beiden haben mich geliebt.«

»Glaubst du das wirklich?«

Seine Augen flehen sie an, nicht weiterzureden, doch sie kann sich nicht bremsen. Die Worte schießen aus ihr heraus, scharf wie das Brotmesser, das er von seiner Oma geerbt hat.

»Ich wollte dich bei ihnen lassen. Aber dein Großvater fand, dass du deine Großmutter zu sehr anstrengst. Er hat mich angerufen und darauf bestanden, dass ich dich hole.«

Der junge Mann erstarrt, tief getroffen, verraten. Selbst sein Opa wollte ihn loswerden.

»Wusste Oma Bescheid?«, fragt er ausdruckslos.

Seine Mutter zuckt mit den Schultern.

»Keine Ahnung. Ich hätte dich ins Internat stecken sollen. Aber Ange wollte dich unbedingt zu uns nehmen. Die Familie ist auf Korsika heilig. Er wollte dich adoptieren, dir seinen Namen geben, dich wie einen Sohn aufziehen. Er konnte nicht ahnen, dass ich deinen Anblick nicht mehr ertrage. Hätte ich bloß nie auf ihn gehört. Wir hätten glücklich werden können.«

Niedergeschmettert senkt der junge Mann den Kopf. Seine Mutter hat ihn nicht gewollt. Es war der Pirat gewesen, der einen auf Biedermann gemacht und sich für ihn eingesetzt hat. Er steht auf. Er kann nicht hierbleiben. Er muss die Insel der Schönheit verlassen und aufs Festland zurückkehren.

»Petru kommt wieder in Ordnung«, verspricht er.

Er packt seine Sachen, geht ins Wohnzimmer. Seine Mutter sitzt zusammengekauert vor dem Kamin, reglos, gebeugt.

»Ich habe versucht, dich zu lieben, ich schwöre es dir, ich habe es versucht«, sagt sie zum Abschied.

Sie starren einander an. Keiner bewegt sich. Ihre Körper halten die Berührung des anderen nicht aus, obwohl seine Mutter ihn neun Monate in sich getragen hat. Schließlich kappt er das Band zwischen ihren Augen und dreht sich um. Er wird sich an der sonnigen Côte d'Azur niederlassen, die ihn an glücklichere Zeiten in Afrika erinnert.

ANTIBES

Clovis lügt mich weiter an. Gestern hat er behauptet, er würde mit unseren Freundinnen Marie-Christine und Céline, die in der Hochsaison im Zeitungsladen aushelfen, im Alizés essen gehen. Ich habe erst die eine, dann die andere angerufen. Die beiden haben ihn seit meiner Abreise nicht mehr gesehen. Seinen Fehler mit der verirrten SMS hat er noch immer nicht bemerkt. Das ist auch nicht verwunderlich, Clovis ist eine Technikniete. Ich kümmere mich um alle Computerdinge und unsere Facebookseite.

Während ich zum Cercle laufe, höre ich über Kopfhörer Radio. Nina Simone singt *I put a spell on you*. Sie hat ihren Mann verhext, er gehört ihr mit Haut und Haaren, er betrügt sie, sie fühlt sich gedemütigt. Beim letzten Satz, *because you're miiine!*, betrete ich die Eingangshalle und merke sofort, dass etwas anders ist als sonst. Die Luft ist drückend, zäh, beklemmend. Die Empfangsdame schaut mich komisch an. Die Heimleiterin kommt aus ihrem Büro und steuert mit ernster Miene auf mich zu. Mir wird schwindelig, meine Knie geben nach. Ich ahne es. Ich weiß es. Ich bin wie Pâté Gangster, ich spüre den Tod.

Die Beerdigung ist übermorgen. Obwohl ich sie erst seit ein paar Wochen kenne, erschüttert mich ihr Tod bis in die Grundfesten. Sie ist im Schlaf gestorben. Mir war gar nicht bewusst, wie sehr ich sie ins Herz geschlossen hatte.

Zusammen mit Lola, Jess, Mambo und sogar Véro wollen wir es den Bewohnern schonend beibringen, sanft und taktvoll, damit es sie nicht allzu tief trifft, aber wir sorgen uns ganz umsonst. Alte Menschen sind Überlebenskünstler. Sie haben es sich hart erkämpft, noch hier zu sein. Der Tod anderer geht nicht spurlos an ihnen vorbei, doch solange es sich nicht um enge Freunde oder Verwandte handelt, zerbrechen sie auch nicht daran, im Gegenteil: Er macht sie stärker. Die unverheiratete Frau, die auf einer Hochzeit den Brautstrauß fängt, ist die nächste, die in den Hafen der Ehe einläuft. Der alte Mensch, der auf einer Beerdigung den Sarg von außen betrachtet, fühlt sich gleich viel lebendiger.

Nachdem wir die Neuigkeit verkündet haben, versammeln wir uns wieder in der Eingangshalle. Einige Bewohner warten schon vor dem Restaurant und kommentieren das Mittagsmenü, als wäre nichts passiert. Ich lasse mich deprimiert in einen Klubsessel fallen.

»Steh auf!«, zischt Mambo.

»Warum?«

»Das Personal darf sich nicht setzen, das ist gegen die Regeln.«

»Sehr witzig.«

»Im Ernst, steh auf«, schaltet sich Lola ein.

»Wir kriegen noch Ärger wegen dir«, stöhnt Véro.

Ich dachte, sie würden mich auf den Arm nehmen, aber ihre angespannten Gesichter belehren mich eines Besseren.

»Das ist doch lächerlich. Wir leben im einundzwanzigsten Jahrhundert! Steht das so in der Hausordnung des Cercle oder in euren Arbeitsverträgen?«

»Es ist eine stillschweigende Übereinkunft. Das Personal benutzt die Sitzgelegenheiten in den Gemeinschaftsräumen nicht und isst auch nicht im Speisesaal. Du hast einen Präzedenzfall geschaffen, Kim.«

»Sie ist tot, und ihre Freunde interessieren sich nur dafür, wer sich wo hinsetzt?«

»Erst gestern hat Sidonie beim Abendessen neben einer neuen Bewohnerin gesessen«, erzählt Mambo. »Sie zittert, weil sie Parkinson hat, also muss ihr jemand beim Essen helfen. Kaum war sie weg, hat Sidonie lauthals losgeschimpft: ›Das ist ja erbärmlich, jetzt werden die Leute hier schon gefüttert. Sie sollte in ihrer Wohnung essen, das Cercle ist doch kein Altenheim!‹«

»Was denn sonst? Eine Entbindungsstation oder ein Kindergarten vielleicht?«, frage ich wütend.

»Sie hat Schiss«, erklärt Jess. »Davor, dass sie selbst eines Tages pflegebedürftig ist und den Löffel nicht mehr allein halten kann. Die Boshaftigkeit ist ein Schutzschild. Der hat sie aber nicht daran gehindert, die zitternde Dame herzlich willkommen zu heißen, als sie ihr kurz darauf in der Eingangshalle begegnet ist.«

»Das Servicepersonal ist sehr freundlich, bis auf eine Kellnerin, die eine arrogante, etwas langsam gewordene Dame immer absichtlich vergisst«, fügt Lola hinzu. »Die Kellnerin macht einen Bogen um den Tisch, die alte Dame starrt auf ihren leeren Teller. Sie wartet, die Kellnerin freut sich.«

»Das ist doch Quälerei«, rufe ich entsetzt.

»Das ist ihre Rache dafür, dass die Alte sie früher von oben herab behandelt hat.«

»Die haben hier ein Interesse daran, sie so lange wie

möglich bei guter Gesundheit zu halten«, trumpft Véro zynisch auf. »Der Spatz in der Hand ist besser als die Taube auf dem Dach, man weiß nie, was als Nächstes kommt.«

Ihre Gleichgültigkeit widert mich an. Die Frau, die gerade gestorben ist und deren Verlust mir die Kehle zuschnürt, ist ihr scheißegal.

CAP D'ANTIBES

Mein Magen ist ein einziger Knoten, als ich die Notre-Dame de la Garoupe betrete. Ich habe seit dem Frühstück nichts runterbekommen, es ging einfach nicht. Sidonie frohlockt. Sie brüstet sich damit, noch am Leben zu sein, und ihr Wendehals dreht sich wie der Thunfisch, der statt des traditionellen Wetterhahns auf dem Glockenturm der Kirche von Groix thront. Sie liebt Beerdigungen. Nicht Hochzeiten, Taufen, Kommunionsfeiern oder Bar-Mizwas, bei denen die Leute jung und schön sind. Die Leiterin des Cercle führt die Prozession an. Rose trägt einen schwarzen Mantel über ihrem korallfarbenen Kleid, Colette einen perlgrauen Blazer. Sie hat sich bei Lola untergehakt, Orazio stützt sich auf Léonie, und der nörgelnde Fernand lässt sich von Jess in seinem Rollstuhl schieben. Gatsby hält sich sehr aufrecht, der Admiral hält das Steuer, und die Liebenden von Peynet halten Händchen. Das nette Mutter-Sohn-Gespann wirkt ehrlich betrübt. Chantal lässt sich nicht blicken, obwohl sie fünf Jahre lang im Cercle gearbeitet hat. Jean-Côme legt mir die Hand auf die Schulter. Durch den Tränenschleier ist alles verschwommen.

»Die Familie bitte nach ganz vorn!«

Da ich nicht zur Familie gehöre, rutsche ich in eine der hinteren Reihen und betrachte die Votivtafeln. Léonie erklärt mir, dass die Seeleute die Statue der Heiligen Jungfrau einmal im Jahr barfuß in die Kathedrale von Antibes hinuntertragen und sie anschließend über den Kalvarienweg wieder heraufbringen. Und dass auch hier Erde und Meer gesegnet werden. Letzten Monat saß ich in der ersten Reihe der Kirche von Groix neben Clovis und habe mich von meiner Kindheit verabschiedet.

»Wir wollen heute für die Seele unserer verstorbenen Schwester beten. Sterben, das heißt, sein Leben zu vollenden. Unsere Schwester hatte ein reiches Leben …«

Statt dem jungen Pfarrer zuzuhören, denke ich an die Frau, die da vor uns in der braunen Kiste liegt, eingerahmt von brennenden Kerzen, an die Katze und Lénaïg, an den echten Côme und seinen Vater, den Botschafter. Bei einer Beerdigung denkt man an die, die man selbst geliebt hat, die eigenen Verluste, den eigenen Schmerz, der nichts mit dem aktuell Verstorbenen zu tun haben muss. Unseren Tränen wird der Spiegel vorgehalten. Eines Tages werde auch ich sterben.

Rose betet laut. Orazio erzählt Léonie mit tränenfeuchten Augen von ihrer Mutter. Fernand fischt in seiner Tasche nach einer Lakritzstange und schiebt sie sich unauffällig in den Mund. Die Gemeinde erhebt sich, um ein Lied zu singen. Colette singt inbrünstig und falsch mit. Der Admiral schläft schnarchend ein. Die Liebenden von Peynet hoffen beide, vor dem jeweils anderen zu sterben. Die nette Mutter sagt ihrem netten Sohn, wie sehr ihr sein Vater fehle.

Fernand öffnet den Mund, um in den Chor einzustimmen. Plötzlich gerät die Situation außer Kontrolle, die Realität eskaliert. Fernand zappelt herum, versucht aufzustehen. Jess und die anderen, die sich ganz auf den Sarg und das Lied konzentrieren, bemerken nichts. Die Lakritzstange steckt, halb zerkaut, in Fernands Hals, der Sauerstoff erreicht sein Gehirn nicht mehr. Wäre er gesund, könnte er mit Gesten auf sich aufmerksam machen oder einfach umkippen, aber er ist in seinem Rollstuhl gefangen und sackt unbeachtet und unweigerlich in sich zusammen. Ihm bleibt gar keine Zeit, Angst zu haben. Er hört auf zu denken, lässt sich treiben, lauscht dem Orchester in seinem Inneren, virtuos geführt von einem großartigen Dirigenten. Sein Gesicht ist kreidebleich, seine Augen sind offen, aber er sieht nichts. Er ist längst woanders, irrt zwischen zwei Ufern, zwei Musikstücken hin und her, zwischen den Streichern, den Holzbläsern, den Blechbläsern und den Perkussionsinstrumenten. Sein Kopf fällt nach hinten, sanft und geräuschlos wie ein verwelktes Blatt im Herbst.

Ich sitze auf der anderen Seite des Mittelgangs und erkenne, was da gerade passiert. Jo, ein Groixer Kardiologe, dessen Frau Lou mit der Katze befreundet war, hat mir das Heimlich-Manöver beigebracht. Ich werde mich zwischen den Tod und den Dirigenten stellen. Mein Herz rast. Mir ist übel, und das hat nichts mit meinem Zustand zu tun. Ich springe auf und stürme auf den leblosen alten Mann zu. In der Theorie weiß ich, wie ich vorgehen muss. Aber ist diese Technik wirklich unfehlbar? Was, wenn ich alles noch schlimmer mache? Ich positioniere mich hinter Fernand und umfasse seinen Oberkörper. Der Rollstuhl ist im Weg. Zum Glück ist Fernand nicht dick. Ich platziere meine linke Faust unter seinem Brustbein, direkt über der Magengrube, und bedecke sie mit der rechten. Dann spanne ich die Muskeln an, hole tief Luft und ziehe mit einem kräftigen Ruck von unten nach oben, damit sich die Lakritzstange löst. Dabei kugele ich mir fast die Schultern aus. Wegen des Blazers und des Rollstuhls bin ich mir nicht sicher, ob ich die richtige Stelle erwischt habe, also versuche ich es noch einmal, die Verzweiflung verleiht mir ungeahnte Kräfte. Der alte Mann hängt schlaff und schwer in meinen Armen. Endlich kriegen auch seine Sitznachbarn mit, dass etwas nicht stimmt, und hören auf zu singen. Bald verstummt die ganze Kirche.

»Was hat er denn?«

»Ist er ohnmächtig?«

»Nicht, Kim, Sie tun ihm weh!«

Ich versuche es ein drittes Mal. Ich kann ihn doch nicht während einer Beerdigung sterben lassen. Ich mobilisiere all meine Energie, spanne meine Muskeln an und ziehe. Der Körper des Dirigenten zuckt. Es hat funktioniert! Fernand würgt und hustet das Lakritzstück aus, das seine Luftröhre blockiert hat. Seine Lunge füllt sich, seine Muskeln arbeiten wieder. Er zittert, bebt, atmet.

Ich bin schweißgebadet vor Adrenalin. Schwarze Punkte tanzen vor meinen Augen. Ich habe es geschafft. Fernands Lippen bekommen wieder Farbe, sein Mund nimmt den typisch verkniffenen Ausdruck an, aber sein erstaunter Blick ist beinahe liebevoll.

»Teufel noch eins, ich dachte, das war's«, flüstert er.

»Ich auch«, flüstere ich zurück.

Selbst der Pfarrer schweigt. Niemand schaut mehr den Sarg an.

»Ein Leben für einen Tod«, murmelt Rose.

»Was ist passiert?«, fragt Colette besorgt.

»Die Kratzbürste wäre fast abgekratzt«, antwortet Sidonie liebenswürdig.

Ich schwanke. Ich habe noch nie jemanden gerettet, ich bin keine Ärztin, für die so was alltäglich ist. Gilonne de Kerjeant beugt sich zu mir und fragt: »Ist jemand gestorben, Kim?«

»Ihre Nachbarin, die Frau Doktor. Und Ihr Freund Fernand hätte sich ihr beinahe angeschlossen«, sage ich leise.

»Fernand ist nicht mein Freund, er hat Schuppen und kann nicht Madison tanzen«, erwidert sie zu laut. »Ich hasse Braun. Warum hat sie einen braunen Sarg genommen? Rot wäre viel fröhlicher.«

Die Tochter der Frau Doktor in der ersten Reihe dreht sich um, um den Grund für den Aufruhr zu erfahren. Ich halte ihrem Blick stand. Im Cercle bleibt nichts lange geheim. Alles kommt ans Tageslicht.

»Angeblich hat ihre Tochter sich gerächt«, hat Mambo mir heute Morgen zugeflüstert.

»Wofür?«

»Die Frau Doktor hat ihr gesamtes Vermögen dem Tierschutz vermacht, um sie zu ärgern.«

»Ich dachte, man könnte sein Kind nicht enterben.«

»Sie kriegt ihren Pflichtteil, aber der Rest geht an den Tierschutz. Geschieht ihr recht!«

Meine Gedanken wanderten zu Pâté Gangster, die sicher in diesem Moment auf meinem Bett in Cathys Wohnung schlief.

»Und wie hat sie sich gerächt?«

»Sie hat sich geweigert, ihrer Mutter was Schönes zum Anziehen zu bringen. Jetzt muss die Frau Doktor in ihrem schmutzigen Nachthemd unter die Erde«, meinte Mambo.

»Das wäre ihr doch schnurz«, brummte ich.

Aber die schäbige Vergeltungsaktion ließ mich den ganzen Vormittag nicht los. Während Gilonne beim Mittagessen war, lieh ich mir von der Heimleiterin den Schlüssel zur Wohnung der Frau Doktor, unter dem Vorwand, dass ich den Impfpass der Katze holen wolle. Im Schrank fand ich einen frisch gebügelten weißen Kittel mit ihrem Namen auf der Brusttasche und ein blaues Stethoskop. Anschließend fuhr ich zusammen mit Jean-Côme und Léonie zum Bestattungsinstitut. Wir kamen gerade noch rechtzeitig, bevor der Sarg geschlossen wurde. Zum Glück war die Tochter besonders unfreundlich und knauserig zu den Angestellten gewesen und hatte der Einsargung ihrer Mutter auch nicht beiwohnen wollen. Der Bestatter erklärte sich einverstanden, der Verstorbenen den Kittel übers Nachthemd zu ziehen und ihr das Stethoskop um den Hals zu legen. Léonie lenkte ihn mit ein paar Fragen ab, während ich noch eine Handvoll Bergamotes in die Kitteltasche schob.

Die Messe neigt sich dem Ende zu. Die Tochter in der ersten Reihe guckt auf die Uhr.

»Nun können Sie sich alle von der Verstorbenen verabschieden«, verkündet der Pfarrer.

Ich werfe einen Blick auf mein Handy, um sicherzugehen, dass alles bereit ist. Dann helfe ich Gilonne, die mit kleinen Schritten auf den Sarg zutrippelt. Die hartherzige Tochter zuckt nicht mit der Wimper, vergießt keine Träne. Als wir zwischen den beiden brennenden Kerzen angekommen sind, drücke ich unauffällig auf Play, und Édith Piafs unverwechselbare Stimme erhebt sich in der Stille der Kirche. *Wenn das blaue Himmelszelt zerfällt und die Erde unter mir zerschellt, ganz egal, wenn du mich liebst, was kümmert mich dann diese Welt?*

Alle schauen sich suchend nach der Quelle der Musik um. Die Tochter wirkt stinksauer. Gilonne, die sich in ihre eigene Welt geflüchtet hat, stimmt in den Gesang ein: *»Ich gehe bis zum Horizont, färbe mir die Haare blond, wenn du es so willst von mir.«*

Plötzlich hört sie auf zu singen, dreht sich zu mir um und protestiert: »Aber nein, doch nicht blond!«

Der junge Pfarrer beißt sich auf die Lippe, um nicht laut loszulachen. Léonie nickt mir ermutigend zu. Jean-Côme legt sanft den Arm um die Schultern seiner Mutter. Ich greife nach dem Weihwasserwedel und schlage ein Kreuz über der Frau, die so viele andere vor dem Tod bewahrt hat. Édith Piaf war sicher eine der Ersten, die sie da oben begrüßt haben. *Gott vereint die, die sich liiieeeben*. Das Lied ist vorbei. Ich schaue zur ersten Reihe hinüber. Die Tochter ist weder beleidigt noch wütend. Eine verirrte Träne entflieht ihrem Auge und seilt sich langsam am schroffen Westhang ihres Gesichts ab.

Und in diesem Moment, während ich in dieser Kirche in Antibes stehe, fehlt mir Clovis ganz fürchterlich. Meine Insel fehlt mir ganz fürchterlich. Und ich begreife, dass ich endlich nach Hause zurückkann. Weil ich meine Antwort habe. Das Leben ist ein Édith-Piaf-Schmettern und Bergamotes-Lutschen. Ein Nizza-Salat- und Apfel-Andouille-Galette-Schlemmen. Ein In-Mitgefühl-und-Liebe-Baden. Jeder Schluck, jeder Bissen, jede Umarmung, jeder Ton, jedes Kinderlachen, jedes Schnurren, jedes Kläffen ist die Mühe wert. Das hatte ich durch die Entscheidung der Katze aus dem Blick verloren. Aber eigentlich habe ich die Frage falsch gestellt. Statt: »Ist das Leben die Mühe wert?«, hätte sie lauten sollen: »Ist mir *mein* Leben die Mühe wert?« Ich muss meinen eigenen Weg gehen, mit oder ohne Clovis.

Die Kirche ist zum Bersten voll mit ehemaligen Patienten der Frau Doktor. Aus ihren Geschichten erfahre ich, dass sie sich für die Rechte der Frauen starkgemacht und mit denen verkehrt hat, die ihre Zeit geprägt haben, Ménie Grégoire und Benoîte Groult. Babys weinen, Jugendliche flüstern, eine junge Mutter gibt ihrem Kind weiter hinten die Brust. Manche hängen am Tropf, andere tragen Turban oder Perücke, wieder andere sitzen im Rollstuhl, ein Blinder umklammert seinen Stock. Ich beuge mich zur Heimleiterin vor.

»Wird ihre Wohnung verkauft oder vermietet?«, frage ich leise.

»Vermietet. Ihre Tochter hat mich gebeten, mich darum zu kümmern. Warum? Kennen Sie jemanden, der Interesse hätte?«

Ich nicke.

Sidonie lässt kein gutes Haar an der Trauerfeier. »Hier geht's ja zu wie im Armenhaus. Ein bisschen Exklusivität ist doch nicht zu viel verlangt«, raunt sie Gatsby zu, der kein Wort versteht.

Jean-Côme hält es nicht mehr aus.

»Haben Sie nicht langsam genug davon, das Miststück

zu spielen? Wenn Sie an der Reihe sind, ist die Kirche sicher wie leergefegt. Redet man am Tag der Beerdigung schlecht über den Verstorbenen, kommt er zurück und kitzelt einem jede Nacht die Füße. Nehmen Sie sich in Acht, Madame!«

»Das stimmt«, bestätigt Gatsby, der ausnahmsweise einmal alles gehört hat.

Ich hole mein indigoblaues Buch heraus und schreibe in die Pro-Spalte: Bergamotes, etwas wagen. Und in die Kontra-Spalte: Eifersucht, Missgunst.

ANTIBES

Die Bewohner des Cercle strömen in den Speisesaal. Nur die Liebenden von Peynet essen in ihrer Wohnung zu Abend, die Beerdigung hat sie zu sehr mitgenommen. Jean-Côme und Léonie sind noch da. Orazio und seine Tochter sitzen am Tisch direkt nebenan. Jean-Côme bittet den Oberkellner, ein Gedeck für mich zu bringen. Auf einen Präzedenzfall mehr oder weniger kommt es jetzt auch nicht mehr an.

»Anscheinend war sie ganz gut in ihrem Job, aber ich lasse mich lieber von einem Mann behandeln«, erklärt Sidonie dem netten Mutter-Sohn-Gespann. »Obwohl sie mit ihren ewigen Hosen und den flachen Schuhen ja wie ein halber Mann aussah.«

Ich wechsle einen Blick mit Jean-Côme. Sie ist unverbesserlich!

»Ich meine, das Cercle hat einen gewissen Standard. Niemand ist gezwungen, hierherzuziehen. Aber wenn man es tut, muss man sich auch an die Re-«

»Sind Sie damals in der Schule schon so mit Ihren Freundinnen umgegangen?«, unterbricht die schüchterne Léonie sie plötzlich. »Sie spotten, verhöhnen, verurteilen. Sie haben kein Herz, nur zwei Kammern und zwei Vorhöfe. Die Frau Doktor war ein tausendmal besserer Mensch als Sie!«

Sidonie steht auf und rauscht würdevoll hinaus. Colette, die vor ihrem vollen Teller sitzt, applaudiert leise.

»Entschuldige, Papa«, sagt Léonie.

»Deine Brüder hätten sich nie so impertinent benommen«, ruft Orazio entsetzt.

»Weil sie nie einen Fuß ins Cercle setzen. Sie pfeifen darauf, was hier los ist. Du hast recht, es war falsch – dass ich so lange schweigend zugesehen habe, wie diese boshafte Frau ihr Gift verspritzt. Das passiert mir nicht noch mal.«

»Zum Teufel mit meinem Diabetes, ich bestelle mir ein zweites Dessert. Das muss gefeiert werden«, verkündet Gatsby mit einem Schlemmerlächeln.

Wir kehren in die Wohnung zurück. Gilonne macht sich bettfertig.

»Träumen Sie schön, Mutter.« Jean-Côme zieht sanft die Tür zum Schlafzimmer zu, bis sie nur noch einen Spalt breit offen ist.

Dann bietet er mir einen Kaffee an. Ich lehne dankend ab.

»Ich habe sie gefragt, warum sie ein kleiner Bär ist und kein anderes Tier, ein Welpe, ein Kätzchen oder ein Küken. Sie meinte, als Bär fühle sie sich wohler als als Frau«, vertraut er mir an.

Als ich ihr einmal dieselbe Frage gestellt habe, hat sie geantwortet: »Ich habe meine runden Ohren im Spiegel gesehen, meine Knopfaugen, meine schwarze Nase, die Schnauze, das Fell, die Pfoten, die Krallen.«

Während sie einschlief, hielt sie ihren Plüschbären umklammert.

»Sie hat vielleicht nicht mehr alle Sinne beisammen, aber ihre Kindheitserinnerungen sind fest verankert, auch wenn ihr Unterbewusstsein den Tod ihres Sohns vertuscht«, sage ich zu Jean-Côme. »Sie hatte damals nicht viele Freunde,

Bernard hat ihr genügt. Außer ihren drei Ehemännern gab es in ihrem Leben nur einen anderen, der ihr wichtig war.«

»Ihren Vater?«

»Nein, Jules.«

»Der Butler?«

»Ihr Jugendfreund.«

Ich erzähle ihm von meinem Besuch in Villefranche-sur-Mer, erkläre, dass Jules Gilonne nie im Stich lassen wollte, dass er nur wegen seiner Sehbehinderung die Kündigung eingereicht hat.

»Als Kinder haben sie zusammen gespielt. Später hat er ihr das Essen serviert, sie herumchauffiert. Er war immer da, in Freud und Leid, bei ihren drei Hochzeiten, der Beerdigung ihrer Eltern, ihres ersten Ehemanns, ihres Sohns. Er hat sie lachen und weinen sehen, kurz: Er liebt sie. Ich glaube, dass er ihr helfen kann.«

»Hast du nicht gerade gesagt, dass er blind ist?«

»Sehbehindert, nicht blind. Außerdem sollst du ihn ja nicht als Chauffeur beschäftigen, sondern ihm eine Wohnung im Cercle beschaffen.«

»Du hast doch selbst erlebt, wie die Bewohner hier ihre Angestellten behandeln.«

»Jules ist in ihrem Alter, und er ist ein Mann, das ist etwas ganz anderes. Sie werden ihn vergöttern. Die beiden könnten gemeinsam essen, sie wären nicht mehr allein.«

»Du magst Happy Ends, was? Das Leben ist kein Kitschroman.«

Ich beiße die Zähne zusammen. Nach der schallenden Ohrfeige, die es mir kürzlich verpasst hat, weiß ich das nur allzu gut.

»Das Leben ist, was man draus macht. Sie haben sich früher geholfen, sie können es auch heute.«

»Gut, wir fragen ihn morgen, dann sehen wir weiter.«

Ich rufe Clovis an. Welche Ausrede lässt er sich wohl diesmal einfallen? Er ist echt kreativ. Er behauptet, er wolle Perrines Leuchtturmausstellung besuchen. Wir lieben ihre Bilder. Sie bearbeitet die Leinwände, als hätte die Gischt auf sie eingepeitscht. Ich warte kurz, bevor ich Perrines Nummer wähle. Natürlich ist er nicht da. Er hat ihr versprochen, dass wir beide nach meiner Rückkehr zusammen kommen.

Ich suche nach einem positiven Gedanken, um nicht in Depressionen zu versinken. Als ich einen finde, klammere ich mich verzweifelt daran fest: Dem Baby geht es gut.

ÎLE DE GROIX

Das Nest ist fertig. Das Bauen hat Clovis, Pierre und Cyril genauso viel Spaß gemacht wie früher, als sie zusammen Lego, Mécano oder Kapla gespielt haben. Heute Abend wollen sie die großen Seilwinden an den drei kalifornischen Kiefern anbringen, die mit vereinten Kräften die Kugel in die gewünschte Höhe hieven. Die Befestigungsstellen sollen alle drei Jahre gewechselt werden, damit die Bäume keinen Schaden nehmen.

Anschließend müssen sie nur noch die grobmaschige Seilbrücke knüpfen, durch die man vom Boden zum Nest gelangt, und das darunter gespannte Netz, auf dem Kim und Clovis es sich gemütlich machen und die Sterne bestaunen können. Clovis hat seine gesamten Ersparnisse für das gebrauchte Nid'île hingeblättert. Sie mussten es auseinandernehmen, abschleifen, neu lackieren und wieder zusammensetzen. Und bei diesem wahnwitzigen Abenteuer war Pierre der Einzige mit Ahnung. Cyril und Clovis waren zwar voller Tatendrang, trotzdem musste er ihnen alles haarklein erklären.

»Sie wird begeistert sein«, versichert Clovis und betrachtet seine blasenübersäten Hände.

»Na, hoffentlich«, erwidert Cyril.

ANTIBES

Ich habe Neuigkeiten von Jules, Mutter«, verkündet Jean-Côme am nächsten Morgen unvermittelt.

»Und warum sollte mich das interessieren?«, fragt Gilonne und zuckt mit den Schultern.

Wir wechseln einen bestürzten Blick.

»Er stand Ihnen doch mal nahe …«

»Du träumst wohl, mein Lieber.«

Unser Plan fällt ins Wasser. Gilonne liebt niemanden außer sich selbst.

»Ich dachte, er sei längst tot«, fährt sie gleichgültig fort. »Er muss doch inzwischen mindestens hundert sein.«

»Er ist genauso alt wie Sie, Mutter«, brummt Jean-Côme.

»Ich erinnere mich noch an die lächerliche Geburtstagsfeier, die seine Frau mal für ihn veranstaltet hat. Da hat dein Vater eine blonde Norwegerin mit Erbsenhirn angebaggert.«

»War Jules nicht ledig?«

»Das hätte man denken können, so wie er jedem Rock nachgestiegen ist. Aber nein, er war verheiratet, mit einer dusseligen, aufmerksamkeitssüchtigen Kuh.«

Jules, ein Schürzenjäger? Das sieht ihm gar nicht ähnlich.

»Fand die Feier bei Ihnen statt?«, frage ich.

»Natürlich nicht. Bei ihm in Monaco.«

»Von welchem Jules reden Sie?«, hakt Jean-Côme nach.

»Na, von Jules Bassy-Firgus, dem Kollegen deines Vaters in Südamerika.«

Wir wechseln noch einen Blick.

»Ich meine Jules Battagli, Ihren Butler.«

Gilonne runzelt die Stirn.

»Jules Battagli war nicht nur mein Butler, er war mein Freund und der Sohn eines engen Vertrauten deines Großvaters, also benutze seinen Namen mit Respekt. Immerhin hat er früher deine Bettwäsche gewechselt. Wie geht es ihm?«

»Er hat gesundheitliche Probleme. Irgendwas mit den Augen.«

»Wie schrecklich! Wir müssen ihm einen Blindenstock kaufen. So einen, wie ihn der Fahnenträger der Gebirgsjäger hatte. Den hat Bernard während einer Gedenkfeier geklaut und ist damit auf der Straße herumspaziert. Vater hat ihn übers Knie gelegt.«

»Jules hat schon einen Blindenstock. Was würden Sie davon halten, wenn er in die ehemalige Wohnung der Frau Doktor zieht?«

»Das wäre phantastisch!« Gilonne klatscht in die Hände. »Dann könnten wir mittags und abends zusammen essen, wie damals als Kinder im Anrichteraum.«

»Also würde es Ihnen gefallen?«

»Über alle Maßen. Wir dürfen bloß niemandem verraten, dass er früher für uns gearbeitet hat. Manche der Bewohner sind grässliche Snobs, wie diese Sidonie ...«

Jean-Côme zwinkert mir verschwörerisch zu. Gilonne enttäuscht nie.

»Wären Sie auch bereit, seine Miete zu übernehmen?«

»Natürlich. Er gehört schließlich zur Familie.«

Wir gehen hinunter zur Heimleiterin, um ihr mitzuteilen, dass Gilonne die Wohnung für einen alten Freund mieten will. Als Jean-Côme Jules' Sehschwäche erwähnt, verzieht sie den Mund.

»Das Cercle ist nicht behindertengerecht. Und es würde sich schlecht auf die allgemeine Stimmung auswirken.«

»Ganz im Gegenteil, ein weiterer Junggeselle unter Ihrem Dach würde sich mehr als positiv auf die Stimmung auswirken, zumindest auf die der Damen«, erklärt Jean-Côme. »Und er ist selbständiger als der Maestro mit seinem Rollstuhl.«

»Aus welchem Hause stammt er?«, fragt die Leiterin.

Sie arbeitet schon zu lange hier, das steckt an. Dieses Mal falle ich nicht darauf herein.

»Er ist ein Gentleman«, sage ich. »Er ist am Cap d'Antibes aufgewachsen, war in London im diplomatischen Dienst, und in seinem Salon hingen mehrere Picassos.«

»Mutter hat ihm gegenüber eine Ehrenschuld zu begleichen. Niemand braucht zu wissen, dass sie die Miete bezahlt«, stellt Jean-Côme klar.

»Das geht nur die beiden etwas an. Dann wäre es also abgemacht.«

Glücklich, die Sache so schnell geregelt zu haben, reicht die Heimleiterin ihm eine Aktenmappe.

»Ihre Mutter soll den Vertrag hier ausfüllen. Monsieur Battagli kann einziehen, sobald Dr. Mougin die Wohnung ausgeräumt hat.«

»Ihre Tochter, meinen Sie wohl?«

»Ja, Dr. Mougin.«

Ich mache große Augen. »Die Tochter der Frau Doktor ist ebenfalls Ärztin?«

»Nur dass ihre Patienten in der Regel schon tot sind. Sie ist Gerichtsmedizinerin.«

Die Tochter arbeitet mit Leichen, die Mutter hat dafür gekämpft, dass ihre Patienten nicht als solche endeten. Sie standen im direkten Wettbewerb.

Gilonne unterzeichnet den Vertrag, auch wenn sie beim letzten Buchstaben ihres Namens leicht mit dem Stift abrutscht.

»Es ist das Doppelte von dem, was sie in Villefranche bezahlt hat, aber sie kann es sich leisten«, vertraut Jean-Côme mir an. »Sie hat keine Familie mehr, ihr gesamtes Vermögen geht an den Staat, bis auf ein paar kleinere Vermächtnisse, auf die noch sechzig Prozent Steuern anfallen. Ich bin nicht ihr Sohn, ich kriege keinen Sou, also kann ich sie ganz unvoreingenommen und ohne Interessenskonflikt beraten. Jules' Miete ist eine praktische, positive Ausgabe, die zu ihrem Wohlbefinden beiträgt. Das war eine tolle Idee, Kim.«

»Jules ist *hygge* für Gilonne«, sage ich und erkläre ihm, was das dänische Wort bedeutet.

Aber wir können uns noch nicht zurücklehnen. Der schwierigste Teil kommt erst noch: Wir müssen Jules überzeugen.

Unten in der Eingangshalle begegne ich Jess.

»Fernands Kinder bedanken sich recht herzlich«, sagt sie grinsend.

»Ach, das war doch selbstverständlich. Jeder andere hätte genau dasselbe getan. Hauptsache, es geht ihm gut.«

»Das war ironisch gemeint. Sie sind dir nicht wirklich dankbar. Im Gegenteil, sie sind stinksauer. Ohne dich wären sie ihren Alten endlich los. Wenn sie könnten, würden sie dich anzeigen.«

Ich starre sie mit offenem Mund an. Dann breche ich in

ein hysterisches Gelächter aus, das wie Schluchzen klingt. Ich falle auf einen der eleganten Klubsessel, die nur für die Bewohner reserviert sind. Mir tut der Bauch weh, ich hickse und gluckse unter Tränen. Alles vermischt sich, die Lebenden und die Toten, der Fehlende von den Ponant-Inseln, der Mann der Katze Evan, der Graf Jocelyn de Kerjeant, der Botschafter Philippe, Jean-Cômes Mörder-Schrägstrich-Heldenvater, diese Männer, die ihren Kindern für immer ihr Zeichen aufgebrannt haben. Und Clovis, der mich nicht mehr liebt, obwohl er bald Vater wird.

»Alles klar bei dir, Kim?«, fragt Jess erschrocken.

Ich hebe den Daumen, um sie zu beruhigen. Als Léonie vorbeikommt und mich sieht, fragt sie, ob ich lache oder weine. Ich weiß es selbst nicht.

VILLEFRANCHE-SUR-MER

Jules sitzt in seinem Zimmer und hört Radio. Als wir eintreten, wendet er den Kopf. In seinem blauen Hemd mit dem Monogramm auf der Brusttasche, der weißen Leinenhose, mit der schwarzen Sonnenbrille auf der Nase und den roten Turnschuhen an den Füßen sieht er aus wie ein Mafioso aus einer italienischen Komödie.

»Wie geht es Mademoiselle Gilonne?«

»Sie beeindrucken mich immer wieder. Woher wussten Sie, wer ich bin?«

»Ich kann Umrisse erkennen. Und ich rieche Ihr Parfüm. Ich bekomme nicht viel Besuch. Wem gehört das männliche Rasierwasser, begleitet Ihr Mann Sie heute?«

Ich zucke zusammen.

»Ich bin nicht verheiratet. Darf ich Ihnen Jean-Côme vorstellen, einen Freund von mir?«

»Sehr erfreut.«

Der Schatten des edlen Spenders der New-Balance-Sneaker fällt drohend über den Raum.

»Fernsehen ist so frustrierend, seit meine Augen nicht mehr richtig funktionieren.« Jules dreht den alten Radioapparat leiser. »Ich höre Radio Monte Carlo. *Kennst du Monte Carlo? Nein, wer soll das denn nur sein?* Sagt Ihnen nichts? Dafür sind Sie wahrscheinlich zu jung. Das hat Annie Cordy Ende der Sechziger gesungen.«

Ich springe ins kalte Wasser.

»Madame de Kerjeant braucht Hilfe.«

»Das tut mir von Herzen leid. Früher hätte ich ihr helfen können. Heute bin ich nutzlos.«

»Sie sehen schlecht, aber Sie sind deutlich rüstiger als sie.«

»Wir waren beide unser Leben lang auf den Beinen. Ich in ihren Diensten, sie auf der Bühne, in der Botschaft, im Auktionshaus, im Schloss. Was fehlt ihr denn?«

»Sie wird immer verwirrter. Manchmal hält sie sich für einen Bären.«

»Martin«, murmelt Jules.

»Wie bitte?«

»Martin war Monsieur Bernards Plüschbär, sein Lieblingsspielzeug. Mademoiselle Gilonne hatte einen Hasen, Peter Rabbit. Als Monsieur Bernard gestorben ist, hat sie den noch am selben Abend in den Kamin geworfen und unbewegt zugesehen, wie er verbrannte. Dann hat sie Martin aus dem Zimmer ihres Bruders geholt.«

»Das hat sie mir nie erzählt«, flüstert Jean-Côme.

»Wer sind Sie eigentlich genau, Monsieur?« Jules hat gute Ohren.

Damit wären wir beim heiklen Teil unserer Mission angelangt. Wenn wir es falsch anstellen, schmeißt Jules uns hochkant raus, zieht nicht ins Cercle, lässt wahrscheinlich alles auffliegen.

»Waren Sie dabei, als Côme gestorben ist?«, frage ich.

»Ich habe ihn gefunden. Ich konnte Mademoiselle Irène gerade noch daran hindern, ins Wasser zu springen, es war schon zu spät. Ich habe den Rettungsdienst und die Polizei verständigt. Zum zweiten Mal musste ein Sohn der Familie viel zu früh gehen. Ich habe beide Tragödien miterlebt.«

Ich wechsle einen Blick mit Jean-Côme. Der nimmt allen Mut zusammen und kommt direkt auf den Punkt. »Ich heiße Jean-Côme Ballarain, ich gebe EDV-Kurse. Madame de Kerjeant hält mich seit einem halben Jahr für ihren Sohn. Ich habe versucht, sie zur Vernunft zu bringen, ihr die Wahrheit vor Augen zu führen, bis sie mir irgendwann gesagt hat, sie *wolle* einfach glauben, dass ich Côme bin. Von diesem Zeitpunkt an habe ich es dabei belassen.«

»Sie sind ein Betrüger?«, fragt Jules misstrauisch.

Ich schalte mich ein. »Ich hatte auch erst meine Zweifel, aber Jean-Côme ist ein ehrlicher Mensch, er nutzt sie nicht aus. Im Gegenteil, er beschützt sie.«

»Wenn Sie sie übers Ohr hauen, bringe ich Sie um«, droht Jules mit finsterer Stimme. »Meine Augen sind vielleicht nicht mehr die besten, aber ich habe Freunde in der Unterwelt, die mir noch einen Gefallen schulden.«

»Meine Absichten sind nicht böse, das schwöre ich Ihnen.«

Die Anspannung in der Luft ist beinahe greifbar.

»Was denn sonst?«, fragt Jules skeptisch.

»Auch auf die Gefahr hin, dass Sie mich für verrückt erklären: Es geht um Liebe. Madame de Kerjeant hatte schon vor dem tragischen Unfall mit ihrem Sohn gebrochen. Meine Mutter verleugnet mich, weil mein Vater sie verletzt hat. Gilonne und ich haben einander sozusagen adoptiert. Jetzt habe ich eine Mutter, die mich liebt, die jeden Samstag ungeduldig auf meinen Besuch wartet. Das hat mein Leben verändert.«

Er ist aufrichtig, das spürt auch Jules. Er streckt die Hand aus.

»Ich habe Mademoiselle Gilonne immer bewundert. Ich bin lieber bei ihr geblieben, als eine Frau zu heiraten, die ihr nicht das Wasser reichen konnte.«

Der Handschlag besiegelt ihr Einvernehmen. Jemand, der Gilonne weniger verbunden wäre, hätte sich mit einer solchen Geschichte niemals zufriedengegeben. Doch Jules hat ihr sein Leben gewidmet, er glaubt das Unglaubliche.

»Jean-Côme kommt jedes Wochenende, aber unter der Woche ist Madame de Kerjeant allein. Und ich fahre bald in die Bretagne zurück«, sage ich.

Jean-Côme reißt überrascht die Augen auf, damit hat er nicht gerechnet.

»Schon? Wenn es am Geld liegt, kannst du jederzeit eine Gehaltserhöhung kriegen.«

»Nein, nein, das ist es nicht. Es gibt da ein paar dringende Angelegenheiten, um die ich mich kümmern muss.«

Ich wende mich wieder an Jules.

»Madame de Kerjeant findet eine andere, die ihr im Alltag hilft, was sie braucht, ist ein Freund.«

»Ich will nicht, dass sie mich in diesem Zustand sieht«, sagt Jules bestimmt.

»Welchen Zustand meinen Sie?«

Er reißt eine Schublade auf, deutet auf seinen Blindenstock.

»Damit!«, ruft er.

»Hatte der Graf de Kerjeant nicht auch so einen?«, frage ich gespielt naiv.

»Er hatte eine prächtige Sammlung von Gehstöcken mit silbernen Knäufen, die ich sorgsam gepflegt habe. Er war ein vornehmer, stattlicher Mann, das ist etwas anderes.«

»Sie sind nicht weniger stattlich, Jules. Sie braucht Sie.«

»Wo wohnt sie?«

»In einer Seniorenresidenz in Antibes, Boulevard du Général-Vautrin.«

Die schwarzen Brillengläser verbergen seine Augen, aber sein Mund zuckt.

»Jean und Antoinette Vautrin waren zusammen mit Monsieur le Comte und meinem Vater in der Résistance. Denken Sie wirklich, dass ich Mademoiselle Gilonne noch von Nutzen sein kann?«

Jean-Côme trägt absichtlich dick auf. »Sie müssten Tag und Nacht einsatzbereit sein, mit ihr gemeinsam im Restaurant des Cercle essen.«

»Ich habe nur eine kleine Rente, ich …«

»Madame de Kerjeant würde Kost und Logis begleichen, als Zeichen ihrer Dankbarkeit. Auf ihrem Stockwerk ist gerade eine Wohnung frei geworden. Aber es gibt eine Bedingung.«

»Und welche?«

Ich übernehme. »Sie sollen sie nicht Mademoiselle nennen, nur Gilonne.«

»Warum?«, fragt Jules verwundert.

»Um die Art Ihrer Verbindung nicht zu verraten.«

»Ich würde ihr nie Schande bereiten«, ruft er aufgebracht.

»Natürlich nicht. Aber es würde sie kränken, wenn man sie für verletzlich und abhängig hält. Sie hat ihren Stolz.«

Ich warte atemlos. Dieses Argument kann er bestimmt gut nachvollziehen.

»In Ordnung«, sagt er schließlich. »Ich nehme das Angebot an. Und wissen Sie, warum? Wegen des Rauchsalons.«

»Welches Rauchsalons?«

»Dem Zimmer, zu dem wir Kinder keinen Zutritt hatten, in dem mein Vater und Monsieur le Comte jeden Sonntagabend zusammen getrunken und einander mit Jocelyn und Jacques ausgesprochen haben. Das Cercle wird unser Rauchsalon, Gilonnes und Jules'.«

Wir haben es geschafft. Jean-Côme und ich fahren zurück nach Antibes. Ich bin froh über unseren Erfolg, aber bei der

Vorstellung, auf meine Insel zurückkehren und Clovis gegenübertreten zu müssen, wird mir schwer ums Herz. An einer Kreuzung erwache ich plötzlich aus meiner Benommenheit und schreie: »Geradeaus weiter!«

Mit einem abrupten Schlenker gehorcht Jean-Côme.

»Bist du jetzt völlig verrückt geworden? Das hätte böse enden können«, schimpft er.

»Du hast doch gesagt, ein Großteil von Gilonnes Vermögen bekommt der Staat, weil sie keine Familie mehr hat, oder?«

»Und deswegen wären wir fast im Straßengraben gelandet?«

GOLFE-JUAN

Irène runzelt die Stirn, als sie mich erkennt.

»Ich habe Ihnen nichts mehr zu sagen.« Sie will die Tür wieder zumachen.

Ich schiebe den Fuß dazwischen. »Es geht nicht um uns.«

»Wer sind Sie?«, fragt sie den rothaarigen Mann neben mir misstrauisch.

»Offiziell Jean-Côme Ballarain. Für die Bewohner des Cercle bin ich Côme Solericci.«

Der Vorname trifft sie wie ein Faustschlag. Der Nachname streckt sie nieder.

»Was? Verlassen Sie sofort meine Wohnung!«

»Wir sind doch noch gar nicht eingetreten«, bemerke ich. »Er kümmert sich um Cômes Mutter.«

»Sie sind ein Betrüger?«

Ihre Stimme verrät sie. Sie ist hin und her gerissen zwischen der Wut, dass ein Hochstapler den Platz des Mannes einnimmt, den sie geliebt hat, und der Freude darüber, dass jemand Gilonne über den Tisch zieht.

»Geben Sie uns fünf Minuten.«

»Hauen Sie ab, oder ich rufe die Polizei!«

»Ich bin Informatiker«, sagt Jean-Côme sanft. »Ich habe Gilonne de Kerjeants Computer entrümpelt.«

Sie erstarrt.

»Erinnern Sie sich noch an den Brief, in dem Côme seiner Mutter die Meinung gegeigt hat?«

Irène schweigt wie gelähmt. Ich verstehe nur noch Bahnhof. Worum geht es hier?

»Sie haben keine Ahnung, was eine IP-Adresse ist, oder?«

Sie schüttelt den Kopf.

»Computer kommunizieren miteinander über das sogenannte Internetprotokoll, das numerische Adressen zur Identifizierung benutzt. Wenn Sie anonym im Netz surfen wollen, müssen Sie Ihre IP-Adresse verbergen. Diese Vorsichtsmaßnahme haben Sie nicht ergriffen. Mit dem Handy können Sie jemanden von der gegenüberliegenden Straßenseite aus anrufen und so tun, als befänden Sie sich am anderen Ende der Welt. In der Informatik ist das anders. Jeder Computer hat eine eindeutige Adresse, die sich bis zu seinem Besitzer zurückverfolgen lässt.«

»Ich kapiere gar nichts mehr«, sage ich. »Klärt mich jemand auf?«

Irène öffnet seufzend die Tür.

»Ich habe Besuch von meinem Patensohn. Er schläft, seien Sie leise.«

Wir setzen uns in das farbenfrohe Wohnzimmer, in dem immer noch Chaos herrscht.

»Ich wollte Côme befreien«, flüstert Irène so leise, dass ich sie bitten muss, ihre Worte zu wiederholen.

»Er wollte ihn also gar nicht abschicken?«, hakt Jean-Côme nach.

»Sie lesen also die E-Mails Ihrer Kunden?«, schießt Irène zurück.

»Ich habe gegen das Briefgeheimnis verstoßen. Sie haben Verrat begangen.«

Wovon reden die beiden bloß? Irène schließt die Augen, als hätte er ihr einen Dolchstoß versetzt. Er wendet sich an mich.

»Das ist so ein Psychologending. Wenn man es nicht schafft, jemandem zu sagen, was man auf dem Herzen hat, soll man es sich in einem Brief von der Seele schreiben. Den schickt man aber nie ab, sondern verbrennt ihn symbolisch oder versteckt ihn ganz unten in einer Schublade. Oder lässt ihn auf seinem Computer.«

Irène schlägt die Beine übereinander. Ihr Fuß zittert.

»Côme hat so einen Brief an seine Mutter geschrieben und ihn per Mail an Irène geschickt«, fährt Jean-Côme fort. »Darin hat er alles ausgepackt, seinen Hass, seine Verzweiflung, seine Enttäuschung, seine Liebe, seine Wut. Alles, was er ihr nicht ins Gesicht sagen konnte. Sie sollte den Brief nie zu sehen kriegen, es musste nur raus, schwarz auf weiß dastehen.«

Ich ahne, wie die Geschichte weitergeht.

»Sie haben ihn hinter seinem Rücken an Gilonne geschickt?«, frage ich entsetzt.

Irène nickt gequält.

»Sie hat ihn erstickt. Ich dachte, ich würde ihn beflügeln, aber ich habe mich geirrt. Ich habe ihn endgültig ins Unglück gestürzt. Als er sie vor unserer Hochzeit noch einmal treffen wollte, habe ich mich nicht getraut, ihm die Wahrheit zu gestehen.«

»Es hätte nichts geändert«, sage ich aus Barmherzigkeit.

»Sie hat sich an jedes einzelne Wort erinnert – Worte, von denen er gar nicht wusste, dass sie sie gelesen hat. Eine ungleiche Schlacht. Ich hatte Angst, dass er mich nicht mehr liebt, wenn er erfährt, was ich getan habe. So haben wir ihn beide verloren.«

»Deswegen habe ich seinen Platz eingenommen«, erklärt Jean-Côme. »Als Gilonne mich bat, ihren Computer auf den neusten Stand zu bringen, habe ich auch ihre Mails ausgemistet. Ich habe mein Berufsethos, ich bin weder neugierig noch indiskret, aber ich bin völlig unabsichtlich über Worte von einer solchen Heftigkeit gestolpert, dass ich gar nicht anders konnte, als bis zum Ende zu lesen. Und anschließend die Antwort. Und die Antwort darauf. Wie ein Kind, das einen Keks anknabbert, in der Hoffnung, dass es niemand bemerkt, bis der ganze Keks weg ist. Côme war tot. Gilonne litt. Ich wollte die beiden aussöhnen.«

»Warum?«, fragt Irène.

»Weil mein Psychologe mir den gleichen Rat gegeben hat. Ich habe ebenfalls einen Brief an meine Mutter geschrieben. Und ich hatte nie den Mut, ihn abzuschicken.«

Die Tür geht auf, und der kleine Junge mit den aprikosenfarbenen Locken kommt herein.

»Maman? Durst …«

Irène springt auf, holt ihm ein Glas Wasser und schaut ihm liebevoll beim Trinken zu.

»Was wollen Sie?«, fragt sie uns.

Sie wirkt wie ein gehetztes Tier.

»Wie heißt er?«

»Damien.«

Mir sagt der Name nichts, aber Jean-Côme lächelt.

»Natürlich.«

Ich hebe die Augenbrauen.

»Côme und Damien waren Zwillingsbrüder. Côme ist der Schutzheilige der Chirurgen, Damien der der Apotheker.«

»Er ist mein Patensohn«, beteuert Irène unbeholfen.

»Er hat Sie gerade Maman genannt.«

Schulterzuckend gibt sie sich geschlagen.

»Ich verstehe ja, dass Sie Gilonne nicht wiedersehen wollen, aber Damien ist ihr Enkel«, sage ich.

»Eine solche Großmutter braucht er nicht.«

»Deswegen bringen Sie ihn um sein Erbe?«

»Dieses Geld würde mir ein Loch in die Tasche brennen.«

»Gilonnes Vermögen ist nicht die Frucht ihrer eigenen Arbeit. Es stammt von ihren Vorfahren, wurde über Generationen weitergereicht. Damien wird später mal Träume haben, Ziele. Sie haben nicht das Recht, das für ihn zu entscheiden.«

»Er ist mein Sohn, ich habe jedes Recht«, schreit Irène.

»Jetzt klingen Sie fast wie Gilonne.«

Der Hieb sitzt. Sie beißt sich auf die Lippen. Ich rede weiter. »Niemand zwingt Sie, sie noch einmal zu treffen. Sie sind nicht mit ihr verwandt. Damien schon.«

»Ihr Geld ist mir scheißegal, ich lasse mich nicht kaufen.«

»Was ist mit seinem Vater?«

»Ich erzähle ihm jeden Tag von ihm. Ich habe Cômes Klavierspiel aufgenommen, das hören wir dauernd zusammen an. Klänge faszinieren Damien: Kirchenglocken, das Prasseln des Regens … Seit mir ein Patient eine tibetische Klangschale geschenkt hat, beschäftigt er sich stundenlang damit. Das Pfeifen des Teekessels begeistert ihn genauso wie das Piepen des Handys. Er hat Cômes musikalisches Talent geerbt.«

»Trägt er seinen Namen?«

Sie schüttelt den Kopf.

»Côme ist vor seiner Geburt gestorben. Ich wollte nicht, dass ihn irgendwas mit der Gorgo verbindet.«

»Sie heißt de Kerjeant. Er müsste Solericci heißen.«

»Was wollen Sie?«, fragt Irène noch einmal entnervt. »Dass ich mit Damien jeden Sonntag zum Bratenessen komme, in der Hoffnung, dass die Hexe bald den Löffel abgibt? Ihr ist nicht einmal aufgefallen, dass ich schwanger war, damals, als …«

Ihre Stimme bricht.

Ich stelle klar: »Sie ist nicht mehr dieselbe wie früher. Sie hat ihr Gift verloren. Sie ist zerbrechlich, verletzlich, anhänglich und egoistisch, wie ein kleines Kind. Ich kann Ihnen nicht vorschreiben, was Sie tun sollen. Ich bitte Sie nur, die Situation zu überdenken.«

»Wegen der Kohle?«

»Wegen der Erinnerung.«

Ich stehe auf.

»Übrigens, sind die Kieselsteine an Cômes Grab von Ihnen?«

»Er kannte einen Violinisten aus Tel-Aviv, der jedes Jahr das Grab seiner Schwester, einer Pianistin, in Nizza besuchen kam und einen Stein niederlegte. Die beiden waren für ihn so was wie Mentoren. Als ich Damien die Geschichte erzählt habe, wollte er das auch machen. Er mag das Klackern der Kiesel.«

ANTIBES

Jean-Côme bietet mir an, den besagten Brief auf Gilonnes Computer zu lesen.

»Du hast ihn nicht gelöscht? Und wenn sie ihn zufällig findet?«

»Keine Sorge, sie würde ihn gar nicht mehr verstehen. Dass ich in ihren Privatnachrichten geschnüffelt habe, gibt mir noch lange nicht das Recht, etwas zu löschen. Ich hatte keine Ahnung von Damiens Existenz, aber das bestärkt mich nur in meiner Entscheidung. Vielleicht will er eines Tages seinen Vater besser kennenlernen. Und seine Großmutter.«

Gilonne schläft friedlich im Nebenzimmer, ihren Plüschbären im Arm.

»Irène hat sich von ihrem Computer aus in Cômes Mailaccount eingeloggt. Um sicherzugehen, dass Gilonne den Brief auch wirklich kriegt, hat sie sich sogar in CC gesetzt, wo man ihre Adresse sieht, statt in BCC – Blindkopie. Wahrscheinlich dachte sie, Gilonne würde es in ihrem Alter nicht bemerken. Sie konnte ja nicht ahnen, dass ich irgendwann komme.«

Cômes Worte sind grässlich.

Sie haben mir das Leben vermiest. Ich hasse Sie nicht einmal, Sie sind mir egal, das ist noch schlimmer. Ich empfinde keinerlei Liebe für Sie, nur Mitleid und manch-

mal Verachtung. Ich habe keine Ahnung, wie es ist, eine echte Mutter zu haben. Wenn meine Freunde ihre Mütter verehren, kann ich das nicht nachvollziehen. Sie gehören für mich zu den unvermeidlichen Qualen des Lebens, der notwendigen Pein der Kindheit. Manche meiner Freunde haben die Schule gehasst, sie lebten förmlich auf, wenn es nachmittags klingelte. Bei mir war es genau andersherum. Während des Unterrichts und in den Pausen konnte ich frei atmen, kaum trat ich über Ihre Schwelle, legte ein finsteres Ungeheuer mir die Pranken um den Hals. Bis zu dem Tag, als meine Therapeutin mir Folgendes sagte: »Sie können Ihre eigene Mutter sein. Wir sind nicht verpflichtet, unsere Eltern zu lieben. Ihnen zu helfen, ja, aber nicht, sie zu lieben.«

Was für eine Befreiung! Ohneeinander wären wir beide viel glücklicher gewesen. Sie sind eine bedauernswerte, von Eitelkeit, Egoismus, Paranoia und Stolz zerfressene Frau. Früher haben Sie mir schreckliche Angst eingeflößt, ich habe Sie gefürchtet, hatte das Gefühl, niemals so sein zu können wie der Rest der Welt, fröhlich, unbeschwert, fähig zu lieben. Ich weiß nicht, ob Sie vor dem Tod Ihres Bruders anders waren. Ich kenne Sie nur so, wie Sie jetzt sind, eifersüchtig, boshaft, geistreich, herzlos. Sie glauben, alle Männer seien in Sie vernarrt, aber da irren Sie sich. Sie begehren Sie, doch sobald sie Ihren wahren Charakter in Ihren Augen aufscheinen sehen, wenden sie sich ab. Sie glauben, alle Frauen würden Sie beneiden, aber da irren Sie sich. Sie sind allein, niemand will mit Ihnen befreundet sein. Kinder nehmen vor Ihnen Reißaus, selbst die Tiere durchschauen Sie. Ich werde von heute an alles tun, um Sie zu vergessen. Hundertmal pro Tag sehne ich mir Ihren Tod herbei, aber ich werde Sie nicht töten. Ich will frei und ohne Reue leben. Ich bete, dass Sie einen vierten Mann finden, der Sie nach Patagonien, China oder Peru schleppt. Ich flehe Gott an, Sie mit Demenz zu schlagen, sodass Sie mich nicht mehr erkennen. Sie lasten bleischwer auf mir, Mutter, auch wenn Sie so schmal sind wie eine Scheibe Toast. Meine gesamte Kindheit über haben Sie mich bei Bedarf herausgeholt und anschließend weggeworfen wie ein benutztes Taschentuch, mich zur Schau gestellt wie eine Nippfigur und dann im Schrank mit den kaputten Spielsachen versteckt. Irène hat mich repariert. Ich funktioniere wieder, habe meine Batterien aufgeladen, ich brumme, ich lebe! Ich werde nicht zulassen, dass Sie mich noch einmal verletzen, dass Sie uns *verletzen. Ich habe die Nabelschnur durchtrennt, alle Brücken abgebrochen. Sie existieren für mich nicht mehr. Machen Sie, was Sie wollen, es interessiert mich nicht. Wer? Gilonne wie? Ich bin Ihnen nie begegnet. Man hat uns einander nicht vorgestellt. Ich habe nichts mit Ihnen zu schaffen. Sie sind eine Fremde für mich.*

Ich hebe den Blick, schaue Jean-Côme an.

»Das ist wahnsinnig traurig.«

»Ich habe mich ihm sehr verbunden gefühlt. Als ich seinen Brief las, hatte Gilonne schon keine Ähnlichkeit mehr mit der Frau, die er beschreibt. Gott hat ihn erhört – nicht mit Patagonien, China oder Peru, sondern mit der Demenz. Wäre er nicht gestorben, hätten sie sich vielleicht versöhnt. Hätte mein Vater nicht auf meine Mutter geschossen, würde sie mich vielleicht immer noch lieben.«

Zum ersten Mal in meinem Leben denke ich, dass eine abwesende, aber liebende Mutter wie Lénaïg möglicherweise ihre Vorteile hat.

»Was ist aus deinen Eltern geworden?«, frage ich leise.

»Mein Vater ist im April 2015 in Nepal getötet worden.

Mein korsischer Stiefvater hatte wenig später einen tödlichen Jagdunfall. Mein Halbbruder Petru ist Dichter und Backpacker, bereist die Welt, schreibt wundervolle Texte und schickt einmal im Jahr eine Rundmail an eine Liste von Menschen, zu denen auch ich gehöre. Meine Mutter lebt noch, aber ich bin für sie gestorben.«

»Wo wohnt sie?«

»Über eine Website habe ich meinen Jugendfreund Arthur gefunden. Von ihm weiß ich, dass sie zurück nach Épernay gezogen ist. Sie hat ihren Mädchennamen wieder angenommen und arbeitet bei Mercier.«

Gilonne trinkt Champagner der Firma, für die die echte Mutter ihres falschen Sohns arbeitet. Die Welt ist klein.

»Ich habe keine Familie mehr, aber ich habe Freunde«, fährt Jean-Côme fort. »Ich schreibe regelmäßig mit Arthur aus der Champagne, Quentin aus Paris und Napoléon aus Korsika. Ich habe sogar meinen besten Freund aus Afrika auf Facebook entdeckt, Yahia.«

»Gibt es keine Frau in deinem Leben?«

»Meine Abenteuer währen nicht lange. Kennst du das Lied von Gainsbourg, *Fuir le bonheur de peur qu'il ne se sauve*? Flieh vor dem Glück, bevor es dir davonläuft.«

»Hast du nie bemerkt, wie Léonie dich ansieht?«

»Doch. Sie ist eine von den Guten. Sie hatte kein Glück mit ihrem Vater. Ich bin nicht gerade ein Hauptgewinn, Kim. Sie verdient etwas Besseres. Wir waren einmal gemeinsam essen, in Saint-Paul-de-Vence. Es war, als würden wir uns schon ewig kennen. Das will ich nicht kaputt machen.«

»Also Freunde, nicht mehr? Das eine schließt das andere nicht aus.«

»Im Moment lerne ich, ein Sohn zu sein, das schluckt all meine Energie. Der Rest muss hintanstehen.«

Mit entschlossener Hand verwirft er die Möglichkeit eines Glücks zu zweit.

»Außerdem müssen wir jetzt sowieso erst mal die nächste Mary Poppins casten.«

»Mary Poppins?«

»Na, eine junge Frau, die sich um Mutter kümmert, wenn du auf deine Insel zurückfährst. Kennst du nicht die Szene aus dem Film, in der der Vater eine Zeitungsanzeige aufsetzt, um ein Kindermädchen zu finden? Seine Kinder schreiben daraufhin eine eigene. Die Dame soll rosige Wangen haben, nicht nach Blumenkohl riechen und ihnen keinen Lebertran verabreichen. Ich werde eine junge rothaarige Frau suchen, die Champagner, Bären und den Madison mag.«

JUAN-LES-PINS

Gilonne möchte ein Eis, also fahren wir ans Meer. Sie erzählt mir von den Eiswaffeln beim *Glacier belge* und dass Côme früher ganz verrückt nach Autoscootern war. Ich erzähle ihr von meinem Lieblingscrêpe mit Camembert und salzigem Karamell. Zwei Bretonen hören mich zufällig und sprechen uns an. Wir reden über *galettes, gâteau breton, kouign-amann, kouign-pod, tchumpôt*. Die beiden stammen aus Côtes-d'Armor, ich aus dem Morbihan. Wir sind vom selben Blut, von derselben Erde, auch wenn meine mitten im Meer liegt.

Dann hat Gilonne Appetit auf Pommes frites, deshalb schwänzen wir das Abendessen im Cercle. Die Pommes sind heiß, fettig und unglaublich lecker. Wir setzen uns mit den Bretonen Goulven und Noalig auf einen Steg. Goulven lässt sein Pommesschälchen wie ein Papierschiff schwimmen. Es ist biologisch abbaubar, trotzdem krempelt er die Hose hoch und fischt es wieder aus dem Wasser. Wir singen *Tri Martolod* von Alan Stivell, ein bretonisches Lied, das Nolwenn Leroy gecovert hat. Gilonne klatscht mit.

»Haben Sie auch eine Liga?«, fragt sie.

Unser Triskel steht ihrem Roten Vlies in nichts nach. Unsere neuen Freunde kennen Groix. Sie haben einen bei Beudeff gehoben, im Le 50 gegessen, sind die Küstenwege entlanggewandert, haben Gwenolas *far* und Loïcs Fleisch probiert und im *Hôtel de la Marine* geschlafen. Einer ihrer Cousins ist sogar mit einer Groixerin verheiratet.

»Ist Ihnen nicht kalt?«

Ich lege Gilonne meinen Pulli um die Schultern. Die Grillen zirpen, als gäbe es kein Morgen, und ich bekomme Heimweh. Der laue Abend fühlt sich wie ein Abschied an. Plötzlich stößt Gilonne einen schrillen Schrei aus und deutet auf das schwarze Wasser. Ich beuge mich vor. Die Wellen haben etwas angeschwemmt, das jetzt an einem Tragpfeiler des Stegs festhängt. Ich versuche, sie zu beschwichtigen: Das ist bloß eine Jacke, die von einem Schiff gefallen ist oder am Strand vergessen und von der Flut fortgetragen wurde.

»Hier gibt es keine Gezeiten«, erinnert Noalig mich.

Gilonnes Gesicht ist kreidebleich, und sie zittert. In ihrem Kopf hat sich das Meer in einen Swimmingpool verwandelt.

»Wir müssen ihn retten!«

»Es ist bloß eine Jacke, Madame, kein Mensch.«

»Das glaube ich nicht«, kreischt sie panisch. »Er ertrinkt!«

Goulven legt sich bäuchlings auf den Steg, streckt den Arm nach dem durchnässten Ding aus und holt es aus dem Wasser. Es ist ein seelenloses Stück Stoff. Und genauso schnell, wie Gilonne sich aufgeregt hat, beruhigt sie sich auch wieder.

Wir verabschieden uns von den beiden Bretonen und fahren mit offenem Verdeck im Licht der Sterne zurück. Ich schalte das Radio ein. Serge Reggiani singt: »*Jemand fehlt, ja, er fehlt, sei es nun ein Kind, ein Geliebter, die Leere ist dieselbe.*« Ich erstarre, als Gilonne neben mir fröhlich in den Refrain einstimmt: »*Hat man erst mal ›Ich lieb dich‹ gesagt, ist die Stille dieselbe.*« Sie lächelt. Sie begreift die Bedeutung der Worte nicht. Beim nächsten Lied atme ich auf. *Blowing in the Wind* vom Literaturnobelpreisträger des Jahres 2016.

»Mein Sohn ist ein großer Bob-Dylan-Fan«, sagt Gilonne. »Ich hatte einen ganz wunderbaren Abend.«

Clovis schickt mir eine Zeichnung von Sempé von einer Katze neben einem Frühstückstisch, die aus dem Fenster auf ein Meer aus Wolkenkratzern blickt. Heute Abend will er angeblich unserer Freundin Brigitte vom Verein *Les Chats libres* helfen, Straßenkatzen zu füttern. Ich rufe sie an. Sie hat seit einem Monat nichts von ihm gehört.

ANTIBES

Jean-Côme holt Jules ab, während ich die ehemalige Wohnung der Frau Doktor einräume, die ein bisschen kleiner ist als Gilonnes. Ein Möbelpacker und ein Kleintransporter haben ausgereicht, um all seine Habseligkeiten zu verfrachten. Ich habe mit dem Handy Fotos von der Anordnung der Möbel in Villefranche geschossen und sie hier genauso aufgestellt, damit er sich nirgendwo stößt.

Er kommt herein, die Augen hinter den schwarzen Brillengläsern verborgen, orientiert sich, macht sich die Räumlichkeiten zu eigen. Dann setzt er sich, erleichtert und zufrieden. Ich habe ihm einen Strauß Rosen besorgt. Er kann ihn nicht sehen, aber riechen.

»Madame de Kerjeant würde Sie gern begrüßen«, sage ich.

Er erhebt sich reflexartig, steif.

»Ich muss mir andere Schuhe anziehen, der Anblick stimmt sie sicher traurig.«

»Sie hat vergessen, dass ihr Sohn gestorben ist«, erinnert Jean-Côme ihn.

Jules setzt sich wieder.

»Daran muss ich mich erst gewöhnen.«

»Was ist eigentlich Ihre Version?«, frage ich unvermittelt. »Hat Côme sich umgebracht? Hat ihn jemand ermordet? Wer ist schuld an der ganzen Geschichte?«

Jules hebt erstaunt die Augenbrauen.

»Ich dachte, das wüssten Sie.«

»Nein. Erzählen Sie es mir.«

»Der Olivenbaum seines Onkels.«

Ich bin sprachlos. Einen mordenden Baum hat bisher noch keiner erwähnt.

»Na, wegen des Wegs«, fährt Jules fort.

»Wegen was?«

Er seufzt. Und erklärt es mir.

*

Seine ersten Schritte machte Côme in der Rue de Passy in Paris. Fahrradfahren lernte er in der französischen Botschaft in London. Als seine Mutter mit ihm nach Frankreich zurückkehrte und das Anwesen in Nizza kaufte, bekam er sein erstes Mofa. Die Einfahrt war eine breite, mit Lorbeerbäumen gesäumte Allee, von der drei Wege abzweigten: der erste führte zum Swimmingpool, der zweite zur Garage und der dritte zum Bouleplatz. Côme hatte ein Spiel erfunden. Er schloss die Augen, konzentrierte sich und fuhr blind vom Tor bis zur Garage, wobei er die Sekunden zählte und sich an den Hindernissen orientierte, die sein Mofa zum Wackeln brachten. Es war nicht gerade der klügste Zeitvertreib, aber weniger gefährlich als das russische Roulette, das zum Beispiel sein Freund spielte – der, der jetzt querschnittsgelähmt ist. Schlimmstenfalls wäre er ordentlich auf die Schnauze geflogen. Gilonne wusste nichts davon. Jules schon. Er hatte Côme ein paar Mal ramponiert und aufgekratzt nach einem Sturz eingesammelt.

»Seine Yamaha war deutlich schwerer, aber er wollte es wohl noch einmal probieren, davon bin ich fest überzeugt«, sagt Jules. »Er muss mit geschlossenen Augen bis zur Gabelung gefahren sein und den Weg genommen haben, der seiner Meinung nach zur Garage führte. Ihm ist gar nicht aufgefallen, dass das Gefälle steiler war als früher, er hat sicher nicht gelinst, er war kein Schummler. Er hat viel zu schnell den Rand des Pools erreicht. Die Yamaha geriet auf den regennassen Fliesen ins Rutschen. Côme hat versucht, sie aufzurichten, und als er endlich die Augen aufklappte, hat er sich bestimmt gefragt, wo zum Teufel der Pool plötzlich herkommt. Das Motorrad schlitterte unerbittlich aufs Wasser zu. Sein Bein war darunter eingeklemmt. Er konnte sich nicht rechtzeitig befreien.«

»Wollen Sie damit sagen, er ist einfach falsch abgebogen?«, frage ich atemlos.

Jules nickt. Nach Bernards Tod hatte Gilonne zum Gedenken an ihn jedes Jahr einen Olivenbaum gepflanzt. Diese Tradition führte sie auch in Nizza fort. In dem Jahr, in dem der Kontakt zu ihrem Sohn abbrach, wuchs einer der Bäume, vom Mistral gebeugt, quer über den Weg. Er war Gilonne heilig. Statt ihn zurückschneiden oder woanders hinverpflanzen zu lassen, bat sie den Gärtner, den Verlauf der Wege hinter der Gabelung anzupassen. Der Weg, der vormals zur Garage geführt hatte, führte jetzt zum Swimmingpool.

Als Côme am Vormittag mit Irène kam, hatte er die Augen offen, bemerkte die Veränderung und wählte instinktiv den richtigen Weg. Als er mitten in der Nacht völlig durchnässt, erschöpft und betrunken wiederkehrte, schloss er die Augen, um zu spielen, wie früher. Und steuerte direkt in den Tod. Seine Füße erwarteten den leichten Anstieg vor der Garage, nicht den Hang vor dem Pool. Er klammerte sich an den Lenker, um nicht zu fallen, und drehte dabei versehentlich am Gasgriff. Das Motorrad schoss über den Rand.

*

»Es war keine Absicht«, stellt Jules klar. »Sondern ein dummer Unfall. Er hat die Augen geschlossen und den falschen Weg genommen.«

Eine Stimme in meinem Kopf trällert das alte Chanson von Isabelle Adjani: »*Ich streck mich auf dem Poolgrund lang, hab deinen blauen Pulli an.*« Wie albern!

Eine halbe Stunde später klopft Gilonne, auf meinen Arm gestützt, an die Tür.

»Darf ich reinkommen?«

Jules erhebt sich.

»Mademoiselle Gilo-« Er unterbricht sich, als er sich an unsere Abmachung erinnert.

»Jules, mein lieber Jules, wie schön, Sie wiederzusehen!« Strahlend drückt Gilonne seine Hand. »Diese Brille steht Ihnen ganz vorzüglich. Man könnte Sie fast für einen Hollywoodschauspieler halten. Ich habe früher einmal die Rolle der Melissa gespielt, in –«

»*Love Letters*«, ergänzt Jules. »Ich saß damals im Publikum. Ich habe Ihnen zugejubelt.«

Ihr Gesicht leuchtet vor Freude.

»Mein Sohn hat gesagt, Sie hätten Probleme mit den Augen. Haben Sie einen Blindenstock?«

Jules wird von den Gefühlen überwältigt. Das »mein Sohn« wühlt ihn auf, die Erwähnung seiner Behinderung schmettert ihn nieder. Stumm nickt er.

»Ich habe eine Überraschung für Sie«, verkündet Gilonne.

Sie schließt seine Finger um einen elfenbeinfarbenen Gehstock mit silbernem Knauf. Jules befühlt ihn, streicht darüber, erkennt ihn.

»Das war der Lieblingsstock Ihres Vaters, der mit dem Kratzer an der Seite.«

»Jetzt ist es Ihrer.«

»Das kann ich nicht annehmen, das ist ein Familienerbstück.«

»Sie gehören doch zur Familie«, sagt Gilonne fröhlich. Seine Anwesenheit lässt sie sichtlich aufleben. »Wir werden jeden Tag zusammen essen, wie die alten Freunde, die wir immer waren. Wir finden endlich wieder zueinander, wie Melissa und Andy in dem Stück.«

»Ihr So-« Er kann es nicht aussprechen. »Côme hat mich gebeten, Sie Gilonne zu nennen. Wünschen Sie das wirklich?«

»So heiße ich seit meiner Geburt. Warum wollen Sie mich anders nennen? Gefällt Ihnen der Name nicht?«

»Am Cap d'Antibes, in London und Nizza habe ich Sie Mademoiselle genannt.«

Sie wischt den Einwand mit einer energischen Handbewegung beiseite.

»Das war früher, Jules. Ich darf Sie doch Jules nennen, nicht wahr? Oder habe ich Monsieur Jules gesagt?«

Er schüttelt schockiert den Kopf.

»Ich muss Ihnen für Ihre Großzügigkeit danken, in Villefranche und hier.«

»Wir sind alte Freunde«, wiederholt sie. »Sie haben keine Kinder. Ich borge Ihnen gern meinen Sohn. Wir tanzen jeden Samstagabend Madison zusammen. Mögen Sie Sherry? Kommen Sie, ich zeige Ihnen meine Wohnung. Voran, mein traurig Trüpplein! Wohlauf, verlor'ne Kinder! Das stammt von Verlaine, wussten Sie das?«

Sie bemerkt den Radioapparat.

»Dass Sie den noch haben … Der ist ja mittlerweile eine Antiquität. *Kennst du Monte Carlo?*«

»*Nein, wer soll das denn nur sein?*«, antwortet Jules.

Gilonne lässt meinen Arm los und segelt auf ihn zu. Sie braucht mich nicht mehr.

Ich schreibe in die Pro-Spalte meines indigoblauen Notizbuchs: Freundschaft.

ANTIBES

Irène Paganini ruft mich an. Sie erklärt sich damit einverstanden, dass Damien Gilonne besucht, im Beisein von Jean-Côme, ohne sie.

Die beiden kommen ins Cercle, wo wir das weitere Vorgehen besprechen. Als würden wir einen Gefangenenaustausch auf der Grenzbrücke zwischen zwei verfeindeten Ländern vorbereiten … Damien thront wie ein kleiner Pascha auf einem Klubsessel in der Eingangshalle. Seine kurzen Beinchen baumeln in der Luft, während er auf dem Handy seiner Mutter *Peter und der Wolf* hört. Unser Gespräch wird von Musikinstrumenten untermalt: dem Streichquartett für Peter, der Querflöte für den Vogel, der Oboe für die Ente, der Klarinette für die Katze, dem Fagott für den Großvater, dem Horn für den Wolf, den Pauken für die Jäger.

»Hier wohnt eine Dame, die dich gern kennenlernen würde«, erklärt Irène Damien.

Sie kann ihm nicht sagen, dass Gilonne seinen Vater kannte, denn Gilonne glaubt ja, dass Côme noch lebt. Aber Kinder sind viel unkomplizierter als Erwachsene. Statt sich zu wundern, spaziert Damien einfach mit Peter in den Wald.

Sein Aprikosenhaar ist heller als Jean-Cômes Süßkartoffelton. Der Mann beugt sich zu dem Jungen, um der Musik zu lauschen, er hat das Märchen noch nie gehört. Ich frage mich, welches Instrument Sergei Prokofjew wohl für Gilonnes kleinen Bären gewählt hätte.

Plötzlich taucht Sidonie auf und mustert uns neugierig.

»Ach, ist das Ihre Familie?«

Jean-Côme nennt ihr Irènes und Damiens Vornamen, ohne sich Näheres entlocken zu lassen. Sie wirft mir einen vernichtenden Blick zu. Ich sitze in einem der geheiligten Klubsessel, die den erhabenen Hinterteilen der Bewohner vorbehalten sind.

»Sie sehen einander so ähnlich«, sagt sie zu Mann und Kind. Sie fischt nach dem Fang der Woche.

Damit bringt sie Jean-Côme kurz aus der Fassung, er wird rot. Das genügt ihr, sie verschwindet wieder. Gilonnes de Kerjeants Sohn hat ein uneheliches Kind, genau wie Prinz Albert von Monaco.

ANTIBES

Heute ist mein letzter Tag im Cercle. Ab morgen kümmert sich Élodie um Gilonne. Sie hat mandarinenfarbenes Haar und einen provenzalischen Akzent, macht eine Ausbildung zur Krankenpflegerin, kocht gern Auberginenflan, flucht viel und benutzt dabei Ausdrücke wie »Scheibenkleister«, »verdammte Axt« oder »Da brat mir doch einer ne Jujube!«, hält sich für einen Faulpelz, eine schreckliche Schlafmütze, und befindet, Gilonne sei »mager wie ein Stockfisch«. Die beiden hatten gleich einen guten Draht zueinander. Meine Wenigkeit war sofort vergessen. So müssen sich Lehrer am Ende des Schuljahrs fühlen, wenn die Schüler, für die sie sich so abgerackert haben, sie aus ihrem Gedächtnis löschen. Mambo, Lola und Jess trösten mich, sagen, so sei es besser für alle. Véro erinnert mich mit einem spöttischen Lächeln daran, dass ich nur eine Angestellte bin.

Ich verbringe einen vergnüglichen englischen Abend mit Gilonne, Jules und Jean-Côme. Mittlerweile bin ich ein echter Madison-Profi. Anschließend kehrt Jules in seine Wohnung zurück, er kommt allein zurecht. Die Damen im Cercle haben schon ein Auge auf ihn geworfen. Beim Mittagessen hat Sidonie sich selbstbewusst bei ihm untergehakt und wollte ihn zu ihrem Tisch ziehen.

»Was für drollige rote Turnschuhe, Monsieur. Mein Enkelsohn hat genau die gleichen. Das hat Stil, wie Sie der

Mode eine lange Nase drehen. Ich habe gehört, Sie besitzen mehrere Picassos?«, flötete sie stolz, weil sie sich den begehrten Junggesellen geschnappt hatte.

Doch Jules riss sich los und marschierte mithilfe seines Elfenbeinstocks wieder zu Gilonne. Sidonie blieb fassungslos und beleidigt zurück. Bestimmt beschwert sie sich direkt bei der Heimleiterin über Jules' Schuhwerk. Immerhin hat sie sich sogar über die Frau mit Parkinson lustig gemacht. Eines Tages werden die Rollen sich verkehren. Und wenn eine Jüngere und Rüstigere Sidonie von ihrem Platz verdrängt, wird niemand sie verteidigen.

Ich frage Gilonne, ob sie nicht langsam ihren Pyjama anziehen möchte.

»Schon?«, fragt sie traurig.

»Es ist Schlafenszeit.«

»Für alle kleinen Bären?«

»Aber ja.«

»Wenn ich brav bin, kriege ich dann noch Honig?«

Als sie im Bett liegt, streckt sie die Arme nach mir aus wie ein Kind. Ich decke sie zu, gebe ihr einen Gutenachtkuss und flüstere ihr dieselben Worte zu wie sie ihrem Sohn früher in London: *Good night and sweet be your sleep, angels around you watch and keep*. Ich frage mich, ob Engel auch senil werden, bis sie nicht mehr wissen, wie man fliegt. Ob die jungen den alten unter die Arme greifen müssen? Der Tod der Katze hat mir brutal die Flügel ausgerissen, Clovis' Lügen und sein Verrat haben mich in einen Käfig verbannt. Doch die Flügel sind nachgewachsen, klein und leicht und flauschig. Es wird Zeit, mich wieder in die Lüfte zu schwingen. Die Sache mit den drei Irish Coffee hatte keine Nachwirkungen, und bis zur Geburt des Babys werde ich keinen Tropfen Alkohol anrühren. Ich bin noch mal davongekommen. Die Katze, Lénaïg und die Frau Doktor haben da oben wohl ein gutes Wort für mich eingelegt.

Schließlich sind Jean-Côme und ich allein. Er kommt auf mich zu, beugt sich vor, ich weiche nicht zurück. Wir umarmen uns, küssen uns leidenschaftlich. Das hier hat nichts mit Clovis zu tun, dem Verräter schulde ich einen Dreck. Weiter passiert nichts, es ist nur ein Abschiedskuss, ein stummes Einverständnis, das nichts mit der sinnlichen Vereinigung der Körper gemein hat. Eine Verbrüderung, ein kurzes Beben, ein Naturgesetz. Dann lösen wir uns voneinander. Morgen trennen sich unsere Wege. Ich bin ein Seebarsch aus dem Atlantik, er einer aus dem Mittelmeer. Wir sind zwei Fische von der gleichen Art, zwei Menschen, die Gilonne als Chinesische Mauer gedient haben, zwei verirrte Kinder ohne Eltern, voller Tränen und Fragen. Zwei Lügner, zwei Träumer.

Jean-Côme holt zwei Gläser, füllt seins mit Whisky und meins mit Mineralwasser. Wir stoßen auf die Liga der glücklichen Rothaarigen an. Er sagt, dass man nicht nur eine Mutter habe, sondern auch noch die, die man sich aussucht, die einem das Schicksal in den Weg wirft. Eine Maman wurde ihm zugewiesen, Gilonne hat er selbst gefunden. Er hat sie wiederbelebt, das Blut in ihren Adern zum Fließen gebracht, die Luft in ihrer Lunge, die Gedanken in ihrem Gehirn, das Lachen in ihrer Kehle. Gilonne hatte ihren Sohn schon lange vor der Tragödie verloren, aus eigener Schuld. Jean-Côme war Waise, obwohl seine Mutter noch lebte.

Ich rufe Clovis an, weil ich seine neuste Ausrede hören will. Er ist gerade joggen, um sich auf den nächsten großen Insellauf vorzubereiten. Heute Abend hat er angeblich

Probe. Er spielt Trompete in der Blaskapelle *Fanfare des Chats-Thons*, deren Name sowohl auf den Leuchtturm Phare des Chats als auch auf den Thunfisch-Wetterhahn verweist. Später rufe ich Ywes an, den Dirigenten. Er bedauert sehr, dass Clovis zurzeit so viele Proben verpasst. Ich schreibe in die Kontra-Spalte meines indigoblauen Notizbuchs: Abhängigkeit, Lügen.

ÉPERNAY

Ich steige aus dem Zug. Die Hügel, Häuser und Höhlen dieser Stadt haben sie zum Unesco-Weltkulturerbe gemacht. Das Taxi fährt an dem Haus vorbei, in dem Jean-Côme aufgewachsen ist. Seit damals haben hier andere Familien gewohnt, die Nachbarn haben gewechselt, wahrscheinlich weiß niemand mehr von der Tragödie. Das muss die Küchentür sein, hinter der Jean-Côme seine Mutter auf dem Boden gefunden hat. Warum ist sie nach dem Tod ihres zweiten Ehemanns in ihre Geburtsstadt zurückgekehrt? Um Buße zu tun? Um sich zu erinnern?

Das Taxi erreicht die berühmte Avenue de Champagne, die teuerste Straße der Welt, unter der zweihundert Millionen Flaschen in einhundertzehn Kilometern Kreidefelsen ruhen. Vor der Maison Mercier hält es an. Ein riesiges Porträt des Gründers empfängt die Durstigen. Ich frage nach der Frau, für die ich den weiten Weg gekommen bin.

Sie wirkt nervös. Sie ist jünger als Gilonne oder die Katze, sieht aber ausgezehrt, verbraucht aus. Sie hat nicht auf sich geachtet.

»Ja bitte?«, fragt sie und taxiert mich misstrauisch.

»Ich bin eine Freundin Ihres Sohns.«

Ihr hartes Gesicht verwandelt sich, als bestünde es aus Knete. Es wird weicher, zwanzig Jahre jünger, beinahe wieder schön.

»Kommen Sie.«

Sie führt mich ein Stück zur Seite.

»Woher kennen Sie meinen Petru?«

»Ich meine Ihren Ältesten, nicht seinen Bruder.«

Sie erstarrt.

»Hat er Sie geschickt?«

»Nein. Er weiß nicht, dass ich hier bin.«

»Ich habe nur noch einen Sohn, Mademoiselle.«

»Ihre beiden Ehemänner sind tot. Ihre Söhne leben.«

Sie strafft trotzig die Schultern, schüttelt wütend den Kopf.

»Sie mussten Schreckliches durchmachen, aber Sie sind seine Mutter.«

»Nein!«

»Er hat Ihnen vertraut.«

»Ich habe seinem Vater vertraut, und er hat auf mich geschossen«, stößt sie hasserfüllt aus. »Er hat mein Leben zerstört. Hätte er mich nur umgebracht! Seine Rache war perfider. Wäre ich entstellt, könnte ich mich verstecken. So sehe ich von außen ganz normal aus, obwohl ich völlig kaputt bin.«

»Dafür kann Jean-Côme doch nichts.«

»Er ist seinem Vater wie aus dem Gesicht geschnitten, das ist unerträglich.«

»Sie haben ihn neun Monate unter dem Herzen getragen. Sie haben ihm das Leben geschenkt.«

»Und sein Vater hätte mir das meine um ein Haar genommen. Man ist nicht automatisch Mutter, nur weil man als Frau zur Welt kommt oder ein Kind gebiert. Man wird zur Mutter. Jean-Cômes Vater hat meine Muttergefühle für seinen Sohn getötet, als er auf mich gezielt und abgedrückt hat. Muttersein ist ein schwieriges Metier. Das werden Sie auch bald feststellen.«

»Wieso sagen Sie das?«

Sie schaut mir tief in die Augen, und plötzlich erkenne ich die Ähnlichkeit. Jean-Côme hat das rote Haar seines Vaters, aber die dunkelblauen Augen seiner Mutter.

»Na, weil Sie schwanger sind«, stellt sie fest, als wäre es offensichtlich.

»Woher wissen Sie das?«

»So was spürt man.«

Das bringt mich aus dem Gleichgewicht. Ich ringe nach Worten. Ich habe mein Geheimnis niemandem verraten, nicht einmal Clovis. Nur der Frauenarzt in Antibes weiß Bescheid. Trotzdem hat diese Frau, die ihr eigenes Kind verleugnet, es bemerkt. Ich habe meine Morgenübelkeit und meine Schwächeanfälle vertuscht, die Müdigkeit, die Atemlosigkeit, die Überempfindlichkeit. Und mich diebisch auf Clovis' Überraschung gefreut, wenn er sieht, wie groß meine Brüste geworden sind. Doch er wird sie nie berühren, er hat Besseres zu tun. Ich beiße mir auf die Lippen, um nicht loszuheulen.

»Petru macht mich glücklich«, sagt Jean-Cômes Mutter. »Dem anderen bringe ich nur Kummer.«

Jetzt spricht sie nicht einmal mehr seinen Namen aus.

»Sagen Sie ihm nicht, dass Sie hier waren. Ist er der Vater?«

Ich kläre das Missverständnis auf.

»Nein, nein, er ist nur ein Freund. Ich hatte gehofft ...«

Mir wird schwindelig.

»Sie sind ja ganz blass. Haben Sie zu Mittag gegessen?«

»Ich hatte noch keine Zeit.«

Sie holt mir ein Glas Fruchtsaft, zwingt mich, es auszutrinken.

»Sie sind unterzuckert. Gleich geht es Ihnen besser.«

Sie ist liebevoll, beruhigend. Vor der Tragödie war sie bestimmt eine gute Mutter.

Ich warte, bis der Schwindel vergeht. Ich hätte nicht herkommen sollen. Jean-Côme hatte recht: Das Leben ist kein Kitschroman. Morgen werde ich mich von Clovis trennen. Dabei war ich mir immer sicher, dass sein ansteckendes Lachen und seine Himmelsaugen mich vor allen Baseler Ärzten, gefährlichen Swimmingpools, neidischen Sidonies, eifersüchtigen Fannys, giftigen Quallen und einem eintönigen Leben bewahren würden.

PARIS

*I*ch habe ein Hotelzimmer im vierzehnten Arrondissement reserviert, ganz in der Nähe der Gare de Montparnasse, von der die Züge in die Bretagne abfahren. Morgen werde ich nach Groix zurückkehren. Clovis habe ich nicht vorgewarnt. Ich bin zum ersten Mal in der Hauptstadt. Eigentlich wollte ich sie zusammen mit ihm entdecken. Jetzt kommt er bestimmt mit der anderen hierher, wegen der er keine Zeit mehr für mich hat. Sie ist schlauer gewesen als ich, sie ist auf unserem Kieselstein geblieben, anstatt zu fliehen. Sie hat ihn gewonnen. Ich habe alles verloren.

Ich rufe ihn an. Er behauptet, er würde heute Abend bei Jean-Pierre und Monique in Locqueltas essen. Um ganz sicherzugehen, frage ich bei den beiden nach. Monique singt im Chor *La Kleienn*, der heute Abend ein Konzert in Le Bourg gibt, also werden sie gar nicht zu Hause sein. Clovis hat sich nicht angekündigt.

Mein Zimmer liegt oben unterm Dach. Ich kann den hellerleuchteten Tour Montparnasse sehen. Die Stadt der Lichter stinkt, die Autofahrer rasen wie die Berserker, die Bürgersteige sind dreckig, die Pariser unfreundlich, und trotzdem geht eine gewisse Erhabenheit vom allgemeinen Wahnsinn aus, eine fast greifbare Würde. Überall herrschen Liebe und Kampf. Ich weiß, dass unter mir die Seine fließt, dass Schiffe, der Eiffelturm, das Panthéon, der Louvre, die Champs-Elysées auf mich warten, aber ich bin zu erschöpft für einen Spaziergang, und allein will ich die Hauptstadt auch gar nicht erkunden – obwohl wir in Wahrheit natürlich zu dritt sind: Pâté Gangster, das Baby und ich.

Ich lese meine E-Mails. Clovis hat mir das Cover eines absoluten Kultbuchs für Stickerinnen geschickt: die *Bibel der Kreuzstichbuchstaben*. Damit kann man beliebige Wörter bilden. Cathy schreibt, dass ihr Schiff heute Abend im Hafen von Antibes anlegt. Wir haben uns knapp verpasst. Ich schließe die Augen, um das große Hotelzimmerbett nicht sehen zu müssen, in dem ich ohne Clovis schlafe, und sage der Katze, dass ich es endlich verstehe. Es ist vorbei. Ich habe meine Antwort bekommen. Ich bin nicht mehr wütend. Nicht auf sie. Und auch nicht auf mich selbst.

ANTIBES

*D*er kleine Bär öffnet die Augen. Wo ist der Honigvorrat? Es ist Sonntag. Das weiß er wegen seiner elektrischen Uhr, einer Spezialuhr, die sowohl die Zeit als auch den Wochentag anzeigt. Am Sonntag kommt der große Bär zu Besuch, der so gut Madison tanzt. Der kleine Bär lacht vor Freude und vergisst sofort den Grund. Paddington schläft auf dem zweiten Kissen. Auf dem Nachttisch steht ein Foto von einer hübschen Frau in einem langen roten Kleid auf einer Treppe im Blitzlichtgewitter. Daneben ein älteres Foto mit zwei Erwachsenen auf den Vordersitzen eines amerikanischen Cabrios und zwei Kindern auf der Rückbank.

Der kleine Bär wälzt sich herum und setzt sich auf die Bettkante, stellt zwei Pfoten auf den Boden, befühlt ihn mit den nicht einziehbaren Krallen, stemmt sich hoch. Er kann aufrecht stehen. Mit kleinen Schritten trippelt er auf den Spiegel im Flur zu, schaut hinein, sieht eine alte Frau im Pyjama mit zerzaustem Haar, die ihn komisch mustert.

»Guten Morgen, Madame«, sagt der kleine Bär höflich.

Die alte Frau bewegt die Lippen, antwortet aber nicht. Der kleine Bär hakt nicht nach. Er betrachtet sein neues Telefon. Es ist glänzend rot und hat zwei Knöpfe, aber kein Tastenfeld. So kann er die Nummer von Sarah nicht mehr wählen, einer Pianistin und guten Freundin von früher, die er gerettet hat, indem er für den Offizier mit den glänzenden Stiefeln und der rothaarigen Tochter gesungen hat.

Ein Schlüssel wird ins Schloss gesteckt, eine Unbekannte kommt herein.

»Sie sind ja schon wach«, ruft sie mit einem melodischen Akzent.

»Wo ist Kim?«, fragt der kleine Bär besorgt.

»Die ist auf ihre Insel zurück. Ich bin Élodie. Sie haben mich in die Liga der glücklichen Bären aufgenommen.«

Das Gesicht des kleinen Bären hellt sich auf, seine Knopfaugen leuchten, seine Schnauze zuckt.

»Guten Morgen, Élodie, wie nett von Ihnen, dass Sie vorbeischauen.«

»Ich mache Ihnen Frühstück und helfe Ihnen beim Anziehen. Ihr Sohn geht heute Mittag mit Ihnen ins Eden-Roc.«

»Oh«, ruft der kleine Bär. »Dann muss ich hübsch aussehen, damit ich ihm gefalle.«

Élodie nickt. Zusammen spazieren sie am Spiegel vorbei. Der kleine Bär wirft dem jungen Mädchen mit dem mandarinenfarbenen Haar, dessen knappes T-Shirt einen flachen, gebräunten Bauch erkennen lässt, ein Lächeln zu. Der mageren Frau mit dem weißen, von feuerroten Strähnen durchzogenen Haar streckt er die Zunge raus.

»Warum antwortet die alte Frau mir nie?«, fragt er Élodie. »Und was tut sie in meiner Wohnung? Hat sie sich im Stockwerk geirrt? Sie hat Ähnlichkeit mit meiner Mutter.«

»Ach, das ist niemand«, erwidert Élodie nur. »Honigbrot und Kaffee kommen sofort. Ihr Kühlschrank ist ja abgefahren, richtig retro!«

»Wir sind alte Freunde. Sich die Treue zu halten ist wichtig. Mein Freund Jules ist gerade gegenüber eingezogen, ich stelle ihn Ihnen später vor.«

»Wir kennen uns schon, er isst jeden Tag mit Ihnen zu Mittag. Treffen Sie im Eden-Roc auch alte Freunde?«

»Das weiß ich nicht«, sagt der kleine Bär unsicher.

»Nicht schlimm. Auf jeden Fall werden Sie viel Spaß mit Ihrem Sohn und Ihrem Freund Jules haben und die Allerschönste sein.«

»Oh ja«, sagt der kleine Bär, und sein Herz weitet sich vor Freude. »Ich muss in meine Garderobe, mich umziehen. Ich bin Schauspielerin, wissen Sie?«

AN BORD DER FÄHRE

Die Mediathek von Groix hatte die geniale Idee mit den Fährenbüchern. Aus einem Karton fischt man sich eine Novelle oder einen kurzen Roman, den man innerhalb einer Hin- und Rückfahrt zwischen Groix und Lorient auslesen kann. Deshalb stecken alle um mich herum die Nase in ein Buch, ich komme mir vor, als wäre ich unsichtbar. So muss es sein, aus dem Krieg heimzukehren. Man hat Unaussprechliches erlebt, so lange von zu Hause geträumt, aber wenn man dann endlich da ist, fühlt man sich verloren, als würde man nicht dazugehören. Ich wurde nicht aus dem Straflager entlassen, bin kein stolzer Fischer mit einem Frachtraum voll Thunfisch, doch auch ich habe eine weite Reise hinter mir, habe gegen Wind und Wellen gekämpft, bin gewachsen, gereift. Liebevoll betrachte ich das Meer, das mir so gefehlt hat. Meine Ohren gewöhnen sich wieder an die Schreie der Möwen. Von weitem kann ich das weiße Haus von Cyrils Eltern in Port-Lay erkennen und das rosafarbene Hotel im Hafen mit dem Café meiner Freundin Soaz.

Pâté Gangster miaut in ihrem Transportkorb, und ich stecke die Finger durch die Weidenstäbe, um sie zu beruhigen. Sie ist eindeutig keine Seekatze. Ich flüstere ihr zu, dass wir bald da sind, im Haus meiner Großmutter, einer Artgenossin, wo es ihr bestimmt gefällt. Clovis wird nach unserer Trennung sicher ausziehen. Und Cassiel mitnehmen. Gwenadu entscheidet selbst, Katzen hängen oft mehr an Häusern als an Menschen. Dr. Serfat hat gesagt, mein Baby würde sich erst in ein paar Monaten richtig bewegen, aber als ich an seinen Vater denke, zittert es spürbar. Von meiner Seite aus wird es keine Familie haben, weder Großeltern noch Urgroßeltern. Niemanden.

Inzwischen ist mir klar, dass meine Großmutter ein langes, leidenschaftliches Leben hatte. Sie ist nicht in jungen Jahren dahingerafft worden, keinem betrunkenen Raser, keinem mordenden Terroristen, keiner unerbittlichen Krankheit zum Opfer gefallen. Altwerden ist ein Privileg, das man akzeptieren oder auch ablehnen kann. Man entscheidet sich jede Sekunde, *da* zu sein, im Hier und Jetzt, die Welt zu umarmen. Ich habe die Antwort auf die Frage bekommen, wegen der ich Groix verlassen habe, aber dafür meinen Mann verloren. Alles hat seinen Preis.

»Guck mal, Maman, da ist Prinzessin Merida«, flüstert ein kleines Mädchen entzückt und deutet mit dem Finger auf mich.

»Nein, mein Schatz, die Frau hat bloß die gleiche Haarfarbe.«

Seit ihre Camille vor einem halben Jahr *Legende der Highlands* gesehen habe, diesen Disneyfilm über eine schottische Prinzessin, esse sie nur noch orangefarbenes Obst und Gemüse, erklärt die Mutter mir. Sie selbst sei mittlerweile eine wahre Expertin: Aprikosen, Nektarinen, Klementinen, Mandarinen, Mangos, Melonen, Papayas, Physalis, Pfirsiche, Orangen, Karotten, Süßkartoffeln, alle Arten von Kürbissen, Uglis …

»Uglis?«

»Eine Kreuzung aus Mandarine und Grapefruit.«

Das englische Wort *ugly* heißt hässlich. Im Moment

fühle ich mich eher wie eine der hässlichen Schwestern als die Prinzessin.

»Prinzessin Merida verwandelt ihre Mutter in einen Bären«, erzählt Camilles Maman weiter.

Gilonne hielt sich schon vor meiner Ankunft für einen Bären, und ich habe sie nicht aufgeklärt. Unsere Leben sind mit Lügen gespickt. Clovis hat mir jeden Tag eine neue aufgetischt, er hat unsere Freunde nie getroffen. Er wollte jeden Abend im Hafen auf mich warten, wenn die letzte Fähre kommt. Das war bestimmt auch gelogen. Werde ich die beiden bei uns zu Hause überraschen, in unserem Schlafzimmer? Oder geht er zu ihr? Ist sie ungebunden, verheiratet? Das Leben ist wie ein Stein, der übers Wasser hüpft. Die Katze hat sich davongemacht, Gilonne ist aufgetaucht. Clovis hat mich verraten, Jean-Côme hat mir geholfen. Mein Baby wird in ein paar Monaten geboren. Wo wird der Stein das nächste Mal auftitschen?

Das Meer ist ruhig. Trotzdem habe ich das Gefühl, allein bei Sturm das Cap Horn zu umsegeln. Wir sind bald da, die anderen Passagiere packen schon ihre Sachen zusammen. Lucette und Véronique aus Locqueltas lächeln mir zu, sie sind das lebende Beispiel, dass Mutter und Tochter sich innig lieben können.

Der Ozean lässt uns klein und doch ganz groß erscheinen. Leise singe ich das Chanson von Gilles Servat vor mich hin: *»Ich sehe Groix, die ganze Insel liegt da, der kleine Hafen wird klar. All die Erinnerungen hier, das gute Schiff trägt mich zu dir.«* Ich überspringe ein paar Strophen und ende mit: *»Mit jedem Schritt wird man verführt, du bist ein Lächeln, das berührt. Dort hinten macht der Kirchturm still, dass ich für immer bleiben will.«*

ÎLE DE GROIX

Die Fähre lässt ihr Horn ertönen, als sie die beiden Leuchttürme am Hafeneingang passiert. Vögel kreisen um ein Fischernetz. Der Wind spielt in den Wanten der Segelschiffe Harfe. Ich bin wieder zu Hause. Ich denke an die letzte Szene aus Jean-Cômes Lieblingsfilm zurück. Ich weiß jetzt, dass das Leben ein Erdnussknabbern ist. Gilonne und Jules wiederzuvereinen hat meinem Dasein neuen Sinn verliehen. Trotzdem habe ich Angst vor dem, was mir bevorsteht. Muffensausen, hätte die Katze gesagt. Weil einem das Blut in den Ohren rauscht wie die Brandung des Atlantiks?

Ich fürchte mich vor einem Leben ohne Clovis. Ich könnte es nicht ertragen, ihm jeden Morgen zu begegnen. Meine Knie geben nach. Ich kann mich nicht einmal ins *Hôtel de la Marine* flüchten, denn dann wüsste die ganze Insel Bescheid. Ich sitze in der Falle.

Wir legen an. Ich bin mir hundertprozentig sicher, dass er nicht da ist, doch plötzlich entdecke ich ihn und Cassiel in der Nähe der Hafenmeisterei. Mein Herz macht einen Fosbury-Flop mit Rückwärtsrolle. Als er mich auf dem Außendeck erkennt, hellt sich sein Gesicht auf, seine Augen fangen an zu leuchten. Er hat abgenommen, sieht aber immer noch atemberaubend gut aus. Es war nicht gelogen, dass er jeden Abend auf mich wartet. Aber wie ist das möglich?

Hat seine Neue ihm schon den Laufpass gegeben? Trifft er sie später?

Ich reihe mich in den Strom der Aussteigenden ein. Jede Sekunde begrüßen sich Millionen Leute an Bahnhöfen, Flughäfen und Schiffsanlegern, Millionen Arme breiten sich aus, Münder lachen, Herzen schlagen höher, Muskeln spannen sich an. Cassiel springt auf mich zu, bellt vor Freude, sabbert ein bisschen. Ich bin überwältigt. Clovis wartet, bis er an der Reihe ist, nimmt mir den Katzenkorb ab. Als der Hund sich endlich beruhigt, stellt Clovis Pâté Gangster auf den Boden und zieht mich an sich. Ich murmle: »Pass auf, sonst erdrückst du noch deinen Sohn.« Er lässt mich los, weicht verdattert zurück. Ich erzähle ihm nichts vom Champagner, den Gilonne getrunken hat, vom Sherry, den ihr Ficus schlucken musste, oder von den drei Irish Coffee, die mich in Panik versetzt haben. Ich sage: »Die Katze wollte nicht alt werden, deshalb hatte ich Angst vor dem Erwachsensein. Jetzt bin ich wieder da. Pech für dich, wenn es gerade ungünstig ist.« Behutsam legt er die Hände auf meinen Bauch, wo das Baby sicher und geborgen vor der brutalen Welt schlummert, und flüstert ihm zu: »Deine Maman spinnt.« Bei seiner Stimme wird mir schwindelig, obwohl er ein mieser Verräter ist, ein treuloser Mistkerl, ein stinkender Überläufer, eine schmierige Ratte. Ich werde ihm später die Meinung geigen. Im Moment bin ich zu erschöpft.

Ich steige in sein Auto, in dem absolutes Chaos herrscht, als hätte er ein ganzes Ferienlager befördert. Statt nach Hause zu fahren, biegt er links ab, in Richtung Krankenkassenloch. Wartet das Flittchen etwa bei uns, und er will Zeit schinden, damit sie abhauen kann? Wie soll er ihr Bescheid geben, dass ich zurück bin? Haben sie einen Code vereinbart? Ich will die Sache bloß hinter mich bringen, die beiden zur Rede stellen, einen Schlussstrich ziehen. Und dann zusammenbrechen.

»Ich bin müde, fahr mich nach Hause.«

»Vertrau mir.«

Seine Wortwahl macht mich wütend. So eine Dreistigkeit!

Er hält vor dem Grundstück, das er von seinen Großeltern geerbt hat, und bittet mich, die Augen zu schließen. Ich gehorche, genieße die Ruhe vor dem Sturm. In meinem Kopf brüllt es vor Zorn, doch meine Haut erinnert sich an die Zärtlichkeiten, die Umarmungen, das Feuer. Ich werde die Bombe später platzen lassen. Ich will noch einen letzten süßen orangeglühenden Abend an seiner Seite auskosten. Ich klettere aus dem Auto und schaudere. Hier ist es acht Grad kälter als in Antibes. Er nimmt meine Hand, zieht mich mit sich. Meine roten Chucks gleiten auf dem vom Winterregen ausgewaschenen Boden aus. Ohne die Augen zu öffnen, protestiere ich: »Ich leg mich noch lang.«

»Dir kann nichts passieren, ich bin bei dir.«

Ich atme seinen Duft ein. Er ist wie ein Windbeutel in der Auslage einer Konditorei, wenn man auf Diät ist. Die Männerdiebin wird ihn sich an meiner Stelle schmecken lassen.

»Okay, Augen auf, Kim. Lass uns fliegen gehen.«

Ich klappe die Augen auf, und den Mund gleich mit. Ein Nid'île schaukelt hoch oben zwischen drei Bäumen im Wind, mit einer unverbaubaren Sicht auf den Hafen und das Meer. Wie ein riesiger roter Ball, ein Granatapfel mit einer winzigen Tür, fast märchenhaft. »Ich habe es gebraucht gekauft«, sagt Clovis. »Pierre und Cyril haben mir geholfen, es zu transportieren, wieder zusammenzubauen, zu befestigen. Eine Heidenarbeit! Es sollte eine Überraschung sein, deswegen habe ich dich angelogen. Ich war weder bei Bertrands Paella-Essen noch bei Fred am Siebten noch bei irgendeinem anderen unserer Freunde. Wir haben jeden Abend geackert wie die Galeerensklaven. Tadaaa! Decken und Kissen habe ich im Kofferraum, wenn du willst, können wir heute Nacht hier schlafen. Ich habe nichts gesagt, weil ich dir die Freude nicht verderben wollte. Ich konnte ja nicht ahnen, dass du zu zweit bist … oder zu dritt, wenn man die Katze mitzählt.«

Mein Herz tanzt Madison in meiner Brust, Vorhöfe und Kammern perfekt im Takt, zwei Systolen nach rechts, zwei Diastolen nach links, und hopp, Vierteldrehung. Mir dröhnen die Ohren, schwarze Blitze zucken vor meinen Augen. Ich beiße die Zähne zusammen. Jetzt ist kein guter Zeitpunkt, um in Ohnmacht zu fallen. Die SMS, die er mir versehentlich geschickt hat, schießt mir durch den Kopf: »Kim darf nichts davon erfahren. Bis sie zurückkommt, können wir uns jeden Abend treffen, ich kümmere mich um Decken und Kissen.« Plötzlich bekommen die Worte einen ganz anderen Sinn. Er hat mich nicht betrogen. Er wollte mich überraschen. Ich bin eine undankbare Riesenidiotin. Ich darf ihm nie verraten, welche Qualen ich durchlitten habe. Oder erst in ferner Zukunft, wenn es verjährt ist.

Wir schweben über allem in unserem Nest, wie damals, vor Basel. Clovis betrügt mich nicht, er spielt mir nichts vor, er ist echt, leidenschaftlich, berauschend. Ich hole das indigoblaue Notizbuch heraus und schreibe im Lichtschein meines Handys in die Pro-Spalte: Möwen, sich vertrauen, vom guten Schiff nach Groix getragen werden.

Clovis mustert mich zärtlich und besorgt.

»Wie fühlst du dich? Deine Füße sehen lustig aus mit diesem blauen Nagellack.«

Ich habe keine Familie mehr, aber ich werde Nachfahren haben. Ich lehne die Wange an seine Schulter. Es ist überwältigend, ihn wieder berühren, riechen, umarmen zu können. Ich erkläre ihm, warum Groix und das Nid'île *hygge* sind und dass Bergamotes Glück bringen.

ANTIBES

*D*as Klavier kennt keine Gesichter, nur Hände. Die der Gräfin de Kerjeant, die der Klaviatur früher sanft Mozartklänge entlockten. Die ihres Sohns Bernard, die ein Ragtime-Stück von Scott Joplin in die Tasten hämmerten. Die der kleinen Sarah, die während des Kriegs nachts aus ihrem Versteck kam, um Bach zu spielen. Die des Botschafters Solericci, eines großen Musikliebhabers, aber nur mittelmäßigen Pianisten, der Beethoven vergewaltigte. Die seines Sohns Côme, kreativ, genial, virtuos, der das Instrument mit Leidenschaft und Sinnlichkeit liebkoste und die Füße fröhlich auf den Pedalen tanzen ließ.

Das Klavier hat keine Augen, aber eine Seele, die in jedem filzbespannten Hämmerchen, in jeder Saite, jeder Taste, jedem Dämpfer steckt. Sein Resonanzboden ist schwer zu erschüttern. Gilonnes glockenhelle Stimme hat es vor langer Zeit einmal geschafft, damals am Cap d'Antibes, wo die Feuchtigkeit des Mittelmeers den blinden Stimmer beinahe in den Wahnsinn trieb. Ein Nazioffizier hatte plötzlich vor der Tür gestanden. Gilonnes Aufregung, ihre Angst, dass Sarah und David wie ihre Eltern deportiert werden würden, dass ihrem Vater, ihrer Mutter, Bernard oder Jules das gleiche Schicksal drohte, verliehen ihrem Gesang eine ätherische Reinheit, die nicht von dieser Welt schien. Der Offizier war sehr musikalisch, seine Stiefel stampften im

Takt auf die alten Terrakottafliesen. Er stützte sich auf das Instrument, während er Gilonne lauschte. Sein ganzer Körper bebte ergriffen, er war wie gebannt. Draußen verklang das Fußgetrappel der Flüchtenden.

Später verspürte das Klavier noch einmal eine ähnliche Rührung. Die versteckten und geretteten Kinder hatten nach den de Kerjeants gesucht. Der Graf, die Gräfin und Bernard waren inzwischen verstorben, nur Gilonne und Jules waren noch da. Sarah war verheiratet und Pianistin in einem Orchester in der Region Provence-Alpes-Côte d'Azur. David war alleinstehend und in Israel ein bekannter Violinist. Sie kamen nach London, um sich bei Gilonne zu bedanken, spielten zusammen Erik Saties *Gymnopédie Nr. 1* für sie. Der kleine Côme war fasziniert, begeistert, aufgewühlt. *Solvejgs Lied* aus *Peer Gynt* von Grieg, das die Geschwister im Anschluss zum Besten gaben, betörte ihn vollends, stellte sein gesamtes Dasein auf den Kopf. An jenem Abend erkannte er die Musik als diejenige Kunstform, die dem Tod und der Liebe am nächsten ist.

Nach dem Tod des Botschafters kehrte das Klavier nach Nizza zurück. Sarah und David kamen noch einmal, um Gilonne zu trösten. Sarah spielte die *Slawischen Tänze Opus 72 Nr. 2* von Dvořák vierhändig mit Côme, der inzwischen ein junger Mann war. David spielte *Solvejgs Lied* und eine *Sonate für Violine und Klavier* von Brahms mit ihm. Côme wurde einer von ihnen. Kurz darauf starb Sarah bei einem Autounfall. Sie hatte sich gewünscht, auf dem jüdischen Friedhof in Nizza beerdigt zu werden. Ihre Eltern waren im Konzentrationslager ermordet worden, sie wollte in der Nähe der de Kerjeants ruhen, denen sie ihr Leben verdankte. Gilonne hatte dafür gekämpft und am Ende gewonnen. Nach der Beerdigung spielten David und Côme zu Sarahs Ehren die ganze Nacht hindurch, während Gilonne sich mit Champagner betrank und Jules alle zwang, etwas zu essen.

Vor nicht allzu langer Zeit zog das Klavier nach Antibes in den Boulevard du Général-Vautrin. Hier steht es weit weg vom Wasser, aber zu nah am Heizkörper. Es müsste dringend einmal wieder gestimmt werden. Es schlummert vor sich hin und wird nur ab und an von Gilonnes knotigen Fingern aus dem Dämmerschlaf gerissen, die den Anfang des *Menuetts in G-Dur* von Bach klimpern. Das Stück hatte Côme damals für seine Aufnahmeprüfung am Konservatorium einstudiert. Sie vergisst die Noten, fängt immer wieder von vorn an, unermüdlich.

Jean-Côme, der aktuelle Sohn, berührt die Tasten mit zurückhaltendem Respekt. Die Hornhaut auf seinen Fingerkuppen verrät, dass er lieber auf einer Computertastatur tippt.

Aber es gibt Neuigkeiten. Erst kürzlich wurde das Klavier durch die Hände eines kleinen Jungen geweckt. In ihnen lag eine Hoffnung, eine unbezwingbare Zartheit, eine aufflackernde Erinnerung an den Zauber der Verbundenheit mit Côme. Der Junge kennt die Noten noch nicht, doch seine Finger sind entschlossen, wissbegierig, bewundernd. Ja, die Finger des kleinen Damiens werden dem Klavier neues Leben einhauchen.

Das Klavier hat kein Zeitgefühl. Es unterteilt nicht in Sekunden, Minuten, Stunden, Tage, Wochen, Monate, Jahre, Jahrhunderte. Es kennt die Vergangenheit und sieht die Zukunft vorher. Es ist praktisch veranlagt. Drückt man auf das C, bekommt man ein C. Es durchschaut die Sprünge des Schicksals. Als Gilonne David und Sarah durch ihren Gesang rettete, beeinflusste das die Zukunft ihres Sohns Côme. Weil Côme dank der beiden Geschwister Klavier für Irène spielte, gewann er sie für sich. Nur deshalb existiert Damien. Und weil Damien in achtzehn Jahren die Pyramide aus weißen Kieselsteinen auf dem Grabstein seines Vaters zum Einsturz bringen wird, wird ihm das erste Thema des Stücks einfallen, das ihm weltweite Bekanntheit verschaffen und seine spätere Frau betören wird. Der nächste Titscher des Steins auf der blanken Oberfläche des Lebens wird ein kleines Mädchen sein. Das Schicksal ist mit allen Wassern gewaschen.

EPILOG
ÎLE DE GROIX
Drei Jahre später

Fanch ist da. Sein Vorname ist bretonisch und bedeutet frei. Er ist der wunderbarste kleine Junge im ganzen Universum. Ich habe ihn nicht in einer Mülltonne gefunden. Ich habe ihn in Lorient zur Welt gebracht und bin anschließend mit ihm auf dem guten Schiff nach Hause gefahren. Sein dickes Haar ist feuerrot wie ein Sonnenuntergang. Jedes Mal, wenn ich ihn ansehe, platzt mein Herz fast vor Liebe. Ich habe ihm gesagt, dass die Groixer Salzwasser in den Adern und Ebbe und Flut in der Seele haben. Wenn wir an den Strand wollen, rufe ich immer: »Voran, mein traurig Trüpplein!« Und hätte ich das indigoblaue Notizbuch nicht in die hinterste Ecke einer Schublade verbannt, würde er allein die Pro-Spalte ausfüllen.

Ich telefoniere regelmäßig mit Gilonne. Unsere Gespräche sind nicht besonders tiefgründig. Wir unterhalten uns über *Love Letters*, Bernard, die Liga. Sie fragt mich jedes Mal, ob Fanch rothaarig ist, und schlägt mir vor, ihn zum Ritter zu ernennen, wie den kleinen Damien, der sie manchmal besuchen kommt.

Clovis hat Fanchs Zimmer gestrichen, jede Wand in einer anderen Farbe: hellblau, pastellgelb, orange und elfenbeinfarben. Außerdem hat er ein Dreirad vom Trödelmarkt für ihn aufgemöbelt. Jean-Côme ist Fanchs Patenonkel, so mussten wir nicht zwischen Pierre und Cyril wählen. Seine Patentante ist Cathy. Meine Zehennägel lackiere ich weiterhin blau. Wir übernachten oft zu dritt im Nid'île. Clovis hat für Fanch einen Auffanggurt gebastelt, eine Art Klettergeschirr, wie es auch auf Schiffen verwendet wird. Er schläft in der Hängematte über der Matratze. Pâté Gangster und Gwenadu gehen zusammen auf die Jagd. Cassiel beschützt unseren kleinen Mann hingebungsvoll. Ich entscheide mich jeden Tag für das Leben, mische bei jedem Sonnenaufgang die Karten neu und fühle mich voll und ganz im Hier und Jetzt. Ich weiß nicht, was die Zukunft für uns bereithält, aber ich hoffe, dass Clovis und ich einmal ein so rührendes altes Paar werden wie die Liebenden von Peynet. Dann abonnieren wir haufenweise Zeitungen, und ich stelle einen Pfleger für mich ein, einen hübschen jungen Mann mit Waschbrettbauch. Ob er blonde, braune, rote oder gar keine Haare hat, ist mir egal.

Heute ist mein Geburtstag. Im Radio läuft ein Song von Leonard Cohen: *Hey, That's No Way to Say Goodbye*. Ich hole die Post rein. Auf einem Umschlag erkenne ich Jean-Cômes Handschrift und erwarte eine Karte mit einem riesigen Geburtstagskuchen darauf. Stattdessen flattert mir ein Stück Zeitungspapier entgegen. Ich falte es auseinander.

»Oh nein!«

Meine Augen füllen sich mit Tränen. Es ist eine Anzeige aus dem *Figaro*.

Mit großer Trauer geben ihr Enkelsohn Damien Solericci, ihr Adoptivsohn Jean-Côme Ballarain, ihr guter Freund Jules Battagli, die Bewohner des Cercle auf dem Boulevard du Général-Vautrin und die Liga der glücklichen Rothaarigen bekannt, dass Gott seine Tochter Gilonne de Kerjeant zu sich gerufen hat. Die Schauspielerin und Großmarschallin der Liga hat die Sterbesakramente erhalten und kehrt heim zu ihrem Ehemann Philippe, ihrem Sohn Côme und ihrem Bruder Bernard. Die Trauerfeier findet in der Église Notre-Dame de la Garoupe am …

Scheiße, das ist heute!

Ich lese die Anzeige noch einmal genau. Damien heißt nicht mehr Paganini. Und Jean-Côme ist jetzt offiziell Gilonnes Adoptivsohn.

Im beiliegenden Brief schreibt er, dass er wisse, wie schwierig die weite Fahrt von der Insel bis zum Mittelmeer mit einem Kleinkind sei. Außerdem solle ich seine Mutter lieber als stolze Madison-Tänzerin in Erinnerung behalten. Für ihre letzte Reise trage sie das lange karmesinfarbene Kleid vom Foto der Filmfestspiele in Cannes. Er habe ihr ein auf eBay erstandenes Programmheft von *Love Letters* in den Ärmel geschmuggelt und einen roten Sarg aufgetrieben, der zur Liebesarie *Pur ti miro* aus der Oper *Die Krönung der Poppaea* von Monteverdi in die Kirche einziehe.

Irène hat Gilonne nie wiedergesehen, aber sie hat unten in der Eingangshalle gewartet, wenn Damien seine Großmutter besuchte. Der kleine Junge steuerte immer direkt auf das Klavier zu, legte den Finger auf eine Taste, dann auf eine andere, und lauschte dem Ton nach, ohne auf der Klaviatur herumzupatschen wie andere Kinder. Gilonne fragte ihn nicht, was er da mache, sondern klimperte den Anfang des Adagios aus Mozarts *23. Klavierkonzert*. Damien spielte ihn nach. Das Klavier hat sie vereint.

Auch Jean-Côme und Léonie haben sich endlich angenähert. Sie wohnen zusammen in Menton. Irène will nichts aus Gilonnes Wohnung, nur das Klavier. Jean-Côme und Léonie haben den alten Kühlschrank mitgenommen. Außerdem haben sie sich einen Hund angeschafft, einen Westie, den sie Meschugge getauft haben. Sie wollen bald einmal nach Groix kommen und mir Gilonnes Spiegel als Andenken mitbringen. Ihre letzten Worte waren: »Das Leben ist ein Erdnussknabbern.«

Ich wische mir die Augen trocken, damit Fanch mich nicht weinen sieht, und denke an die schönen Dinge zurück, hoffe, dass Gilonne da oben mit Bruno Cremer und Philippe Noiret *Love Letters* deklamiert. Dass der Botschafter mit ihr Madison tanzt. Dass Bernard ihr die Sterne vom Himmel holt. Und dass Côme, Sarah und David für sie musizieren.

Ich suche auf YouTube nach *Pur ti miro* und lausche ergriffen einer Aufnahme mit Philippe Jaroussky als Nero. Ich habe keine Ahnung, was später einmal aus mir wird, ob ich mich für eine Katze, einen Bären, eine Giraffe oder einen Igel halte. Einstweilen präge ich Fanch ein, dass er E und T ist, einzigartig und toll. Er soll sich wie ein Fisch im Wasser, wie ein Barsch im Atlantik, wie eine Möwe im Himmel über Groix fühlen.

Ich gebe Clovis Bescheid. Er findet genau die richtigen Worte, um mich zu trösten. Anschließend schaue ich Fanch beim Schlafen zu. Sein leiser Atem ist die beste aller Opern. Jeder Mensch muss einmal sterben, selbst dieses perfekte kleine Wunder. Wir sind nur auf der Durchreise, aber wir können das kurze Zwischenspiel zu etwas Besonderem machen. Die Katze hat den Dienst verfrüht quittiert. Gilonne hat sich Zeit gelassen. Jeder geht seinen Weg in der eigenen Geschwindigkeit.

»Alles Gute zum Geburtstag.« Clovis streckt mir ein Päckchen hin.

Es ist zu groß für Schmuck oder ein Flugticket. Zu klein für ein Boot oder ein Auto. Zu leicht für einen Goldbarren. Ich reiße das Geschenkpapier ab. Draußen vor dem Fenster winken die Katze und Gilonne mir zum Abschied zu, während ich einen Beutel Erdnüsse auspacke. Als Fanch aufwacht, singe ich lächelnd: *Es war einmal ein kleiner Mann, Pirouette, Erdnusskette …*

Île de Groix, Paris, Rom, Kopenhagen, 2016–2017
Kenavo d'an distro, tschüs, bis bald!

PRO UND KONTRA

Die Pros im indigoblauen Notizbuch:
Träumen, dass man jung ist. Schwatzen. So tun, als wäre man tot. Die Zikaden und Grillen des Südens. Baden gehen. Das Leben durch die orangerote Brille sehen. Erdnussknabbern. Sich die Zehennägel lackieren. Madison tanzen. *Hygge* sein. Liebe. Mitgefühl. *Harold und Maude.* Einen Irish Coffee trinken. Bergamotes. Etwas wagen. Freundschaft. Die Möwen der Bretagne. Sich vertrauen. Vom guten Schiff nach Groix getragen werden. Musik. Sich umarmen, bis man lull und lall ist. Leben schenken. Salzwasser in den Adern und Ebbe und Flut in der Seele. Jeden Morgen die Karten neu mischen. An die schönen Dinge zurückdenken. Die Sterne vom Himmel holen. Einem Kind vorsingen.

Die Kontras im indigoblauen Notizbuch:
An Bord des bösen Schiffs von Groix fortmüssen. Krumme Rücken und Finger. Kinder mit Rollern, Internet und Fernsehapparat. Schwere Koffer. Freunde, die sich verkrümeln. Einsamkeit. Selbstmord. Mord. Ungerechtigkeit. Verletzlichkeit. Rache. Drei Irish Coffee trinken. Liebe. Glauben, dass die Liebe ewig hält. Eifersucht. Missgunst. Abhängigkeit. Lügen. Die Leere.

Die Pros der Autorin:
Wissen, dass es euch gibt, meine lieben Leserinnen und Leser, euch treffen, mich mit euch austauschen. Einen Patienten retten, ihm Linderung verschaffen, Zuversicht geben, Anteil nehmen. Tiere. Saxophon. Champagner, Irish Coffee, Bergamotes. Die Fähre nach Groix besteigen.

Die Kontras der Autorin:
Schlafen müssen, nicht schlafen können. Diät halten, kalte Büfetts, der Geruch von Mandarinen. Dumme Rassisten und Antisemiten. Arschlöcher, die ihre Tiere aussetzen. Einsamkeit. Groix verlassen.

PLAYLIST

Les amis de Georges, Georges Moustaki

Green Onions, Booker T. & the M. G.'s

Mr. Paganini, Ella Fitzgerald

Il est où, le bonheur?, Christophe Maé

Suffocation, Chopin, Prélude 4 op. 28; *Insensatez*, Antonio Carlos Jobim; *Jane B.*, Serge Gainsbourg

Madame, Barbara

Ton héritage, Benjamin Biolay

In the Fiddler's House, Klezmer, Itzhak Perlman

I Put a Spell on You, Nina Simone

L'hymne à l'amour, Édith Piaf

If You Want to Sing out, Sing out, Cat Stevens, Soundtrack des Films *Harold und Maude*

T'as vu Monte Carlo?, Annie Cordy

Fuir le bonheur de peur qu'il ne se sauve, Serge Gainsbourg

Tri Martolod, Alan Stivell

L'absence, Serge Reggiani / Jean-Loup Dabadie

Blowing in the Wind, Bob Dylan

Pull marine, Isabelle Adjani / Serge Gainsbourg

Peter und der Wolf, Sergei Prokofjew

Gymnopédie Nr. 1, Erik Satie

Solvejgs Lied, aus *Peer Gynt*, Suite 2 op. 55, Edvard Grieg

Slawische Tänze, Dvořák, op. 72 Nr. 2

Sonate für Violine und Klavier, Johannes Brahms

Menuett in G-Dur, Johann Sebastian Bach

Retrouver Groix, Gilles Servat

Hey, That's No Way to Say Goodbye, Judy Collins / Leonard Cohen

Pur ti miro, Claudio Monteverdi, gesungen von Philippe Jaroussky

Adagio des *23. Klavierkonzerts*, Mozart

Il était un petit homme, pirouette, cacahuète, französischer Abzählreim

DANKSAGUNG

Unendlichen Dank an Héloïse d'Ormesson und Gilles Cohen-Solal sowie das gesamte unglaublich unvergleichliche EHO-Team, Anne-Marie Bourgeois, Rebecca Benhamou, Juliette Cohen-Solal, Valentine Barbini, Sophie Ittah, ihr seid absolut *hygge*. Danke auch an *magical* Sarah Hirsch und Tanzfee Roxane Defer für das gemeinsame Abenteuer.

Danke euch allen, die ihr mir beweist, dass das Leben ein Erdnussknabbern ist: Christine Soler, Catherine Ritchie, Mathilde Pouliot, Renata Parisi, Vincent Rouberol, Anne de Jenlis, Guy Lebeau, Yveline Kuhlmey, Anne Goscinny, Sylvie Overnoy, Jean-Pierre und Monique Poupée, die Groixer Bande des Siebten, Isabelle, Nadia und Nora Preuvot, Didier de Haut de Sigy, Didier Piquot, François Boulet, Nausicaa Meyer, Antoine Laurain.

Danke, Élise Fisher für die Bergamotes, Colette Roumanoff für den Spiegel, Baptiste Beaulieu fürs Würmerhotel, Mylane Corvest und Jean-Philippe und Thierry Robert für Kopenhagen, Tante Nic für die warmen Halstücher, Gilles Paris und Laurent Clerget.

Danke, meine Patenkinder Alexis Bazin de Jessey, Esther Rouberol und Livia Gaggero.

Danke, Grégoire Delacourt, der so wunderbar am Abgrund tanzt.

Danke, all ihr Buchhändler, die ihr mitgeholfen habt, dass Lou auf der Erfolgswelle schippert, ganz besonders Lydie Zannini, Nathalie Couderc, Sandrine Dantard, Gilles Tranchant, Dominique Durand, Pat und Myriam Sacaze, Marie-Christine Berrou und Céline Lambert.

Trugarez an alle Groixer, die Jury des Prix Ouest und die des Prix Bretagne-priz Breizh. Bis zur Locanda Cipriani de Torcello 2026.

Im Gedenken an Dr. Laurence Chahbenderian-Kaczka, Alain Spriet und Marianne Arthur.

Für Hughes Ternon und Alberte Bartoli, immer.

TEXTNACHWEISE

Das Zitat auf Seite 17 stammt aus: André Malraux, *Die Eroberer. Der Königsweg. Die Lockung des Westens.* Übersetzt von Ferdinand Hardekopf. Büchergilde Gutenberg, Zürich 1950.

Das Chateaubriand-Zitat auf Seite 26 stammt aus: Simone de Beauvoir, *Das Alter.* Übersetzt von Ruth Henry und Anjuta Aigner-Dünnwald. Rowohlt Verlag, Reinbek bei Hamburg 1972.

Das Zitat auf Seite 174 stammt aus: Jules Renard, *Ideen, in Tinte getaucht. Aus dem Tagebuch von Jules Renard.* Übersetzt von Liselotte Ronte. Winkler Verlag, München 1986.

Die Zitate auf Seite 213/214 stammen aus: A. R. Gurney, *Love Letters.* Deutsch von Inge Greiffenhagen und Daniel Karasek. © 1990 by Per H. Lauke Verlag, Hamburg 1990.